KB237499

청명
清明

청명절에 비 어지럽게 내리니
길 가는 나그네는 시름겨워지네
술집이 어디 있는가 물으니
목동이 멀리 살구꽃 핀 마을을 가리키네

清明時節雨紛紛
路上行人欲斷魂
借問酒家何處有
牧童遙指杏花村

舞

천룡신무

천룡신부 7
월인 新무협 판타지 소설

초판 1쇄 찍은 날 § 2006년 5월 12일
초판 1쇄 펴낸 날 § 2006년 5월 22일

지은이 § 월인
펴낸이 § 서경석

편집장 § 문혜영
편집책임 § 장상수
편집 § 최하나 · 문정흠

펴낸곳 § 도서출판 청어람
등록번호 § 제1081-1-89호
등록일자 § 1999. 5. 31
어람번호 § 제2-0914호

주소 § 경기도 부천시 원미구 심곡1동 350-1 남성B/D 3F (우) 420-011
전화 § 032-656-4452 팩스 § 032-656-4453
http://www.chungeoram.com
E-mail § eoram99@chollian.net

ⓒ 월인, 2005

ISBN 89-251-0129-7 04810
ISBN 89-5831-616-0 (세트)

천룡신무

舞

월인 新무협 판타지 소설

7

북제성(北帝城)

도서출판 청어람

목차

第六十二章
청옥수(靑玉水)

청옥수(青玉水)

"**여**긴 어쩐 일이신가요?"

아무런 연락도 없이, 심지어는 기척도 없이 불쑥 나타난 임문정을 보며 이여옥은 잔뜩 긴장한 표정을 지었다.

갈수록 두려운 인간이란 생각이 들었다.

인장호에게 지하 석실로 끌려갔을 때 나타난 인간도 요괴도 아닌 핏빛 형체의 혈유란 자가 이 사내의 수족이었다. 그것만으로도 소름이 돋았다. 그리고 그 혈유란 요괴는 끊임없이 자신을 감시하러 나타났다. 자신에겐 은신이 통하지 않음을 알고 결국 포기했지만 이자의 명령을 따랐음이 분명했다.

"그렇게 반가울 인간도 아니겠지만 그렇다고 또 그렇게 혐오스런 인간도 아닐 것이라 생각하는데… 내가 틀린 것이오?"

임문정은 약간은 섭섭하다는 투로 말하며 뒷머리를 긁었다.

"기별, 아니, 기척이라도 내고 와야 할 것이 아닌가요?"

이여옥은 천천히 몸을 일으켰다. 힘이 들었지만 무리하게 움직이려고만 하지 않는다면 예전처럼 기우뚱하고 쓰러지지는 않았다.

"문을 열면서 기척을 했는데 이 소저가 너무 깊은 상념에 빠져 있어서 듣지 못한 것 같소. 어쨌든 미안하오. 그런데… 다리는 좀 어떠시오. 걸음을 옮기는 데 불편함이 조금 덜어졌소?"

임문정은 정말 궁금하다는 표정을 하며 슬쩍 이여옥의 다리로 눈길을 주었다가는 시선을 돌렸다.

짧은 순간이었지만 이여옥은 임문정의 시선이 스쳐 지나간 다리 쪽이 얼음물 속에 빠졌다 나온 것 같은 느낌을 받았다.

"많이 좋아졌어요."

이여옥은 짤막하게 답했다.

"다행이오. 앞으로는 좀 더 강한 약재와 함께 본격적인 치료를 하게 할 생각이오. 그러면 집 안을 산책하는 정도는 충분히 가능할 것이오."

"그건……."

"물론 예전과 마찬가지로 심한 고통이 동반될 것이오. 그것만큼은 우리도 어쩔 수 없소. 하지만 그런 것에는 초연한 이 소저이니 잘 견디리라 생각하오."

이여옥의 말을 가로채며 임문정이 자신있게 말했다.

집 주변을 산책까지 할 수 있다는 임문정의 말에 이여옥은 한가닥 희열과 함께 깊은 두려움을 동시에 느꼈다.

뒤틀렸던 다리가 보통 사람과 같은 모습으로 되돌아오는 동안 지독한 고통을 겪었다. 그러나 그것이 두려운 것은 아니다. 임문정의 말대로 고통은 자신의 운명이나 마찬가지였기에 그것을 견디는 것은 일상처럼 느껴졌다. 다리를 끊어내듯, 불로 지지듯 휘몰아쳐 오는 고통도 신음 하나 흘리지 않고 참아냈다. 더 나아가 그것을 객관시하며 관조할 수도 있었다. 오히려 그런 지독한 육체적 고통은 자신의 영혼을 한층 더 성숙한 방향으로 이끌었다.

두려운 것은 육체적인 고통이 아니라 시시각각으로 다가오는 음습하고 어두운 파멸의 냄새 때문이었다.

자신도 몰랐던 저주스런 능력!

그 능력이 높아질수록 파멸의 냄새는 더욱 진하게 느껴졌다.

그 파멸의 냄새가 앞으로 얼마나 큰 회오리를 몰고 올 것인가?

얼마나 많은 사람들을 아비규환의 구렁텅이 속으로 밀어 넣을 것인가?

그런 생각을 할 때마다 자신도 모르게 진저리가 쳐졌다.

"그런데 요 며칠, 왜 치료를 중단한 것이오?"

이여옥의 속마음과는 상관없이 임문정은 본론을 끄집어냈다.

이여옥은 긴장으로 굳어지려는 전신의 근육을 억지로 이완시켰다.

모른 체해야 한다.

자신은 아무것도 알지 못하는 것으로 느끼게 해주어야 한다.

이 사내는 지금 그것을 알아보기 위해 온 것이다.

"난 소나 돼지가 아니에요. 음식만 많이 준다고 해서 그만큼 일을 많이 할 수가 없어요. 이젠 이 지하실이 미치도록 갑갑해요. 바깥바람을 쐬고 싶어요. 이곳 유가검보의 벚꽃은 아직 지지 않고 만발해 있겠지요?"

이여옥은 갑자기 목소리를 높이며 쏘아붙이듯이 소리를 질렀다.

임문정은 약간은 당황한 눈으로 이여옥을 쳐다보았다.

예전과는 너무 다른 모습이었기 때문이다.

예전에는 보통 사람들이 관심을 가지는 사사로운 것들에 무관심한 그녀였다.

타고난 운명이 너무 기구했기에 그런 것에 관심을 기울일 여유가 없었을 것이다. 그런데 이젠 다리가 정상적인 모습으로 회복되고 여느 여인들 못지않은 자태로 거듭나자 여인의 본능적인 욕망을 표출시키고 있었다.

"하하!"

임문정은 호쾌한 웃음을 터뜨렸다.

"내가 너무 내 욕심만 차렸군요. 마음이 급하다 보니 그동안 이 소저를 혹사시킨 것 같소. 미안하오. 내일 하루는 모든 것을 잊고 바깥바람을 쐬게 해주겠소. 이 소저의 짐작대로 이곳은 아직 벚꽃이 만발해 있소. 다리가 많이 회복되었으니 그 꽃들 사이로 한번 걸어보시오. 하하하!"

임문정은 과장된 웃음소리와 함께 이여옥의 요구를 수용했다.

"그런데……."

만면 가득 미소를 짓던 임문정의 눈빛이 가라앉았다.

가슴을 쓸던 이여옥은 덜컥 놀라 숨을 멈추었다.

"이곳이 유가검보라는 것을 어떻게 알았소?"

질문과 함께 임문정은 이여옥의 수발을 들고 있는 소녀에게로 눈길을 돌렸다.

소녀의 얼굴이 창백하게 변했다.

"그 아이 역시 눈이 가려진 채 이곳으로 왔고, 이곳에 온 뒤로도 나한테서 한시도 떨어지지 않았다는 걸 잊었나요?"

"그렇군요. 그러고 보니 이 소저가 어떻게 이곳이 유가검보라는 것을 알았는지 더 궁금해집니다그려."

소녀의 혼백을 얼릴 듯이 쳐다보던 임문정은 고개를 끄덕이며 이여옥에게로 시선을 돌렸다.

"유가검보에는 사시사철 얼음처럼 차갑고 녹옥처럼 푸른색 물이 솟아오르는 샘이 있다고 들었어요. 제가 마시는 이 푸른색 물이 그것 아닌가요? 그리고 이 물과 저는 불가분의 관계에 있다는 것도 이젠 알았어요. 제가 인근 백 리 이상 벗어나면 온몸이 푸른색으로 변하며 숨을 쉴 수 없을 정도로 괴로워지는 것은 이 물과 불가분의 체질 때문이란 것도……."

이여옥은 석실 가운데에 있는 청옥수 샘을 착잡한 표정으로 쳐다보았다.

이 청옥수의 기운을 받고 태어났기에 새장에 갇힌 새처럼 이 지방을 떠나지도 못했고 부모님에게서조차 버림을 받았다. 또한 그런 천형 같은 체질 때문에 다리가 뒤틀려서 제대로 걷지도 못했다. 영물이 있는 곳에는 그것을 지키는 영사(靈蛇)가 있듯이 자신 또한 그런 신세였다.

"그것 때문에 그런 신비한 치료 능력도 있는 것이 아니겠소."

그 말과 함께 임문정은 찌를 듯이 이여옥을 쳐다보았다.

"이젠 만사가 귀찮아요. 남들 치료하려다가 내가 먼저 죽겠어요. 하루라도 바깥바람을 쐬고 싶어요."

이여옥은 진저리 난다는 표정과 함께 강하게 도리질을 쳤다.

임문정은 잠시 더 이여옥을 쳐다보았지만 염증 가득한 그녀의 얼굴에서는 아무것도 읽어낼 수가 없었다.

"알겠소. 내일은 기필코 벚꽃 향기 가득한 바깥바람을 쐬게 해주겠소. 내일 아침 일찍 모시러 올 테니 준비하고 기다리시오. 덕분에 나도 내일 하루 벚꽃의 향취에 취할 수 있겠구려. 하하하!"

임문정은 유쾌한 웃음과 함께 석실을 빠져나갔다.

임문정이 나가자 이여옥은 무너지듯 쓰러졌다.

"아, 아가씨!"

소녀가 고함을 지르며 달려와 이여옥을 부축했다.

"흑!"

바닥에 주저앉은 이여옥은 낮게 흐느꼈다.

"내 운명이 너무 저주스러워!"

이여옥은 절규하듯 중얼거렸다.

"왜 그러세요, 아가씨! 이젠 다리도 나아가고, 조금만 더 고생하면 체질도 고쳐 집으로 돌아가서 예전처럼… 아니, 예전과는 비교도 할 수 없이 온 세상을 훨훨 날아다니며 살 수 있잖아요?"

소녀가 얼른 이여옥의 눈물을 닦으며 달랬다.

"정말 그럴까, 향아?"

"그럼요, 그렇고말고요. 그러니 조금만 더 힘내세요. 그리고 내일은 벚꽃을 구경하며 마음껏 쉬도록 해요. 네, 아가씨?"

소녀는 내일 하루 바깥으로 나갈 수 있다는 사실에 흥분을 감추지 못하고 목소리를 높였다.

"할아버지……."

이여옥은 낮은 목소리로 할아버지를 불렀다. 부모님을 대신해서 자신을 길러준 할아버지의 모습이 눈앞에 떠올랐다. 그 뒤로 다른 한 사람의 모습도…….

'공자님…….'

이여옥의 마지막 목소리는 입 안에서만 맴돌았다.

*　　　　*　　　　*

태고의 신비를 그대로 간직한 동굴은 끝없이 길었다. 때로는 좁아지기도 하고 때로는 가파르게 위로 뚫려 있기도 했다.

똑! 똑!

위에서 떨어지는 물방울이 얼음처럼 차갑게 느껴졌다.

"이 길이 맞소?"

굵은 목소리가 동굴 안을 울렸다.

"맞소!"

칼로 자르는 듯 냉막한 목소리가 굵은 목소리에 화답했다.

"쩝!"

너무 메마르고 삭막한 대답에 질렸는지 굵은 목소리의 사내가 입맛을 다셨다.

"말 많이 해서 돌아가신 조상이 있는 것도 아닐 것인데 왜 그렇게 무뚝뚝하시오. 그렇게 말없이 가다가 서로 딴 길로 빠지면 난 꼼짝없이 동굴 귀신 되는 거 아니오?"

여조명은 혀를 차며 떠들었지만 유화결은 대답하지 않고 걸음을 옮겼다. 물방울 소리가 커다란 돌멩이가 떨어지는 것처럼 느껴지는 동굴 속에서 발자국 소리는 마차가 달려가는 굉음만큼 크게 울렸다. 그런 곳에서 말을 않는다고 서로를 잃어버릴 가능성은 없다. 괜히 으스스한 분위기에 겁이 나니 하는 소리이다.

곰 같은 덩치와는 달리, 밀폐된 곳과 어둠 속에서 튀어나오는 뭔가에 대해서 무척 겁이 많은 사내였다. 그런 면은 진우청과 전혀 달랐다. 진우청은 이런 곳에서라도 틈이 나면 잠을 청할 것이다. 그러나 여조명은 혹시라도 자신과 떨어질까 두려워하며 끌어안을 듯이 뒤따라오고 있다.

‘곰탱이……’

진우청을 떠올린 유화결은 피식 웃으며 입꼬리를 말았다.

아직 남패천에 있을지, 아니면 자신의 길을 찾아 어디론가 떠났을지 알 수 없었다.

다시 만날 수 있을지는 더 더욱. 어쩌면 이승에서 진 신세는 저승에서나 갚을 수 있을 것 같았다.

턱!

“어이쿠!”

둔탁한 소리와 함께 비명이 울렸다.

희미한 횃불이 다 밀어내지 못한 어둠 때문에, 그리고 큰 키 때문에 여조명은 천장의 무언가에 머리를 부딪친 것이다.

“횃불 하나만 더 밝히면 안 되겠소?”

여조명은 여분으로 가져온 횃불 막대기를 쳐다보며 간절한 목소리로 말했다.

“끝까지 가려면 아직 한참 남았소. 여기서 다 써버리면 그 다음부터는……”

“그, 그냥 갑시다.”

여조명이 손사래를 치며 답했다.

유화결은 일정한 속도로 걸음을 옮기며 방향을 가늠했다.

지하에 나 있는 천연 동굴을 이용하여 철무전의 비밀 탈출구를 만들었다. 그리고 이곳은 철무전이 아닌 다른 곳으로 뚫려 있어 버려진 곳이다.

어린 시절, 호기심에 입구에 실타래 끝을 묶어놓고 동굴 곳곳을 돌아다니다가 혼쭐이 나곤 했다.

그 후로 선친께선 석회를 부어 이곳을 막아버렸다.

제대로 찾아간다면 검보 외곽의 마구간으로 나갈 수 있다. 오래전에 막혀 버린 곳이라 그곳에 도착하더라도 족히 이틀은 땅을 파야 할 것이다.

그리고……

검보를 무너뜨리고, 수많은 인명을 살상하는 만행까지 저지르며 놈들이 차지한 청옥수 연못으로 스며들어야 한다.

'겨우 그것 때문에…….'

청옥수를 떠올리자 유화결은 온몸의 피가 거꾸로 치솟는 것을 느꼈다.

거간꾼 장 노인을 만나 확인한 것은 그것이었다.

수십 번을 거듭 생각해 보아도 놈들의 목적은 그곳이었다.

검보의 한 지하실 바닥에 있는 작은 연못에서 솟아오르는 녹옥색 청옥수!

사시사철 변함없는 온도 때문에 복잡한 일이 있을 때면 그곳에 몸을 담그고 머리를 식힌 적이 많았다. 아울러 여름에는 변하기 쉬운 음식과 술 단지를 담가놓고 작은 호사를 누리기도 했다.

그러나 그뿐이었다.

그걸 마셔서 속이 좋아지거나 상처가 잘 낫거나 하는 효용은 없었다. 보기에만 특이할 뿐 아무 특별한 효용이 없는 연못!

그것을 손에 넣기 위해 동방회는 오랜 동안 온갖 방법으로 수작을 벌였고, 결국에는 유가검보를 무너뜨리는 참극을 벌였다.

'대체 그것이 뭐기에……'

유화결은 으스러져라 주먹을 쥐었다.

아무것도 아닌 연못!

그러나 그것이 유가검보의 터전 한가운데에 있었기에 선친은 누가 억만큼을 준다고 해도 내어줄 수 없었을 것이다.

결국은 음모를 꾸며 가문을 쓸어버리고 놈들은 그것을 손에 넣었다.

이젠 자신이 그것을 부숴 버릴 생각이었다.

유화결은 가슴속으로 손을 넣어 화탄을 만지작거렸다.

수백 명의 인명을 살상까지 하며 차지한 곳이니 놈들에겐 그만큼 중요한 곳이란 말이다. 그곳을 무너뜨려 버리면 최소한의 복수는 할 수 있을 것이다.

심호흡을 한 유화결은 걸음을 멈추었다.

격한 감정에 사로잡혀 잠시 흥분하는 사이 작은 문제가 발생했다.

"왜 그러시오?"

갑자기 걸음을 멈춘 유화결을 보며 여조명이 겁먹은 목소리로 물었다.

"길을 잃은 것 같소!"

쿵!

여조명이 땅바닥에 주저앉으며 터져 나온 육중한 진동음이 동굴 안을 울렸다.

펙!

픽!

호미 두 개가 칠흑 같은 어둠 속에서 조심스럽게 땅을 팠다.

땅은 굳을 대로 굳어 공력을 불어넣지 않고는 한 치의 허물어짐도 허용하지 않았다.

아주 오래전에 석회와 모래를 섞어 두텁게 막아버린 동굴 입구였다. 그동안 굳어버린 석회는 돌이나 마찬가지였다.

유화결은 비지땀을 흘리며 호미질을 했다.

동굴 속에서 길을 잃은 지 하루 만에 천우신조로 이곳에 도달했다. 이젠 최대한 은밀하게 이곳을 뚫은 후 청옥수 샘으로 숨어들어야 한다.

유화결은 한층 더 바쁘게 호미를 움직였다.

"좀 쉬었다 합시다."

여조명은 칠흑 같은 어둠이 갑갑한지 후욱 하고 한숨을 내쉬며 말했다.

"여 형은 좀 쉬시오. 난 이곳을 계속 파겠소."

유화결은 여전히 일정한 속도로 호미를 움직였다. 그냥 기분대로 팠다가는 그 소리가 새어 나갈 수밖에 없어 누르듯이 호미를 쑤셔 넣고 석회암 더미를 떼어내다 보니 몇 배로 힘이 들었다. 그런데도 유화결은 여조명이 몇 번을 쉬는 동안 한 번도 쉬지 않고 호미질을 하고 있었다.

"이런 일일수록 여유를 가지고 해야 하는 법이오. 죽자고 입구만 뚫다가 햇빛이 스며드는 순간 기력이 다해 쓰러지면 꼼짝없이 놈들 손에 잡히는 신세가 되지 않겠소?"

여조명은 유화결의 손에 든 호미를 억지로 뺏으며 유화결을 쉬게

했다.

유화결은 그제야 마지못해 휴식을 취했다.

"혹시 몸에 문제가 있으시오?"

몇 번 숨을 돌리고 난 후 여조명이 불쑥 질문을 던졌다.

"무슨 말이오?"

유화결이 반문했다.

"호미질 하는 손에 힘이 제대로 실리지 않아서 하는 말이오. 그래서 쉬지도 않고 호미질을 하는 것이 아니오?"

여조명은 조심스럽게 질문하며 유화결의 대답을 기다렸다. 그러나 대답은 들려오지 않았다.

"그러고 보니… 이곳에 처음 왔던 날도 마찬가지였소. 내가 알기론 유 공자는 그들에게 쉽게 당할 사람이 아니었는데… 너무 쉽게 위기에 처해 있었소."

여조명은 뭔가 확신한 듯 목소리를 높였다.

"탈출하다 등에 화살을 맞고 병신이 되어버렸소."

유화결은 담담하게 답했다. 그러나 그 목소리 속에 억눌려져 있는 감정은 금방이라도 폭발할 듯했다.

"멀쩡한데 무슨 병신이오?"

여조명은 딴청을 피우며 말을 받았다.

"남은 생을 한순간도 쉬지 않고 검을 휘둘러도 모자랄 인간이 혈맥 한 군데가 완전히 끊겨 검을 제대로 휘두르지 못할 처지가 되었는데, 그게 병신이 아니고 무엇이겠소. 병신이란 말도 과분하오. 산송장이라는 말이 더 어울리겠지요."

유화결의 목소리가 질경질경 씹혀 나오며 동굴 속을 울렸다.

“괜한 질문을 한 것 같소.”

유화결이 말한 산송장이란 표현이 이해가 된 여조명이 입맛을 다셨다.

검을 휘두르지 않고 살아간다면 아무런 문제가 없을 것이지만 유화결의 처지는 절대로 그럴 수가 없을 것이다. 자신의 말대로 한순간도 쉬지 않고 미친 듯이 검을 휘둘러도 모자랄 것이다.

“예전처럼 검도 휘두르지 못하면서 어쩌려고 이곳으로 온 것이오?”

여조명은 조금 냉정하다 싶었지만 말을 돌리지 않고 질문했다. 이 사내에게는 그런 것이 더 어울렸다.

“다른 방식으로 복수를 할 것이오. 그러니 여 형은 적당한 때를 보아…….”

유화결은 자신의 말이 무책임하다는 것을 느끼고는 말끝을 흐렸다.

악마의 소굴이나 마찬가지가 된 이곳에서 발각된 후 빠져나간다는 것은 불가능했다. 그건 진우청이 가담한다고 해도 마찬가지일 것이다. 자신은 이곳에서 뼈를 묻기로 작정했으니 상관없지만 여조명은 달랐다. 놈들이 이곳에서 무슨 짓을 꾸미고 있는지만 알면 목적을 이루는 것이다. 그런데 길을 잃었으니 그게 불가능했다.

“내 걱정은 마시오. 어딜 가든 내 살길은 마련해 놓고 다니는 인간이니까 말이오.”

여조명은 침착한 목소리로 말했다.

“어떻게 말이오?”

유화결은 고개를 돌렸다. 돌린다고 해서 뭐가 보이는 것도 아니었지만 길을 잃고 여분의 횃불마저 꺼졌을 때 난리를 치던 모습과는 다른 여조명의 기색에서 뭔가 의혹을 느낀 것이다.

"이곳까지 오며 동굴 곳곳에 추종향(追蹤香)을 묻혀놓았소. 마음만 먹는다면 지금 당장이라도 입구를 찾아 나갈 수 있소."

"그런데도 여태껏 아무 내색을 않았단 말이오?"

유화결은 기가 막힌 심정을 억누르며 말했다. 처음 만났을 때 개들의 추적을 따돌리기 위해 자신의 몸에 무슨 가루를 뿌렸다. 그걸 미루어보면 용독술에도 조예가 있는 모양이었다.

"유 공자 고집에… 길을 안다고 해서 되돌아 나갈 것도 아니잖소? 그렇다면 나 혼자 가야 하는데… 으흐흐— 그건 도저히 못하오. 그러니 죽든 살든 같이 온 것이지요."

유화결은 한동안 입을 열지 못하고 있었다. 그 덩치에 겁낼 게 따로 있지, 그런 걸 겁낸단 말인가?

'곰도 여러 종류군.'

내심 중얼거린 유화결은 다시 입술을 움직였다.

"그렇다면 내게 무슨 일이 생겨 혼자서 빠져나갈 경우엔 어쩌시려오? 추종향도 아무 소용이 없지 않겠소?"

"혼자 빠져나가긴 왜 혼자 빠져나간단 말이오? 어떻게 해서라도 같이 빠져나가야지요. 그러니 제발 과격한 행동은 자제하시고 날 데리고 나갈……."

"호미질이나 계속합시다!"

말을 자른 유화결은 다시 입구를 파기 시작했다.

두 사람 모두 온몸에 흠뻑 땀을 적시며 두 시진 정도 더 굴을 팠을 때 호미 끝에 부딪쳐 울리는 소리가 달라졌다.

입구를 막은 석회암층이 얇아졌다는 말이다. 아울러 입구가 뚫릴 시간이 얼마 남지 않았다는 말이다.

유화결은 한층 더 조심스럽게 호미질을 했다. 어릴 적 기억으로는 이곳은 마구간 한쪽과 연결되어 있었다. 하지만 동방회 놈들이 이곳을 차지하고 나서 어떻게 바꾸어놓았을지 모른다. 연무장 한복판이나 집무실 한가운데로 바꾸어놓았다면 구멍이 뚫리자마자 발각될 것이다.

"지금이 어느 때쯤 되었을 것 같소?"

유화결은 여조명에게 시각을 물었다.

여조명이라고 그걸 알 리 없었다. 답답한 마음에 물어본 것이다.

"우선 손가락만한 구멍을 뚫어봅시다. 그럼 알 수 있지 않겠소?"

유화결은 고개를 끄덕였다.

지금으로선 그 수밖에 없었다.

유화결은 한층 더 조심스럽게 호미를 움직였다. 파내는 것이 아니라 조심스럽게 호미 끝으로 석회암을 긁어가며 소리를 죽였다.

'우웃!'

짧은 비명을 삼키며 유화결은 급히 움직임을 멈추었다.

송곳 같은 빛줄기 한 가닥이 망막 속으로 꽂혀들었다. 너무 오랜 시간 암흑에 적응되어 있었던 눈이 그 빛을 감당하지 못한 것이다.

"젠장!"

유화결은 역정을 토했다.

눈동자 속에서 폭발이 일어난 것 같았다.

"괜찮으시오?"

여조명이 나지막한 소리로 물었다. 유화결은 두 손으로 눈을 비비며 고개를 끄덕였다.

"뚫린 것이오?"

아직도 눈을 뜨지 못한 유화결이 질문했다.

"그런 것 같소."

여조명의 대답과 함께 역한 냄새가 구멍 속으로 스며들었다.

그건 가축의 배설물 냄새였다.

다행히 마구간은 그대로 있는 모양이었다. 그렇다면 훨씬 용이하게 숨어들 수 있을 것이다.

"지금이 어느 때요?"

이번에는 여조명이 느닷없이 질문을 던졌다.

"햇빛이 강한 걸 보니 대낮인 것 같소."

"그게 아니라 계절이 어느 때냔 말이오."

여조명의 질문이 재차 이어지자 유화결은 눈살을 찌푸렸다.

정확한 시간의 추이야 망각해 버렸지만 계절까지 그런 것은 아니다. 다른 곳은 벚꽃이 모두 지고 새 잎만 무성하겠지만 이곳 유가검보는 지금 한창 벚꽃이 만개해 있을 것이다.

"봄이 무르익었음이 분명한데 왜 이리 으스스한 것이오?"

유화결이 대답을 하지 않자 여조명은 스스로 대답하고 다시 질문을 했다.

그제야 유화결도 등줄기 한복판으로 시린 냉기가 흐름을 느꼈다.

'뭔가, 이건?'

유화결은 잠시 의혹에 사로잡혔다.

외기의 유통이 거의 없는 동굴 속에서 갑자기 찬바람이 스며들 리 만무했다. 그렇다고 손가락만한 구멍으로 이런 찬바람이 들어올 리도 없었다. 구멍이 뚫릴수록 오히려 따뜻한 봄바람이 스며들어야 한다.

"으아악―"

갑자기 지른 여조명의 고함 소리가 온 동굴 안을 진동시켰다.

뚫린 구멍 사이로 조심스럽게 눈을 갖다 대며 찬바람의 근원지를 찾던 유화결은 화들짝 놀라며 뒤를 돌아보았다.

"크크크!"

동굴 속의 습한 어둠보다 훨씬 더 음습한 웃음소리가 여조명의 뒤쪽에서 들려왔다.

한 번 더 비명을 지른 여조명이 와락 유화결 옆으로 붙었다.

"대, 대체 저게 무엇이오?"

여조명은 기절초풍할 것 같은 목소리와 함께 동굴 한곳을 가리켰다.

동굴 한쪽이 피로 물들고 있었다.

그곳은 호미로 뚫은 구멍에서 쏟아지는 가는 빛줄기조차 미치지 못하는 곳이다. 칠흑 같은 암흑만이 존재하는 곳인데 무언가가 보인다는 것은 이해할 수가 없었다.

"으으으……"

여조명이 다시 신음을 토했다.

핏빛 형상이 사람의 형상으로 모여졌다. 그리고 주변보다 훨씬 더 짙은 색의 두 눈동자에서 혈광이 이글거렸다. 그곳에서 흘러나온 혈광이 짙은 암흑 속에서도 그 형상을 보여주고 있었다.

"대, 대체 저게 무엇……."

파앗―

유화결은 대답 대신 수리검 하나를 날렸다.

"크크크―"

　귀를 틀어막고 싶을 정도로 기분 나쁜 웃음소리와 함께 수리검이 파고든 핏빛 인영의 가슴에 주먹만한 구멍이 생겼다.

　구멍을 관통한 수리검은 그대로 벽에 부딪치며 작은 불꽃과 함께 튕겨졌다.

　“으으……”

　상상도 하지 못했던 기괴한 존재에 여조명은 덜덜 떨며 부채를 손에 쥐었다.

　어둠 속에 혼자 있는 것조차 두려워 혼자서는 되돌아가지도 못한다는 그에게 있어서 지금은 기절초풍을 하고도 남을 상황이었다.

　“젠장!”

　유화결은 역정을 토했다.

　정체가 뭔지 모르겠지만 호의를 가지고 나타난 존재는 아니었다.

　그렇다면 한바탕 격전을 치러야 할 텐데, 장력 한 방이라도 발출했다간 단박에 발각이 될 것이다.

　피피핑—

　세 개의 부챗살이 파공음과 함께 핏빛 인영을 향해 날아갔다.

　핏빛 인영의 상체 세 곳에 구멍이 뻥 뚫리며 부챗살은 수리검과 마찬가지로 핏빛 괴물의 몸을 그대로 통과했다.

　파곽—

　부챗살에서 불꽃이 튀자 핏빛 몸체가 일렁하고 움직였다.

　“요괴……”

　여조명은 신음처럼 중얼거렸다.

　“정체가 뭐냐?”

　수리검과 부챗살의 공격이 전혀 통하지 않음을 느낀 유화결은 차가운 목소리로 질문을 던졌다.

"크크크—"

기괴한 웃음소리가 질문을 대신하며 울려 나왔다.

쉬이익—

웃음소리가 끝남과 동시에 핏빛 인영의 모습이 사라졌다. 그리고는 동굴 천장에서 무너지듯 쏟아져 내렸다.

퍼억—

"으윽!"

파육음과 비명이 동시에 울리며 여조명이 바닥을 굴렀다.

"여 형!"

유화결은 고함을 치다가 얼른 입을 다물었다.

손가락만한 구멍이었지만 소리가 새어 나가기에는 충분했다. 어쩌면 벌써 새어 나갔을지도 모를 일이었다.

'이젠 이판사판이다!'

유화결은 양손에 한 개씩의 소도를 들고 괴물체를 향해 쏘아갔다.

퍼억—

가슴 어림에서 둔탁한 격타음과 함께 통증이 몰려왔다.

갑자기 사라진 후, 기척도 없이 나타난 핏빛 인영의 공격은 심혼을 빨아먹는 듯했다.

통증과 함께 그만큼 공력이 빠져나가는 기분이었다.

"망할!"

유화결은 이를 악물며 온 신경을 곤두세웠다.

혈광이 이글거리는 두 눈이 사라지자 괴인영의 형상은 다시 칠흑 같은 어둠 속으로 자취를 감추고 말았다.

청각이나 다른 감각으로도 도저히 느껴지지 않았다.

이렇게 무방비 상태로 서 있다가 맞고 쓰러지는 수밖에 없을 것 같았다.

"어느 쪽에 있는 것 같소?"

여조명의 목소리가 침착하게 들려왔다.

내내 겁을 집어먹고 오금을 펴지 못하다가 한 대 맞고 나니 오기가 생긴 모양이었다.

"저쪽!"

어느 방향에서 한기를 느낀 유화결은 짧은 고함과 함께 수리검을 날렸다.

여조명도 쾌속하게 섭선을 흔들었다.

수리검 하나와 부챗살 두 개가 다시 벽에 부딪치며 불꽃을 튀겼다. 그 불꽃 사이로 혈인의 형상이 스며들듯 사라지고 있었다.

"조심하시오, 크윽!"

말을 끝맺지도 못한 유화결이 비명을 토했다.

이번에는 한기마저 느껴지지 않은 채 등 한복판으로 지독한 고통이 파고들었다. 그리고 그만큼 기운이 빠져나갔다.

"하앗―"

여조명의 고함 소리가 들렸다. 유화결의 등에서 울리는 타격음을 향해 반사적으로 일격을 날린 것이다.

퍼퍽!

두 개의 이질적인 타격음이 울렸다.

하나는 여조명의 몸에서 울린 것이고, 다른 하나는 혈인의 몸에서 울린 것이었다.

“크크크!”

괴인의 웃음소리가 더욱 낮게 울려 나왔다.

‘으윽!’

유화결은 비명을 삼켰다.

이번에는 맞지도 않았는데 웃음소리와 함께 전신의 기운이 더욱 빠져나가는 느낌이었다. 그건 요괴의 수작이 분명했다. 여조명도 마찬가지인지 숨을 몰아쉬며 호흡을 조절했다.

‘어쩔 수 없다!’

유화결은 결심을 굳혔다.

퍼엉!

폭음과 함께 손가락만한 구멍이 와르르 무너지며 햇살이 쏟아져 들어왔다.

“크크— 크윽!”

괴물체의 웃음소리가 짤막한 신음으로 바뀌며 사라졌다. 쏟아져 들어온 빛이 괴물의 힘을 차단한 것이 분명했다.

수리검과 부챗살이 벽에 부딪치며 불꽃이 튀자 괴물체의 형상이 잠시 흔들렸다. 유화결은 그걸 이용한 것이다.

괴물체는 잠시 물리쳤지만 아직은 뚫리지 말아야 할 작은 구멍이 폭음과 함께 터져 나갔다. 그 사이로 여러 개의 발자국 소리와 고함 소리가 들려왔다.

“돌아갑시다!”

여조명이 다급하게 말했다.

“어둠 속으로 들어가면 저놈의 밥이나 마찬가지요.”

유화결은 계속 괴물체의 흔적을 찾으며 답했다.

“무슨 일이냐?”

훨씬 더 가까운 곳에서 사내의 목소리가 들려왔다.

“여 형은 그만 돌아가시오!”

유화결이 단호하게 말했다.

“혼자서는 못 가오!”

여조명이 고개를 가로저었다.

“저놈은 아마도 날 따라올 것 같소. 그러니 여 형은 왔던 길로 되돌아가시오.”

유화결은 동굴 밖의 동정을 살피며 소리쳤다.

“난 절대로…….”

“어서 가! 이 곰 같은 새끼야!”

동굴 입구가 한 번 더 무너지고 그곳으로 사내들이 쏟아져 들어오는 것을 보며 유화결은 고함을 질렀다.

그 고함 소리에 여조명은 움찔 동굴 안으로 몸을 움직였다.

“여 형은 기필코 살아 나가서 언젠가 내 하나뿐인 친구를 만나거든 전해주시오. 내 피를 다 뽑아주지 못해서 정말 미안하다고.”

유화결은 동굴 입구 쪽으로 방향을 잡았다.

“유, 유 공자…….”

“어서, 어서 가시오!”

고함과 함께 유화결은 입구 쪽으로 화탄 하나를 던졌다.

폭음과 함께 아비규환의 비명이 울렸다.

휘익—

유화결은 여조명을 향해 수리검을 날렸다. 깜짝 놀란 여조명이 뒤로 몸을 날렸다.

유화결은 그쪽으로 화탄 하나를 더 던졌다. 여조명이 사라진 방향으로 핏빛 괴물이 쫓아가지 못하게 하기 위함이었다.

폭발의 섬광과 함께 동굴이 무너지며 여조명이 몸을 옮긴 동굴이 막혀 버렸다. 저 괴물은 어떨지 모르겠지만 다른 놈들은 여조명을 추적하기는 힘들 것이다.

"크크크!"

예상대로 괴물은 여조명을 쫓아가지 않고 자신을 바라보고 서 있었다.

휘익—

유화결은 화탄에 의해 크게 뚫린 입구 쪽으로 몸을 날렸다.

가슴속에 남은 화탄은 한 개뿐이었다. 심장이 갈기갈기 찢겨질 때까지 싸우더라도 그것은 남겨두어 청옥수 샘을 파괴해야 한다.

동굴을 완전히 빠져나온 유화결은 청옥수 샘이 있는 쪽으로 방향을 잡았다.

"오랜만이오, 유화결 공자!"

동방회주의 아들 임문정이 유화결이 신형을 날리려는 방향을 막고 서서 하얗게 웃고 있었다.

第六十三章

강호에 이는 바람

"알아낼 수 있겠느냐?"

노인은 깊은 눈빛으로 여인을 쳐다보며 질문했다. 여인은 노인의 질문에 즉각 답하지 않고 뚫어져라 서탁을 내려다보고 있었다.

서탁에는 여러 장의 종이가 어지럽게 놓여 있었다. 그리고 그 종이 위에는 굵은 붓과 가는 붓으로 그려진 복잡한 궤적의 선들이 춤을 추고 있었다.

"휴— 도저히……."

여인은 마침내 고개를 흔들었다.

노인의 얼굴에는 언뜻 실망의 기색이 번져 나갔다.

"사제의 움직임은 초식에 연연하지 않아요. 중원의 무공과 어떤 면에서는 비슷한 것 같으면서도 마지막 순간에는 너무 달라요. 하나로 섞여 있는 것 같지만 끝까지 따라 올라가 보면 완전히 다른 샘에서 솟아 나온 물줄기처럼 달라요.”

여인은 지친 음성과 함께 뒤로 물러나 앉았다.

노인 옆에서 긴장한 표정으로 지켜보던 중년 사내들도 한숨을 내쉬며 시선을 돌렸다.

“네가 풀어낼 수 없다면 우리 중 아무도 풀어낼 수 없겠지. 그만 쉬도록 하거라.”

노인은 애써 담담한 표정을 지으며 자리에 앉았다.

“오랜 금제(禁制)… 그것은 여전히 우리 힘으로는 풀 수 없는 것인가?”

자리에 앉은 노인이 허공으로 시선을 두며 혼잣소리처럼 중얼거렸다.

“아직은 시간이 있습니다!”

일숙의 위치를 차지하고 있는 관일엽(貫一曄)이 희망을 잃지 않고 말했다.

“시간이야 예전에도 많았지. 하지만 사부의 품을 떠난 사제가 익힌 무공, 아니, 사제가 익힌 춤은 근본적으로 우리의 무공과는 달라. 그러기에 우리의 한계를 뛰어넘은 것이야.”

노인의 시선이 창밖으로 향했다.

“사숙께서 그 아이를 세상으로 내보낸 것은……?”

관일엽이 조심스럽게 노인을 쳐다보았다.

“사제가 우리를 불쌍히 여겨 치밀한 안배를 해놓았든지, 아니면 어리석은 우리가 더 이상 잘못을 저지르지 못하도록 제자를 내려보낸 것이든지… 허허!”

노인의 눈빛이 깊은 회한으로 물들었다.

그 뒤로 한참 동안 아무도 입을 열지 않았다.

"어쨌든 가장 중요한 순간에, 그리고 가장 필요한 순간에 그 아이, 아니, 사제가 나타났어요. 그건 사숙의 안배라고 봐요."

한동안의 정적을 깨뜨리며 여인이 말했다.

"그렇다면 정말 다행한 일이지."

관일엽이 말을 받았다.

"어리석은 인간이 신인 같은 사제의 생각을 어찌 다 헤아리겠느냐. 우리의 증오심이 또 다른 비극을 낳지 않기만을 바랄 뿐이지. 이제 그만 길을 재촉해 보자꾸나. 장안(長安)이 얼마 남지 않았어……."

노인이 천천히 신형을 일으키며 객실 문을 열었다.

"안녕히 주무셨습니까, 사백조님? 그리고 사고……."

객실 밖으로 나온 그들을 향해 을지소소가 상냥하게 인사했다.

백화원을 떠날 때는 거동조차 불편했지만 이젠 많이 나아 가벼운 움직임에는 아무 지장을 받지 않았다.

"우리는 안 보이는 모양이구나?"

중년인 하나가 부드러운 미소와 함께 농을 던졌다.

"그럴 리가 있겠습니까, 사백. 여러 사백께서도 편히 주무셨는지요?"

을지소소는 서둘러 중년인들에게도 문안 인사를 여쭈었다.

"사제는……?"

중년 여인이 객점 안을 두리번거리며 물었다.

"사제라시면? 진 공자……."

"뭐라고 했느냐?"

을지소소의 입에서 진 공자라는 말이 튀어나옴과 동시에 사고의 눈이 매서워졌다.

"죄, 죄송합니다, 사고! 진 사숙께서는 아직……."

을지소소는 얼른 고개를 숙이며 진우청에 대한 호칭을 정정했다.

"아직?"

"아직 일어… 아니, 아직 기침하지 않으셨습니다."

을지소소가 최대한 경어로 대답했다.

"쯧쯧!"

중년인 하나가 혀를 찼다.

"깨우거라. 떠날 때가 되었다."

노인이 계단을 내려오며 말했다.

*　　　*　　　*

한 권의 서책을 손에 쥔 낙화신검(洛花神劍) 조병무(曹昞武)는 부르르 손을 떨었다.

오랜 세월의 흔적이 고스란히 묻어 있는 서책의 겉장은 만지면 금방이라도 먼지로 으스러져 버릴 것 같았지만 웅혼한 필체로 적힌 제목은 뚜렷이 남아 있었다.

자하미리검법(紫霞迷離劍法)!

명대 초기에 분실된 화산의 상승 검법서였다.

그것이 오랜 세월을 뛰어넘어 지금 자신 앞에 있는 것이다.

조병무는 믿을 수 없다는 표정으로 한참 동안 서책을 쳐다만 보았다.

이 비급이 어떻게 화산에서 사라졌는지는 최근에야 알았다.

자세한 것은 장문인이나 몇몇 장로들을 통해서만 알고 있던 것인데, 이번 정파무림의 비밀 회동을 위해 떠날 준비를 하던 중 장문인과 장로들의 부름을 받은 자리에서 자신도 알게 되었다. 아울러 이번 회동에서 한 가지 약속을 지켜주고 그것을 회수해 오라는 지시를 받았다.

어떻게 그게 자신에게 전해질 것인지 궁금했는데 회동 장소가 멀지 않은 이 객점에서 느닷없이 전해진 것이다.

자하미리검법은 이백여 년 전, 자하검군(紫霞劍君) 강덕민(姜德岷)에 의해 창안된 검법이었다.

그는 자하검군이란 별호보다 화산검치(華山劍癡)로 더 잘 알려져 있었다.

검에 미쳐, 오로지 검에만 몰두한 그가 말년에 창안한 자하미리검법은 지극히 난해하여 상승의 무리를 이해한 사람이 아니면 익힐 생각조차 할 수 없는 검법이었다. 그 검법을 창안한 그는 그것을 문도들에게 전하기 위해 심혈을 기울여 자하미리검법서를 만들었다.

이미 절정에 오른 고수가 수유의 순간 얻은 심득을 필설로 표현하기에는 엄청난 어려움이 따랐다. 그것은 태어날 때부터 장님인 사람에게 만져지지도 않는 무지개를 설명하는 것과 마찬가지였다. 천고의 기재가 아닌 범인이라면 그건 더욱 어려웠다.

자하검군 강덕민은 수년을 매진한 끝에 그 심득을 글로써 나타낼 수 있게 되었다. 그것이 자하미리검법이었다.

그런데 그 검법은 세상에 태어난 지 한 달도 되기 전에 그 주인과 함께 사라지고 말았다.

그 뒤 화산은 수많은 문도들을 풀어 강덕민의 행적을 수색했지만 그의 종적은 어느 곳에서도 발견되지 않았다.

거기까지가 낙화신검 조병무가 아는 사실이었다.

그리고 정파무림 비밀 회동 장소로 떠나기 직전, 장문인과 장로들로부터 들은 얘기로는 강덕민이 사문을 배신하고 백인대의 일원이 되었다는 것이다. 황실은 강덕민을 백인대로 끌어들이며 다시는 사문으로 돌아가지 못하게 자하미리검법을 요구했고, 강덕민은 자신의 손으로 장경각에 보관한 자하미리검법서를 다시 훔쳐 백인대에 투신했다는 말이었다.

그런 극비 사항을 얘기하는 장문인과 장로들의 표정이 왠지 석연치 않은 것으로 보아 그 일에는 또 다른 사연이 있을 법도 했다. 어쩌면 강덕민이 사문을 배반한 것이 아니라 화산이 황실로부터 큰 대가를 받거나 협박을 받고 자하미리검법과 함께 강덕민을 백인대로 보내준 것일지도 모른다.

조병무는 한숨을 내쉬었다.

그런 것은 이젠 아무런 의미가 없는 얘기였다. 긴 세월의 먼지 속에 두텁게 덮어져서 확인할 수도, 확인할 필요도 없었다.

중요한 것은 화산의 최고 검법 중 하나가 다시 돌아왔다는 것이다.

낙화신검 조병무는 조심스럽게 서책의 겉장을 넘겼다.

빛바랜 서책 속에서 화산의 숨결이 후욱 밀려 나왔다.

틀림없는 진서였다.

조병무의 손이 다시 한 번 부르르 떨렸다.

급히 서책을 덮은 조병무는 자하미리검법 비급을 가져온 중년인을 쳐다보았다.

조금 마른 체격에 훌쩍 큰 키의 용모로 사람이 많은 거리에서 마주친다면 아무런 특별함을 느낄 수 없는 사내였다. 특히 차분한 눈빛과 주변의 정물에 동화되어 있는 모습은 무공을 익힌 흔적마저도 찾을 수 없었다.

그러나 이 사내는 오랫동안 강호의 신비 문파로 알려진 북제성의 사람이었다. 그러기에 이 검법서를 가져올 수 있는 것이다.

세상에 존재하지만 보이지 않는 바람처럼 신비한 사람들!

북제성의 인물을 마주하고 있다는 사실에 조병무는 불식간에 가슴이 뛰는 것을 느꼈다.

그러나 지금은 그런 것이 문제가 아니었다.

"자하미리검법은 전반부와 후반부, 두 권으로 아는데 왜 한 권뿐이오?"

조병무는 차분한 음성으로 물었다.

"이번 회동에서 약속을 지켜주신다면 후반부도 돌려 드리겠습니다."

중년인은 가볍게 고개를 끄덕이며 대답했다.

"휴우—"

조병무는 긴 한숨을 내쉬었다.

"물론 지켜 드리지요. 어쩌면 이번 비밀 회동의 가장 큰 목적 중 하나가 그것이니까요."

"그럼 이만……."

조병무의 말이 끝나자마자 중년인은 신형을 일으켰다. 이내 그의 신형이 흐릿하게 그 자리에서 사라졌다.

"허허!"

탈색된 조병무의 수염이 한차례 떨렸다.

바람처럼 왔다가 연기처럼 사라진다고 하더니, 방금 그 사내가 그랬다.

생각을 읽을 수 없을 정도로 깊은 눈빛과 추측조차 불가능한 무공!

오랜 세월 동안 모습조차 제대로 드러내지 않으면서도 중원사패의 하나로 꼽힐 만한 사람들이었다.

석상처럼 자하미리검법을 쳐다보던 조병무는 풀어헤쳤던 보자기를 다시 싸맸다.

"앞으로 어떻게 되려나……?"

조병무는 낮게 중얼거렸다.

화산파에서 백인대에 몸을 담은 사람이 있는데 다른 문파라고 그러지 말라는 법은 없다.

어쩌면 구파일방이나 무림세가 모두가 그런 식으로 백인대의 창설에 가담했을지도 모른다. 그리고 이번 회동에 참석하며 자신처럼 무언가를 돌려받았을지도…….

그걸 돌려받는 대가로 이번 회동에 그들의 제의를 들어주기로 약조했다. 약조에 앞서 그건 서로의 가려운 곳을 긁어주는 것이다. 다른 곳 역시 마찬가지이리라.

그 선택이 앞으로 어떤 파장을 몰고 올지는 아무도 모른다.

이제껏 음지에서만 숨어 지내며 모습을 드러내지 않았던 북제성의 등장은 무림의 판도를 왕창 바꾸어놓을 수도 있다.

장문 사형과 장로들은 그걸 바라고 있는지도 모른다.

남패천과 서왕문, 동방회의 틈바구니에서 위상이 추락된 구파일방이었기에 지금의 판도를 왕창 뒤흔들어 버리고 싶은 것일지도…….

상념에 빠졌던 조병무는 인기척을 느끼며 자하미리검법을 급히 가슴속에 갈무리했다.

"누가 왔다 갔나요, 사숙조님?"

사손 문영옥(文影玉)이 반짝이는 눈망울과 함께 방으로 들어왔다.

친손녀 같은 문영옥을 보며 조병무의 얼굴에 드리워진 수심이 모조리 사라졌다.

"누가 들어왔다면 네가 보았을 것이 아니더냐?"

조병무는 의미심장한 눈빛과 함께 답했다. 북제성의 인물은 마주쳐 오는 문영옥의 이목마저 떨쳐 버린 모양이었다.

"그렇기는 한데…… 무슨 말소리가 들리는 것 같아서요."

문영옥은 의혹 어린 눈길로 실내 이곳저곳을 두리번거렸다.

창문들은 문고리가 채워져 있었고, 앞문은 방금 자신이 지나쳐 왔으므로 아무도 오지 않았음이 분명했다. 그런데도 뭔가 느낌이 이상했다.

"왜 그러느냐? 내가 뒷문으로 옛 정인이라도 끌어들일까 싶어 그러느냐?"

"푸훗! 사숙조님도… 무슨 그런 말씀을 다 하세요?"

조병무의 농담에 문영옥은 웃음을 감추지 못했다.

"참, 그런데… 사숙조님."

문영옥이 깜박했다는 표정으로 말했다.

"왜 그러느냐?"

조병무가 수염을 점잖게 쓰다듬으며 말을 받았다.

"저번 휘주현 참사 때 살아남은 유가검보의 장남 유화성 사형……."

"그래! 그 아이가 어찌 되었다더냐?"

조병무는 와락 다가앉으며 고함을 질렀다.

"깜짝 놀랐잖아요, 사숙조님!"

문영옥이 가슴을 쓸며 목소리를 높였다.

"어서 말해보거라. 그 아이에게 무슨 일이 있는 것이냐?"

조병무는 거듭 재촉했다.

"무슨 일이 있는 것이 아니라…… 아니, 정말 큰일을 벌였어요. 남패천의 혈랑대 대주가 되어 서왕문주의 큰아들 목을 베고, 둘째 아들의 팔을 잘라 버렸다는 소문이 들렸어요."

문영옥은 스스로도 믿기지 않는다는 눈빛과 함께 답했다.

"남패천의 혈랑대라니? 그 아이가 왜?"

조병무의 목소리에 혼란한 기운이 어렸다.

화산의 속가나 마찬가지인 유가검보가 단 하루 사이에 무너져 버리리라고는 생각도 못했다. 그때는 어쩔 수 없었다. 하지만 그 후에도 화산은 아무런 도움을 주지 못했다. 동방회와 서왕문의 보이지 않는 압력이 옴짝달싹도 못하게 발목을 묶었다.

그것이 크나큰 한으로 남았는데 천만다행으로 그 자식들이 살아남아 그 장남은 남패천의 혈랑대주가 되어 서왕문주의 아들 둘을 죽였단 말이다.

아직은 소문일 뿐이지만 그 아이가 화산파 전체보다 더 낫다는 생각이 들었다.

"남패천의 혈랑대주라…… 어쩌면 그 아이로서는 최상의 선택이었겠구나. 나약한 화산파보다는 남패천이 훨씬 낫지."

노인의 눈에 안타까운 기운이 흘러내렸다.

"그 아이는 괜찮다더냐?"

잠시 후 조병무가 다시 질문했다.

"괜찮은가 봐요. 하지만 앞으로가 문제예요. 아들 둘을 잃은 서왕문주가 가만히 있지 않을 테니까요."

문영옥은 걱정스런 음성으로 답했다.

"지금 그 아이는 어디 있느냐?"

"그건 잘 모르겠어요. 서왕문도들과의 혈투 후 혈랑대를 이끌고 소리없이 사라졌다고 해요. 그러다가 어디에서 나타났다고 했는데 워낙 여러 곳에서 나타났다는 소문이 있어서 정확히 알 수가 없어요. 어릴 때 몇 번 보았을 땐 정말 멋졌는데……."

문영옥의 눈이 아련해졌다.

"저곳이 회동 장소요?"

진우청은 초하이에게 질문했다.

질문을 받은 초하이는 시선을 돌리며 모른 척 대답을 회피했다.

초하이와 타우도 이젠 진우청을 사숙으로 불러야 했다. 그동안 속을 무던히도 썩였던, 막내 동생 나이도 안 되는 사숙이 결코 달가울 리 없었다.

진우청은 두 사람에게 전혀 사숙 대접을 받으려 하지 않았지만 그들의 사숙과 사백들이 진우청을 사제로 대하고 이십구숙(二十九宿)이라는 서열까지 매겨놓았으니 도리가 없었다.

그나마 말을 잘 할 줄 모르는 것이 이때는 큰 도움이 되었다.

웬만하면 못 알아듣는 척 딴전을 피웠고, 부득이할 때는 손짓으로 대답했다.

"저곳이 정파무림의 회동 장소요?"

진우청이 이번에는 타우를 향해 질문을 던졌다.

타우가 마지못해 고개를 흔들었다.

"그럼?"

"회동 장소는 반나절은 더 가야 해요. 하지만 우린 여기서 여장을 풀 생각이에요."

을지소소가 나서서 답해주었다.

"그럼… 여기가 앞으로 우리가 기거할 곳이란 말이오?"

"그래요."

을지소소는 흥분한 목소리와 함께 크게 고개를 끄덕였다.

진우청은 별다른 내색 없이 저 앞에 있는 장원을 물끄러미 쳐다만 보았다.

제법 부티가 나는 장원이었지만 백화원에 비한다면 훨씬 규모가 작았다. 워낙 백화원의 규모가 커서 그런 느낌이 들었겠지만 왠지 초라해 보였다. 건물 내부 또한 잘 다듬어진 정원도 없이 삭막했다.

곧이어 진우청과 북제성 사람들은 건물 안으로 들어섰다. 그 뒤를 따라 무적대 서른 명도 같이 들어섰다. 그들로 인해 빈 건물에서 느끼는 썰렁한 기분은 많이 사라졌다. 이곳으로 오면서 그들은 속속 모이기 시작하여 이젠 교전 중 다치거나 죽은 대원들을 빼고는 모두 모였다. 그런 후에 그들은 진우청과 북제성 사람들을 호위하는 서른 명의 인원들만 남기고 유화성을 따라 흩어졌다. 여러 개의 조로 나누어 넓게 퍼져 전위병과 후위병 역할을 하고 있을 것이다.

겉보기에는 작게만 느껴지던 장원은 안으로 들어서자 그 느낌이 조금 달랐다.

견고한 기둥과 짜임새 있는 구조, 그 옆으로 제법 넓은 연무장, 그리고 수십 마리의 말들을 충분히 수용할 수 있는 마구간!

보통의 여염집이 아니라 작은 무도관이나 무가에 더 가까웠다.

"마음에 드는가?"

십오숙의 위치에 있는 주형반(朱亨潘)이 감회가 어린 눈빛과 함께 질문했다.

"이곳이 앞으로 우리의 터전이 될 것일세."

주형반은 진우청의 대답도 듣지 않고 덧붙였다.

"터전이라면……?"

진우청은 말을 알아듣지 못하고 주형반의 얼굴을 물끄러미 쳐다보았다.

"말 그대로 양지로 나온 우리들의 집이 되는 것이지!"

주형반은 얼핏 격동이 이는 목소리로 답했다.

"이곳에 정착하신다는 말씀이십니까?"

당분간 기거할 거처인 줄 알았는데 이곳이 북제성의 터전이라는 주형반의 말에 진우청은 목소리를 높였다.

"그렇다네. 앞으로 이곳이 세상으로 나온 북제성의 총단이 될 것이네."

주형반은 고개를 끄덕이며 답했다.

그의 말을 들은 을지소소는 가슴이 벅차오르는지 주형반을 쳐다만 보며 아무 말도 하지 못했고, 타우와 초하이도 마찬가지였다. 진우청만 적이 불만스런 표정을 하며 이곳저곳으로 시선을 움직였다.

"너무 좁지 않습니까?"

잠시 뒤 진우청은 불쑥 말을 내뱉었다.

사패천 중의 하나인 남패천의 규모는 한마디로 어마어마했다. 그곳에 머무른 기간 동안 작정을 하고 돌아다녔더라도 다 구경하지 못했을 것이다.

그에 비하면 이곳은 조족지혈이라는 말도 과분할 만큼 초라했다.

"건물이야 아무럼 어떤가. 중요한 것은 그 안에 어떤 사람들이 기거하느냐가 아닌가?"

주형반이 빙그레 웃으며 공자처럼 말했다.

"사제 말대로 보기에는 좁은 곳이지만 주변의 경관과 잘 어우러지게 지은 곳이라네. 풍수지리적으로도 그렇고… 또 조금만 자세히 살펴보면 한 명으로 천 명의 침입자를 막을 수 있는 구궁팔괘의 원리가 숨어 있다네."

진우청의 의중을 읽었는지 주형반이 빙그레 웃으며 설명했다.

설명을 끝낸 주형반의 눈빛이 어느 순간 강력하게 빛났다. 동시에 그의 몸에서 무형의 기운이 은연중에 뻗어 나왔다.

진우청은 눈을 끔벅이며 주형반을 쳐다보다가 그의 시선을 좇아 사방을 둘러보았다.

주형반의 몸에서 뻗어 나오는 기운이 주변의 건물들과 어우러지자 초라하게만 느껴지던 건물이 서서히 다르게 느껴졌다.

기묘하게 배치된 여러 채의 건물과 그 건물들 사이에 있는 석등들… 또한 건물과 벽 사이의 거리, 장원에 심어진 나물들!

주변 경관들과 물 흐르듯이 어울린 것 같았지만 그 모든 것들이 묘하게도 빈틈을 허용하지 않았다. 그건 처음 남패천의 내성 문을 들어섰을 때 그곳의 건물들이 주는 느낌과 흡사했다. 남패천은 그 건물들 사이에 귀혼마진이란 기관진을 설치하여 그곳에 갇힌 진우청 형제와 원다영 모녀를 사지로 몰았었다.

이곳은 그런 기관진의 흔적은 보이지 않았다. 대신 극강의 고수들이 존재했다. 앞으로 얼마나 더 만나게 될지 모르겠지만 방금 주형반이 내뿜은 기운이 건물의 배치와 어우러지자 남패천의 귀혼마진보다 몇 배는 더 엄중한 그물이 쳐지는 기분이었다.

단 한 사람으로도 이런 느낌인데 아직 모습을 드러내지 않은 사람들이 모두 이곳에 모여 자신의 위치를 지킨다면 남패천의 군사들이 모두 들이닥친다 해도 꿈쩍 않는 철옹성이 될 것 같았다.

진우청의 눈빛이 맹수의 그것처럼 빛났다.

이곳저곳으로 시선을 주며 자신은 이 건물 어느 곳에 가장 어울릴까 하며 호흡을 가다듬는 짧은 순간, 진우청의 몸에서도 주형반과 마찬가지로 은연중에 무형의 기운이 뻗어 나와 건물과 하나로 동화되어 갔다.

그 기운이 주형반의 몸에서 뻗어 나온 기운과 어우러지며 건물과 조화되자 건물이 두 배는 더 넓고 견고해져 보였다.

"이해가 빠르구만!"

이심전심으로 그것을 느낀 주형반이 빙그레 웃으며 진우청의 어깨를 두드렸다.

타우와 초하이, 을지소소도 감탄한 눈으로 진우청을 쳐다보았다.

"멋져요, 사숙!"

을지소소가 활짝 웃으며 엄지손가락을 치켜세웠다. 타우와 초하이도 진우청이 그들의 사숙이 된 이후 처음으로 진우청을 향해 옅은 미소를 흘렸다.

"피곤할 텐데 쉬도록 해, 사제. 금방 음식 준비할 테니……."

을지소소의 사고도 가슴이 가득 차오르는 듯 환한 미소와 함께 말했다.

비록 규모 면에서는 남패천이나 서왕문과는 비교가 되지 않았지만 북제성의 총단이 될 이 장원은 그 속에 있는 사람들과 유기적으로 어우러지는 살아 있는 건물이었다.

*   *   *

벚꽃이 지고 매화꽃이 만개할 즈음 강호에는 때 아닌 폭풍이 몰아닥쳤다.

그 첫 번째는 모든 사람의 예측을 깨고 구파일방과 오대세가가 순식간에 무림맹의 결성을 선포한 일이었다.

그것은 예상치 못한 커다란 폭풍이었다.

처음에는 극비리에 진행되었지만 나중에는 공공연한 비밀이 되어버린 정파무림의 비밀 회동은 장안의 조씨세가에서 열렸다.

장안은 예로부터 여러 나라의 수도로 그 유서가 낙양만큼이나 깊은 곳이다.

주나라 무왕이 세운 수도 호경(鎬京)에서 비롯되어, 전한에서 당나라에 이르기까지 약 천여 년 동안 여러 나라의 수도로 번성한 고도이다. 하남성 서부의 낙양(洛陽)에 비해 훨씬 서쪽에 있기 때문에 낙양을 동도(東都), 장안을 서도(西都)라는 말로 일컫기도 한다.

유서 깊은 장안에서 정파무림의 회동이 열린다는 사실에는 별 의문점이 없었으나 그 구체적인 장소가 조씨세가라는 말이 나오자 모두들 고개를 갸웃거렸다.

장안에 있는 조씨세가는 무가가 아닌 상가였다.

한때는 장안 최대의 세가로서 위용이 하늘을 찔렀지만 대대로 손이 귀했고, 그나마 적자보다는 서자가 더 많아 어느 순간부터 균열의 전조음이 들려오기 시작했다.

그러나 거선(巨船)이 단 한순간에 침몰하지 않듯이 조씨세가는 그런 불안한 조짐 속에서도 수십 년을 더 버텨왔다. 하지만 더 이상 버티지 못하고 이젠 곧 침몰할 수밖에 없는 상황이었다.

그런 와중에 정파무림의 비밀 회동이 그곳에서 열렸다.

강호의 모든 무인들은 그 회동 장소를 전해 듣고는 의혹에 사로잡혔지만 그 의혹을 길게 물고 늘어질 틈이 없었다.

회동이 열린 직후, 넓고 넓은 세가의 장원을 지키던 얼마 남지 않은 조씨 혈족들은 어디론가 사라지고 그들의 마지막 재산이었던 장원 건물은 무림맹의 총단이 되어버렸다.

실로 전광석화 같은 무림맹 결성과 총단의 설립이었다.

그것이 첫 번째 폭풍이었다.

두 번째 폭풍은 강호무림에 있어 훨씬 더 여파가 컸다.

무림맹의 결성과 때를 같이하여 오랜 세월 동안 강호의 신비 문파로 음지에서만 움직이던 북제성이 황실과의 오랜 은원을 모두 청산한다는 선언과 함께 개파를 선언한 것이다. 그리고 그 본단을 무림맹 총단에서 반나절 정도 거리밖에 떨어지지 않는 곳에 세웠다.

단 백 명의 인원만으로 강호의 네 개 하늘 중 한 개를 차지하고 있던 북제성!

오랜 세월 동안 세상에 공식적으로 모습을 드러내지 않았던 그들의 개파 선언은 순식간에 결성된 무림맹의 결성과 총단의 설립이라는 폭풍을 찻잔 속의 풍랑으로 만들어 버릴 만큼 강력했다.

그것만으로 끝나지 않고 폭풍은 계속 거세게 불어닥쳤다.

구파일방과 오대세가가 주축이 된 무림맹에 북제성이 그 한 축을 차지한 것이다. 다시 말해 구파일방의 열 개 방파와 오대세가, 북제성! 그렇게 열여섯 개의 세력이 합쳐 무림맹을 이룬 것이다.

그 세 가지의 소식에 강호무림은 온통 소용돌이에 휩싸였다.

이미 그들 자신만으로도 한 개의 하늘인 북제성이 뭐가 부족해서 구파일방과 손을 잡고 무림맹을 결성했을까?

또한 지금은 사패천의 힘에 밀려 숨을 죽이고 있지만 유구한 역사와 전통을 자랑하던 구파일방은 또 왜 북제성을 무림맹의 일원으로 받아들인 것일까?

의혹은 가을바람 앞의 낙엽처럼 난무했지만 당사자들만 빼고는 그 깊은 내막은 알 수 없는 것이 강호의 생리였고, 더 나아가 세상을 움직이는 힘의 속성이었다.

어쨌든 그렇게 무림맹은 결성되었고, 이젠 그 어떤 문파보다 강력한 힘을 내포하게 되었다.

뒤이어 껍질만 남은 채 허물어져 가던 조씨세가의 수많은 건물들은 새로 지어지거나 빠르게 수리되어 무림맹 총단으로서의 위용을 갖추어 갔다.

이제 남은 문제는 누가 무림맹주가 되는 것이냐 하는 것인데, 그건 초미의 관심사였다.

무공으로 따지자면 당연히 북제성의 인물이 되겠지만 구파일방과 오대세가가 그것만큼은 절대로 양보하지 않을 것이라 여겼기 때문이다. 누가 무림맹주가 되는가 하는 것은 구파일방과 오대세가를 떠나 강호무림 전체의 판도와 직결되었다.

그런 지대한 관심을 짐작하기라도 하듯이 새로이 결성된 정파무림맹은 맹주 추대에 대한 입장을 서둘러 선포했다.

무림맹 총단이 최소한의 모습을 갖추는 한 달 후, 임시로 내건 총단의 현판을 정식으로 내거는 무림맹 총단 창단식에서 각파의 후기지수들이 자웅을 겨루어 승리한 문파에서 맹주 직을 맡는다는 것이다. 아직 무공이 완성되지 않은 후기지수라면 아무리 북제성이라도 자신이 있다는 말이었다.

그건 절대로 꺾일 수 없는 정파무림의 자존심이었다.

그리고 그 자존심은 결코 허세가 아님을 알 수 있었다. 그들의 눈빛에서 제일 먼저 그것이 나타났다.

그동안 봉문이나 마찬가지인 상황 속에서 그들이 얼마나 각고의 노력을 기울였는지 자신감이 충만한 눈에서 확연히 느껴졌다.

한 달이라면 지극히 짧은 시간일 수도 있었다. 서안에서 멀리 떨어진 문파는 지금 당장 대표를 출발시켜도 도저히 당도하지 못한다. 한데도 그런 결정이 순식간에 도출된 것을 보면 이미 오래전부터 물밑으로 많은 합의가 이루어져 있었음을 짐작할 수 있었다.

그동안 종이호랑이로 치부되어 왔던 구파일방은 그런 식으로 한순간에 포효를 터뜨리며 무림의 전면으로 나선 것이다.

*　　　　*　　　　*

"도리어 뒤통수를 세차게 한 방 맞은 것인가? 허허!"

남패천주 구양천은 너털웃음을 터뜨렸다.

서왕문과 동방회의 합공에만 온 신경을 곤두세우며 '무공보다 강한 춤을 추는 사람이 나타나면 정파무림의 연합을 방관해 달라' 는 북제성주의 요구를 들어주는 것도 모자라 장로들을 움직여 그들의 연합을 부추기기까지 한 것이 이런 결과로 돌아온 것이다.

이제 무림맹은 동방회와 서왕문을 합친 세력만큼이나 거대한 존재가 되어버렸다. 그만큼 남패천의 위상이 추락했음은 말할 필요도 없었다.

"일이 이렇게 돌아가리라고는 상상도 못했는데… 그참, 요지경 속이로세!"

남패천 태상호법 나유백도 혼란스런 표정으로 혀를 찼다.

이제껏 남패천은 정파무림의 힘을 적절히 분산시키고 억누르며 각종 사업에서 막대한 이익을 취해왔다. 그러니 남패천에 대한 구파일방의 감정이 결코 좋을 리 없다. 그런 그들이 북제성과 연합하여 무림맹을 결성했으니 이제부터는 그간의 의분을 터뜨릴 것이다.

"신비 문파 사람들이라더니 정말 은밀하고도 빠르게 움직이는구먼. 황실의 추적에 자유롭지 못한 북제성과 우리 남패천이나 서왕문의 견제에 억눌린 구파일방은 서로의 가려운 곳을 긁어주며 최상의 선택을 했군. 허허!"

나유백은 머리를 흔들며 뒤로 물러나 앉았다.

어찌 보면 말도 안 되는 야합 같았지만 그들로서는 최고의 선택이었다. 이젠 황실이나 남패천, 서왕문, 동방회 그 어느 곳도 정파무림맹을 가벼이 여길 수 없었다.

그동안의 판도가 바뀌고 많은 이권과 사업권들이 그들 손으로 넘어간다고 해도 함부로 나설 수 없었다.

"서왕문과 동방회의 움직임은 어떠냐, 아가야?"

구양천은 비원각주 원다영에게 질문을 던졌다.

　지금까지 무림맹과 북제성의 움직임을 하나도 빠트림없이 설명했던 원다영은 잠시 생각을 정리한 후 말문을 열었다.

　"이제까지 그들의 움직임은 예상한 대로였습니다. 점점 서진과 남진을 하며 남패천을 조여오는 형국이었지요. 그런데 무적대주가 서왕문주의 두 아들을 처치한 후부터는 그 움직임이 가속화되어 일촉즉발의 위기감까지 느끼게 했습니다."

　원다영은 잠시 말을 멈추고 침을 삼켰다.

　"그런데……?"

　나유백이 참지 못하고 설명을 재촉했다.

　"무림맹이 결성되고부터 모든 움직임이 멈추어졌습니다. 앞으로는 어떨지 모르겠지만 지금은 그러한 상태입니다."

　원다영은 긴장 속에서 짧은 안도감을 내비치며 답했다.

　"살모사처럼 잔혹하지만 모비광, 그놈은 바보가 아니지. 이젠 남패천보다 더 큰 힘을 지닌 무림맹이 탄생했으니 경거망동할 수 없겠지. 문제는 동방회야. 오히려 동방회주 임초건과 그 동생 임지건, 그놈들이 모비광보다 몇 배는 더 위험해. 그놈들은 우리가 제 아비의 재산을 뺏고 죽음에 이르게까지 했다고 믿고 있으니 결코 멈추지 않을 것이야. 그놈들의 움직임은 어떠하냐?"

　남패천주 구양천은 여전히 긴장을 늦추지 않은 모습으로 질문했다.

　"그들의 움직임은 정말 오리무중입니다. 작년 이맘때 휘주에서 무적대주의 가문인 유가검보를 무너뜨린 후 무언가 음모를 꾸미고 있지만 도저히 그 정체를 짐작할 수 없습니다. 그곳으로 투입된 모든 인원들이 사라졌습니다."

　원다영은 아랫입술을 피가 나도록 질끈 깨물었다.

개방의 정보력을 무색케 하는 남패천 비원각의 능력으로도 그들의 음모를 아직 캐내지 못한 사실에 깊은 패배감을 느끼고 있는 그녀였다.

"자책하지 말거라, 아가야. 대륙의 돈을 반 넘게 움직이는 임초건과 그놈의 피를 그대로 이어받은 그 아들놈이라면 그 정도는 되어야 하지 않겠느냐. 그렇지 못한다면 돈이란 것이 아무 쓸모가 없는 물건이 아니겠느냐?"

구양천은 자애로운 표정으로 큰며느리를 달랬다.

"어쨌든 북제성의 등장으로 서왕문의 준동이 멈추었으니 북제성주가 약속을 지킨 게 되나?"

나유백이 조심스런 눈으로 구양천을 쳐다보았다.

"일단은 그렇지. 하지만 앞으로 북제성이 어떻게 움직일지는 미지수야. 그 아이는 또 그곳에서 어떤 역할을 할지……."

구양천은 근심 가득한 눈으로 창밖을 응시했다.

"그 아이들은 어디 있느냐?"

구양천은 다시 원다영에게로 시선을 돌리며 물었다.

"진 공자는 북제성 사람들과 함께 그들이 본단으로 선언한 곳에 있고, 무적대주는 모두 모인 무적대와 함께 검진을 수련하며 외곽을 방어하고 있다는 보고입니다."

"잘 어울리는 친구들이군."

구양천이 얼핏 미소를 지으며 말했다.

"예전의 자네와 나를 보는 것 같구먼. 하하!"

나유백이 고개를 끄덕이며 너털웃음을 터뜨렸다. 구양천의 안위를 삶의 최대 의미로 삼으며 동분서주하던 젊은 날들이 주마등처럼 떠올랐다. 그리고 그때 바람처럼 말을 달리며 강호를 질주하던 자신의 모습이 무적대주 유화성의 모습과 겹쳐졌다.

"이제야 말이지만 그때 자넨 내 가장 큰 골칫거리이기도 했다네."

구양천의 말에 나유백의 너털웃음이 심한 기침으로 바뀌었다.

*　　　　*　　　　*

북제성의 본단으로 마련된 건물은 볼수록 감탄을 자아내게 했다.

첫 느낌은 비좁아 보이기까지 했지만 그건 남패천이나, 얼마 전에 들렀던 백화원의 규모가 워낙 방대해서 상대적으로 그런 느낌이 든 것이다.

내부를 둘러볼수록 협소하다는 기분은 사라지고 문짝 하나, 경첩 하나 예사롭게 만들어진 것이 아니라는 느낌을 받았다. 하나같이 범상치 않은 재질에, 최악의 경우 그 하나하나가 모두 침입하는 적들에게 치명적인 타격을 주는 무기가 될 수 있었다.

다른 사람들이라면 이런 집을 만들 수도 없고, 만들 필요도 없었다. 이 장원은 오직 북제성 사람들만을 위해 설계되고 축조된 집이었다.

자신들은 어디에도 머무르지 않지만 세상 어느 곳에도 존재한다던 을지소소의 말이 떠올랐다.

그들은 오래전부터 이곳을 선택하고 심혈을 기울여 이 건물들을 지었을 것이다. 또한 무림맹이 이곳에서 반나절밖에 안 걸리는 거리에 설립된 것도 결코 우연이 아닐 것이다. 모든 것들은 처음부터 계획되었고, 그 계획들이 톱니바퀴처럼 맞물려 돌아가고 있다는 느낌이 들었다.

'쩝! 다음에는 또 뭐가 어찌 되려는지…….'

　무림맹이 결성되고 개파 선언을 한 북제성이 무림맹의 한 축으로 자리잡은 일련의 상황들을 떠올리며 복잡한 표정을 짓던 진우청은 고개를 흔들었다. 더 이상 생각해 봐야 머리만 아팠다.

　침상에서 일어난 진우청은 밖으로 나왔다.

　"기침하셨습니까, 사숙?"

　을지소소가 과장스럽게 허리를 직각으로 꺾으며 인사를 했다.

　진우청은 두리번거리며 을지소소의 사고를 찾았다.

　그녀는 어느 곳에도 보이지 않았다. 그런데도 을지소소가 이런 행동을 하는 것은 자신과 동년배인 사숙에 대한 장난기의 발동이었다.

　"웬일이시오, 아침부터?"

　진우청은 무뚝뚝하게 질문했다.

　"웬일이기는요. 사숙의 시중을 들려고 온 거지요."

　을지소소는 환한 미소를 입가에 떠올리며 답했다.

　진우청은 물끄러미 을지소소를 쳐다보았다.

　남패천에서 처음 만났을 때는 얼음처럼 차갑고 표범처럼 사납던 그녀였다. 그때와 비교하면 전혀 다른 사람 같았다.

　날 때부터 몽고의 초원과 온 중원을 쫓기다시피 떠돌던 그녀로서는 북제성이 떳떳한 문파로 개파를 하고, 더 나아가 안주할 수 있는 집이 생겼다는 사실에 한없이 들떠 있었다. 도착한 그날부터 온 건물을 헤집고 다니며 하루 종일 쓸고 닦았다. 그래 봤자 바람 한 번 불고 나면 원래 상태 그대로 먼지가 뿌옇게 앉았지만 을지소소는 며칠 내내 그렇게 온 정성을 쏟았다. 보다 못한 사고도 몇 번 혀를 찼지만 나무라지는 않았다. 그녀 역시 을지소소의 심정을 충분히 이해하고 있었기 때문이다.

"들어가세요. 방 청소 하고, 차 한잔 맛있게 끓여 드릴게요."

"괜찮소. 내 방은 내가 치울 테니 신경 쓰지 마시오. 그리고… 소 여물 끓인 것 같은 찻물은 별로 좋아하지 않소. 저기 저 약수가 최고요."

고개를 흔든 진우청은 정원 한쪽에 솟아오르는 약수를 한 바가지 떠서 벌컥벌컥 들이켰다.

커다란 바가지에 가득 담긴 물이 순식간에 한 방울도 남기지 않고 사라지는 광경을 을지소소는 경이로운 눈으로 쳐다보았다.

"사숙의 어깨가 더 무거워졌겠어요."

진우청이 물을 다 마시자 을지소소가 불쑥 말했다.

"무슨 말이오?"

진우청은 턱에 흐르는 물방울을 닦지도 않은 채 대꾸했다.

"한 달 후 무림맹의 후기지수들끼리 비무대회가 열리잖아요."

"그런데 그게 내 어깨하고 무슨 상관이오?"

진우청은 눈동자를 디루룩 굴렸다. 을지소소의 말이 왠지 불길한 예감과 함께 어깨로 몰려와 멀쩡하던 어깨에 돌덩이를 매단 것처럼 느껴졌다.

"정말 모르고 계시는 건가요, 아니면 딴청을 부리는 건가요?"

을지소소는 갈피를 못 잡겠다는 눈으로 진우청의 얼굴을 쳐다보았다.

"설마 내가 그 대회에 북제성의 대표로 참가해야 한다는 말은 아니겠지요?"

잠시 동안 을지소소의 눈길을 받던 진우청은 급한 목소리로 물었다.

"당연히 그러셔야지요."

을지소소가 크게 고개를 끄덕였다.

"왜 내가……?"

어이없는 심정에 진우청은 질문을 다 내뱉지 못하고 을지소소의 대답을 기다렸다.

북제성과 무림맹, 그 사이에서 급박하게 일어나는 일들을 자신과는 별 상관 없는 일로 치부하고 한 귀로 듣고 한 귀로 흘리고 있었는데 상황은 전혀 다르게 흘러가고 있었다.

"우리 쪽에서 그 대회에 나갈 만한 사람은 사숙밖에 없으니까요. 아니, 그게 아니라 처음부터 사숙에게 초점을 맞춰 계획된 일이었으니까요."

을지소소는 알아들을 수 없는 말로 설명했다.

진우청은 한 점도 수긍할 수 없다는 눈으로 을지소소를 쳐다보았다.

북제성이 개파를 하고 이곳에 자리를 잡았지만 자신은 아직 이곳에 소속감을 느끼지 못하고 있었다. 그들은 자신을 사질이나 사제로 대해 주고 있었지만 자신은 사형이나 사백이란 호칭을 한 번도 쓰지 않았다. 그런데 자신이 이곳 대표로 그런 대회에 나간다는 것은 말도 안 되는 소리였다.

"없긴 왜 없단 말이오? 소저도 있고, 타우와 초하이 그 사람도 있지 않소? 소저는 상처가 다 낫지 않아 무리가 있다고 하더라도 타우와 초하이는……."

"사형들이 무슨 후기지순가요? 후기지수들 눈으로 보면 중늙은이들이나 마찬가지인데."

을지소소는 얼른 답했다.

"다른 사람들도 있을 것 아니오? 설마 북제성의 젊은이들이 당신들이 전부는 아닐 텐데……."

진우청은 작정한 듯 질문을 던졌다.

그동안 궁금해도 꾹 참고 있던 것들을 이참에 물어볼 생각이었다.

"사숙 말이 맞아요. 다른 사람들도 있어요. 그리고 그때까지는 만날 수 있을지도 몰라요. 하지만 우린……."

말을 이어가던 을지소소는 입을 다물었다.

항상 그랬지만 어느 정도 선 이상 넘어가면 이들은 언제나 천기누설을 두려워하는 것처럼 굳게 입을 다물었다. 지금 역시 마찬가지였다.

"최소한의 설명이라도 해주어야 수긍을 할 게 아니오. 내가 무슨 소나 말도 아닌데 무조건 나가란다고 나갈 수는 없는 일이잖소? 계속 이런 식이면 어느 날 밤 소리없이 사라지는 수도 있소!"

진우청은 목소리를 높이며 을지소소를 다그쳤다.

어쩌면 그녀의 사백들이나 사고가 그녀를 통해 넌지시 운을 떼게 했을지도 모를 일이었다. 그래서 그녀는 전에 없이 싹싹한 태도로 자신의 거처를 찾아와 지나가는 말처럼 이런 설명을 하고 있을지도…….

"기억나실지 모르겠지만… 이곳으로 오며 제가 실수로 우리에겐 금제가 있다고 언급했는데……."

을지소소는 극히 조심스럽게 말하며 주변을 두리번거렸다. 아마 이 부분의 설명까지는 자신의 영역 밖인 모양이었다.

"기억이 나는 것 같소"

진우청은 고개를 끄덕였다.

남들의 이목을 피하며 산길로 행군하는 도중, 자신을 북제성으로 데려가는 이유가 무슨 금제를 풀기 위해서라는 말을 하다가 실수를 깨달은 그녀가 자신의 입을 때리던 일이 떠올랐다.

"그래요. 우리에겐 금제가 걸려 있는 것이나 마찬가지예요. 그래서 상처가 다 나았다 하더라도 우린 비무대회에 나설 수 없어요. 제가 해 드릴 수 있는 말은 여기까지예요. 성주님을 만나면 모든 것을 알 수 있을 거예요."

설명을 끝낸 을지소소의 얼굴에 두려운 기색이 퍼졌다.

세상 모든 것에 대해 거칠 것이 없어 보이는 그녀에게는 도저히 어울리지 않는 표정이었다.

'무슨 사정들이 이렇게 많은지……'

진우청은 더 이상의 질문을 포기하고 고개를 돌렸다.

"성주라는 노인은 어디 있는 것이오?"

한참 후 진우청은 다른 질문을 던졌다.

"잘은 모르지만 무림맹 비무대회 전에 만나 보실 수 있을 거예요."

"그럼, 다른 사람들은 어디 있소? 백 명 정도의 인원으로 알고 있는데… 백화원에서 만난 귀면랑 일행들은 죽었으니……."

진우청은 조심스럽게 질문하며 말끝을 흐렸다. 자칫 아픈 곳을 건드릴 수도 있었기 때문이다. 그때 혈전을 치렀던 귀면랑 일행들 역시 북제성의 인물들이 분명했다. 그들을 처치하고 나서 한동안 가라앉아 있던 분위기는 절대로 가볍지 않았다.

"이번 일을 성사시키기 위해 중원 곳곳으로 흩어져 있어요. 그리고 또 다른 곳에도 좀 가 있고요. 성주님께서 나타날 때쯤이면 일부는 모일 거예요."

"모두 모이면 얼마나 되오?"

"그건 정확히 모르겠어요. 하지만 짐작하시는 대로 백 명은 절대로 되지 못해요. 흑궁의 인원들은 오지 않을 테니까요."

을지소소는 씁쓸한 표정과 함께 답했다.

"흑궁에 대해서도 아직 설명해 주지 않은 걸로 아는데……."

"그것도 성주님께서 한꺼번에 설명하실 거예요. 더 이상은 아무것도 설명드릴 수 없어요. 더 아는 것도 없고요."

을지소소는 긴 한숨과 함께 고개를 흔들었다.

"젠장!"

진우청은 약수를 한 바가지 더 떠서 벌컥 들이켰다.

감로주처럼 달큰하던 약수가 이제는 왠지 소태처럼 쓰게 느껴졌다.

"참석하실 거죠?"

약수 물을 한 바가지 더 들이키고 난 진우청을 보며 을지소소가 조심스럽게 물었다.

"성주란 분을 만나보고 나서 결정하겠소. 무슨 사연들인지 원……."

진우청은 혀를 차며 등을 돌렸다.

"꼭 참석해야 해요!"

을지소소가 진우청의 등 뒤로 고함을 질렀다.

"혹시 상금 같은 것도 있답디까?"

잠시 걸음을 멈추고 고개를 돌린 진우청이 을지소소를 향해 또 다른 질문을 던졌다.

第六十四章
북제성주

깡—

까강—

여러 개의 검들이 톱니바퀴처럼 맞물려 돌아갔다.

때로는 폭풍처럼 휘몰아치기도 했고, 때로는 구름이 흐르듯 부드럽게 흘러가기도 했다.

"박룡세(縛龍勢)!"

유화성이 고함을 질렀다.

차차창—

구름처럼 흐르던 검들이 순식간에 금성철벽(金城鐵壁)처럼 울타리를 치며 바람 한 점 빠져나가지 못할 정도로 엄밀한 기세를 뿜었다.

"파랑세(波浪勢)!"

유화성의 음성이 다시 울렸다.

휘이잉.

춤을 추는 듯한 검!

그 검신에서 반사되어 나오는 빛의 파편들이 파도처럼 물결쳤다.

"파천세(破天勢)!"

유화성은 계속해서 대원들을 몰아붙였다.

"아예 날 죽여라!"

누군가 숨이 턱에 차는 소리를 질렀다.

"그럴 시간 있으면……."

다른 사내가 잇새로 내뱉다가 말꼬리를 잘라 먹으며 검을 휘둘렀다.

"왼쪽에 있는 틈부터 메워……."

사내가 마저 내뱉으며 악을 썼다.

서로의 검이 끈에 연결된 것처럼 유기적으로 움직이는 검진이 반 시진 가깝게 발동되었다.

강가 주변의 모래가 검진이 일으키는 기세에 휘말려 포탄의 파편처럼 허공으로 솟구치기도 하고 용권풍처럼 휘몰아치기도 했다. 급기야는 작은 자갈들까지 검세에 휘말려 흩뿌려졌다.

한바탕 수련이 끝나자 무적대 대원들은 꼬꾸라지듯 그 자리에 드러누웠다.

"이러다간 뼈마디가 모조리 끊어져 나가겠군!"

누군가 푸념을 늘어놓았다.

"무슨 검진이 이렇게 지독하지? 마치 모래알 하나 빠져나갈 틈도 허용 않겠다는 식인데… 귀신을 잡을 것도 아니고……."

이화검(李花劍) 지한규(池漢圭)가 드러누운 상태에서도 고개를 설레설레 흔들었다.

"백화원에서 귀신보다 더한 인간들과 직접 맞닥뜨려 보고도 그런 소리가 나오나?"

칠지검 임전성이 싸늘한 목소리로 말했다. 그는 그대로 서서 태양을 등지고 있었다.

지한규가 벌떡 일어나 앉았다.

조장이 서 있는데 마냥 드러누워 있을 수는 없었다.

"그대로 누워 있어! 잠시 후에 우리 조는 따로 수련할 테니……."

임전성이 검집으로 지한규의 어깨를 밀어 도로 자빠뜨린 후 걸음을 옮겼다.

"저 인간, 저거 대주 앞에서는 천하의 한량처럼 말 안 들으면서 대주만 안 보이면 자기가 훨씬 더 설쳐."

지한규가 피식 웃으며 말했다.

"보기 좋잖아요."

홍사갈 엄연지가 땀 범벅이 된 얼굴로 말했다.

"두 번만 더 보기 좋다가는 조원들 모두 비명횡사하겠군!"

지한규가 투덜거렸다.

"그래도 우리 조가 제일……."

"열심히 하는 모습은 이왕이면 대주가 있을 때 보여주면 더 좋잖아?"

지한규가 엄연지의 말을 자르며 끄응! 하고 몸을 일으켰다.

"폭풍세(暴風勢)!"

짧은 휴식을 가진 후 다시 검진의 수련이 시작되었다.

"건곤세(乾坤勢)!"

계속해서 대원들을 몰아붙이던 유화성이 보일 듯 말 듯 고개를 저었다.

"그만!"

유화성이 검진의 수련을 중단시켰다.

불러일으킨 기세가 끝나기도 전에 떨어진 중단 명령에 대원들은 의아한 눈으로 유화성은 쳐다보았다.

유화성의 얼굴에 미세한 불만감이 어렸다.

어느 순간부터 한계점에 도달했음을 느낀 것이다.

그건 무의식 속에서는 뭔가 두터운 벽처럼 느껴지지만 의식의 표면으로 이끌어내면 아지랑이처럼 사라지는 그런 것이었다.

느껴는 지지만 말로써 설명할 수 없는 부족함!

그것을 깨뜨리지 않고는 더 이상의 수련은 헛바퀴만 돌리는 격이다.

하지만 그것을 깨뜨리는 일은 결코 쉽지 않다.

그런 경지는 수많은 좌절과 방황 끝에 겨울을 밀어내는 봄바람처럼 문득 다가온다.

'그럴 시간이 없어!'

유화성은 고개를 저었다.

좌절하고 방황하며 성찰할 수 있는 시간은 허용되지 않았다.

급박하게 돌아가는 무림 정세는 언제 어떤 일이 터질지 모른다. 그 틈바구니 속에서 대원 한 사람이라도 덜 희생시키기 위해서는 최소한의 시간 안에 최대한 완벽한 검진을 연마하는 것이다.

'그 친구라면 가능할까?'

유화성은 진우청을 떠올렸다.

이런 경우엔 백 마디 말보다는 한 번의 동작에 의한 직관적인 이해가 절실히 필요하다.

진우청의 춤사위라면 그게 가능할 것이다.

순식간에 틈을 찾아내고 그곳을 허물어뜨려 버리면 대원들에겐 수백 마디 말보다 더 빠른 이해를 시킬 수 있을 것이다.

무공을 뛰어넘는 춤!

유화성은 그 말의 의미를 절감하며 손을 들어올렸다.

"한 번만 더 하고 오늘 수련은 끝내겠소."

"휴우─"

"살았군!"

무적대원들의 얼굴에 화색이 돌았다.

"박룡세!"

진세가 펼쳐지자 유화성은 고함을 질렀다.

여전히 미세한 균열이 드러났다.

쉬이익─

그 균열 사이로 한 개의 검이 섬전처럼 파고들었다.

"엇!"

"누, 누구?"

대원들의 입에서 외마디 소리가 튀어나왔다.

강독 뒤에서 갑자기 튀어나온 한 인영이 검진의 한쪽 고리를 향해 맹렬히 검을 휘두르고 있었다.

'고수!'

대원들 못지않게 놀란 유화성은 검병에 손을 갖다 댔다.

"잠시만 지켜 보세나."

귓가에 굵은 음성이 들렸다.

유화성은 벼락치듯 신형을 돌렸다.

언제 나타났는지 강둑에 한 중년인이 바람처럼 표홀하게 서 있었다.

단순한 고수의 수준이 아니었다.

유화성은 등줄기에 땀이 흐르는 것을 느꼈다.

'북제성!'

유화성은 두 사람의 정체를 본능적으로 느낄 수 있었다.

백화원에서 귀면랑 일행들과 맞닥뜨릴 때 느꼈던 그 서늘한 공포감이 이 중년인에게서도 똑같이 느껴졌다.

다른 점이 있다면 적의가 없다는 것이었다.

"막아!"

대원들의 다급한 목소리가 울렸다.

중년인과 같이 나타난 한 젊은이가 휘두르는 검에 이제껏 죽도록 수련한 검진의 연결 고리 하나가 끊어지기 직전이었다.

그곳은 유화성이 말로서 설명할 수 없지만 높디높은 벽처럼 한계를 느끼고 있던 곳이었다.

한 마리 맹수처럼 달려든 청년은 그곳을 악착같이 물어뜯고 있었다.

"단홍세(斷虹勢)!"

유화성은 서둘러 고함을 질렀다.

청년의 공격과 함께 유화성은 자신이 느꼈던 그 미묘한 균열을 대원들에게 직관적으로 보여줄 기회를 잡은 것이다.

차차창—

진세가 바뀌며 금방 허물어질 것 같던 벽이 견고해져 갔다. 그러나 그 진세에도 한가닥 미세한 틈은 메우지 못했다.

휘리릭—

청년은 그곳을 향해 검을 쑤셔 넣었다.

"더 빨리!"

일조 조장 서한적이 악을 썼다.

그와 함께 대원들의 검이 빗발치듯 움직였다. 그들은 그동안 죽도록 수련한 검진에 이런 틈이 있다는 것을 느끼고는 당황한 표정을 지었다.

"건곤세!"

유화성은 검진의 파탄이 가장 잘 드러날 수 있도록 진세를 이끌었다.

"제대로 이해하고 있군."

옆에까지 다가온 중년인이 느릿하게 말했다.

유화성은 아랑곳 않고 검진을 변화시켰다.

백문이 불여일견이었다. 이렇게 한 번 절실히 느껴보는 것이 수백 번 설명하는 것보다 나았다.

까앙—

결국 검진 한곳이 무너지고 엄중하던 전체의 진세가 흔들리기 시작했다.

"그만!"

유화성은 고함을 질렀다.

검진 한쪽을 무너뜨린 청년은 훌쩍 뒤로 물러나서 포권을 쥐었다.

무적대원들은 허탈한 표정으로 청년을 쳐다보기만 했다. 살의를 지닌 적이 아니란 것은 알았지만 패배의 쓰라린 심정은 가눌 길이 없었다.

"오면서 소문을 들었네. 남패천의 무적대와 무적대주겠군?"

중년인은 옅은 미소와 함께 시선을 마주쳐 왔다.

찌르는 듯한 안광이 망막을 태울 듯했다.

"앞으로 한 지붕 아래에서 같이 생활할 것 같으니 통성명 정도는 해야겠군. 난 곽자서(郭子敍)라 하네. 저 아인 내 제자 경설형(京薛亨)이고."

나직한 목소리는 강변 전역으로 퍼져 나가 무적대 전원의 귀에까지 울렸다.

"오늘의 가르침… 뼈에 새기겠습니다."

유화성은 깊이 고개를 숙였다.

"그래선 늦네. 되도록 근육에 새기게. 더 나아가 살갗에 새길 정도까지 되면 진세가 훨씬 엄밀해지겠지."

한 가지 큰 가르침을 대수롭지 않게 전해준 중년인은 미소를 지었다.

그 미소는 북제성의 고수란 사실이 믿어지지 않을 정도로 인자했다.

사부를 닮아서인지 제자인 경설형 역시 검을 거두자 맹수처럼 검진을 향해 돌진하던 모습은 간데없고 서글서글한 미남 청년으로 탈바꿈했다.

"그럼 이따가 집에서 보세나."

곽자서는 가볍게 고개를 끄덕인 후 등을 돌렸다. 경설형 역시 가볍게 목례를 하고는 사부를 따라 걸음을 옮겼다.

무적대 대원들은 한동안 움직임을 멈추고 멍하니 두 사람의 뒷모습만 쳐다보고 있었다.

"우리 조는 계속 남아 연습을 한다!"

곽자서와 경설형의 모습이 사라지자 서한적이 고함을 쳤다.

"우리 조는 일조가 귀가한 후 반 시진만 더 연습한다!"

임전성도 같이 악을 쓰며 검을 뽑아 들었다.

북제성 본단으로 온 두 사람을 노인과 중년인들은 별다른 반가운 기색 없이 그들을 맞았다. 그리 오래 떨어져 있던 사이가 아닌 모양이었다. 같이 움직이다 최근 서로의 일을 꾸미며 다른 곳에 있다가 다시 합류한 모양이었다.

노인은 그들을 진우청에게 소개해 주었다.

곽자서는 십삼숙의 위치에 있었다. 진우청에게는 열세 번째 사형이었다.

그리고 그의 제자 경설형은 진우청에게 또 한 명의 나이 많은 사질이 되었다.

"반갑습니다, 사숙! 말씀 많이 들어 정말 보고 싶었습니다."

경설형은 인상에서 풍기는 서글서글한 느낌 그대로 거리낌없이 진우청에게 인사를 하며 손을 내밀었다.

진우청은 어정쩡하게 악수를 하며 어정쩡하게 인사를 했다. 그리고는 자신의 거처로 갔다.

그리고 또 닷새가 지났다. 세상 밖 강호무림은 북제성이 일으킨 폭풍 때문에 온통 소란스러웠지만 정작 북제성 총단인 이곳은 시간이 멈춘 듯이 조용하기만 했다. 폭풍의 한가운데는 오히려 고요하다는 말이 딱 들어맞는 나날들이었다.

순식간에 열흘이 지나고 열하루가 지나던 새벽, 을지소소의 다급한 부름에 진우청은 단잠에서 깨어났다.

"무슨 일이오?"

진우청은 급히 문을 박차고 나와 사방을 살폈다.

을지소소의 다급한 목소리로 보아 외적의 침입이 있지 않나 하는 경각심을 느낀 것이다.

다행히 장원 어느 곳에서도 그런 낌새는 느껴지지 않았다.

"사백께서 부르세요."

을지소소는 그 말과 함께 급히 몸을 움직였다.

"대체 무슨 일인데 그러시오?"

종종걸음을 치는 을지소소를 성큼성큼 따라가며 진우청은 질문을 던졌다.

"가보면 아시게 될 거예요."

을지소소는 한층 더 다급한 목소리와 함께 걸음걸이도 더 빨리했다.

그동안의 고요하던 분위기가 한꺼번에 무너지는 듯한 느낌에 진우청은 생각을 거듭했지만 을지소소가 다급해하는 이유를 알 수 없었다. 지금까지와 마찬가지로 갈 데까지 끌려가 보아야 알 수 있을 것 같았다.

"사백!"

"어서 들어오너라!"

대답을 하는 노인의 방 안에서 여러 명의 기척이 느껴졌다.

며칠 전에 온 곽자서와 그의 제자 경설형을 합해, 현재 이곳에 있는 북제성 사람들은 열두 명밖에 되지 않았다. 그런데 방 안에서 그 배도 넘는 사람들의 기척이 느껴졌다.

"어서요!"

진우청이 움직이지 않자 을지소소가 재촉했다.

'들어가 보면 알겠지.'

진우청은 천천히 방문을 열었다.

예상대로 처음 보는 인영들이 방을 가득 채우고 있었다.

대부분 중년인들이었고, 경설형 정도의 젊은이들도 몇 명 보였다.

"이리 오게!"

노인은 을지소소보다 더 다급한 목소리로 진우청을 침상 쪽으로 불렀다. 방을 가득 메우고 있던 중년인들과 청년들이 옆으로 움직이며 공간을 만들어주었다.

열려진 공간 사이로 침상을 쳐다보던 진우청은 놀라서 침을 꿀꺽 삼켰다. 침상 위에는 온몸을 붕대로 칭칭 감은 한 인영이 누워 있었다.

눈과 입만 빼고는 발끝에서 머리끝까지 붕대를 둘렀기에 여인인지 사내인지도 구별이 되지 않았다. 짐승이 아니라 사람이란 것 정도만 알 수 있었다.

"인사드리게. 내 사형이자 자네의 큰사백인 성주님이시네."

노인은 침울한 목소리로 말했다.

'북제성주?'

진우청은 더 이상 커지지 않을 만큼 두 눈을 크게 떴다.

그동안 그렇게 궁금증을 유발시켰던 북제성주가 온몸을 붕대로 감은 저 인영이란 말인가?

진우청은 자신이 뭔가 말을 잘못 들었지 않나 의심이 들어 노인을 쳐다보았다. 노인의 표정은 여전히 침울하게 굳어 있었다.

종잡을 수 없는 눈으로 침상 위의 인영과 노인을 쳐다보던 진우청은 온통 혼란에 빠져들었다.

대체 어떻게 된 일인가?

무슨 사연이기에 북쪽 하늘의 주인이 저런 몰골이란 말인가?

온몸을 칭칭 감은 붕대는 병을, 그것도 피부가 썩어 문드러지는 중

병에 걸렸음을 나타내 주고 있었다. 현 무림 최고의 무인이라고 해도 될 그가 어찌 이런 모습으로 이곳에 나타났다는 말인가?

점점 더 증폭되는 혼란에 진우청은 심마에 빠져들 것만 같았다.

"날 좀 일으키게, 사제!"

진우청이 우두커니 서서 움직이지 않자 북제성주는 손을 뻗으며 몸을 움직였다.

노인이 조심스럽게 북제성주의 상체를 일으켜 그 뒤로 이불을 받쳤다.

"현덕의 가르침을 받았는가?"

북제성주는 자신의 사제에게 한 건지, 진우청에게 한 건지 모를 질문을 던졌다.

"그렇습니다, 사형. 현덕 사제의 모든 것을 물려받았습니다."

진우청을 대신해 노인이 재삼 감회에 젖는 목소리로 말했다.

"허허!"

북제성주는 허허로운 웃음을 흘린 후 진우청에게로 고개를 돌렸다.

"이리 와보게. 내 가장 보고 싶었던 사제의 분신이여……."

노인은 들어올린 팔을 움직여 진우청에게로 향하게 했다. 그 순간 진우청은 노인이 시력까지 잃었음을 알 수 있었다. 노인의 손은 진우청이 서 있는 곳이 아니라 한 자쯤 비켜난 그 옆을 가리키고 있었다.

잠시 망설이던 진우청은 천천히 손을 뻗어 노인의 손을 잡았다.

손 역시 붕대가 감겨져 있어 맨살의 감촉은 느낄 수 없었지만 얼음을 감싼 것처럼 차가웠다. 그만큼 북제성주의 몸이 식어 있다는 말이었다.

"정녕 현덕의 제자인가?"

다른 한 손은 들어올릴 힘도 없는지 한 손으로만 진우청의 손을 어루만지며 북제성주는 감회가 짙은 목소리로 물었다.

"그렇… 습니다."

진우청은 결심한 듯 답했다.

"사제가 우둔한 인간들을 위해 자넬 남겼구먼……."

노인의 목소리가 떨려 나오며 시력을 잃은 눈에서 피고름이 흘러내렸다.

갈수록 더 혼란스럽고 갈피를 잡을 수 없는 상황에 진우청은 아무 말도 못하고 북제성주의 손만 잡고 있었다.

가장 신비로운 문파인 북제성!

그리고 그곳의 성주!

신선의 모습을 하고 있다고 해도 모자랄 것이다. 그런데 이런 모습이라니…….

"심기를 편히 하십시오, 사형!"

노인이 북제성주의 감정을 추스르게 하며 힘겹게 진우청의 손을 잡고 있던 북제성주의 손을 떼어내어 가슴에 얹게 했다. 그리고는 잠시 단전에 손을 올렸다. 공력을 불어넣어 주려는 모양이었다.

"그만두게, 사제. 그럴수록 역효과만 난다네."

북제성주가 힘겹게 고개를 젓자 노인이 흠칫 놀라며 손을 떼었다.

"벌써 그 정도까지……."

노인의 눈에서도 두 줄기 눈물이 흘렀디.

"시간이 없네. 어서 이야기를 마쳐야 하네. 이리 와서 앉게나."

북제성주의 권유에 진우청은 사양의 뜻을 비쳤지만 옆에 선 노인이 성주님을 힘들게 하지 말라는 말과 함께 의자를 당겨왔다.

진우청은 그 의자에 천천히 앉았다.

"내 모습이 많이 흉해 보이고 악취가 날 텐데도 자넨 호흡이 흐트러지지 않는구먼. 아니, 거의 호흡의 기색을 느낄 수가 없구먼. 역시 사제야……. 허허!"

북제성주는 힘겨운 웃음을 흘리고는 숨을 가다듬었다.

"궁금한 것이 많겠지?"

북제성주가 질문을 했다.

"이루 말할 수 없을 정도입니다."

진우청은 솔직한 심정을 말했다.

"우선 내 모습부터가 가장 궁금할 것이네. 이 모습은… 차후 모든 북제성 사람들이 겪어야 할 천형(天刑)이네!"

"그게 무슨……?"

진우청은 놀란 눈으로 북제성주의 입술만 쳐다보다 뒤를 돌아보았다.

방 안을 가득 메우며 서 있는 사람들! 그들 모두가 북제성주처럼 된다는 말인가?

진우청의 눈빛을 받은 사람들 또한 진우청만큼 경악스런 표정이었다. 그들 역시 북제성주의 말이 금시초문인 모양이었다.

"우리 북제성에 대해서는 얼마만큼 알고 있느냐?"

북제성주가 다시 질문했다.

"어떻게 해서 탄생되었는지, 그리고 어떻게 복수의 화신이 되었는지 정도만 알고 있습니다."

진우청의 대답에 북제성주는 느리게 고개를 끄덕였다.

"자네가 알다시피 북제성은 백인대에서 탄생하여 그 목적을 완벽히 수행하고 쓸모가 없어졌을 때쯤 무참히 도륙당했지. 거기서 살아남은 열 명이 다시 백인대를 만들었지."

그렇게 노인의 설명은 이어졌다.

토사구팽에서 살아남은 열 명은 그야말로 복수의 화신이 되었다.

그들의 복수심이 불길이 된다면 온 세상을 다 태우고도 꺼지지 않을 정도였다.

그렇지만 상대는 백만 황군을 거느린 황실이었다. 게다가 자신들의 활약으로 황권은 더 이상 어떻게 해볼 틈이 없을 만큼 견고해졌다.

살아남은 열 명만으로 복수를 하기에는 그야말로 이란격석(以卵擊石)이었다.

오랜 숙의 끝에 그들은 그들의 복수심과 절기를 그대로 이어받은 후세를 키우기로 마음먹었다.

남은 열 명은 그야말로 무림 최강의 고수였다. 더 나아가 그들은 황군의 도검에 죽어가는 동료들이 원한을 갚아달라는 피를 토하는 절규와 함께 넘겨준 비급들을 모두 가지고 있었다.

그들은 제자를 물색하기 전에 그들 무공을 하나하나 분석하고 파헤쳐서 오직 복수를 위한 최강의 무공을 만들기 시작했다.

결국 그들은 정파의 무공은 버리고 사마(邪魔)의 무공을 취해 새로운 무공을 만들었다.

무림 최고의 고수들 열 명이 일심동체가 되어 그렇게 만들어낸 무공은 가히 공전절후(空前絶後)의 수준이었다.

단 일백 명으로 천하사패의 한자리를 차지할 수 있게 한 북제성의 무공은 그렇게 탄생된 것이다.

오로지 황실의 힘에 맞서며 복수를 하기 위해 만들어진 무공이었기에 그것은 지극히 패도적이고 극강하면서도 속성으로 익힐 수 있는 무공이었다.

그렇게 만들어진 무공은 마도의 무공에 훨씬 가까웠다. 아니, 마도

인들도 그 무공과 마주치면 고개를 흔들 정도였다.

내공심법에서부터 초식의 모든 동작들이 하나같이 파(破)와 멸(滅) 일변도였다.

"그것이 북제성의 후예들이 선뜻 양지로 나오지 못한 가장 큰 이유이기도 하다네."

북제성주는 긴 한숨과 함께 잠시 숨을 돌린 후 설명을 이어갔다.

그들은 그 무공으로 제자를 키우고 다시 백 명의 인원으로 복수를 하기 시작했다. 그리고 복수가 성공하기 직전 그들은 한 가지 커다란 벽에 부딪쳤다.

정심한 심법과 오랜 전통이 스며들지 못한, 오로지 복수의 일념에 사로잡혀 급조된 속성 무공은 그 수련이 깊어갈수록 주화입마의 전조가 보이기 시작했다. 살아남은 백인대 열 명은 황실 고수들과의 극한의 대결 속에서 그것을 느낀 것이다.

그들은 피눈물을 흘리며 돌아설 수밖에 없었다. 계속해서 무공을 펼치다가는 어느 한순간에 모두 한 줌 혈수로 녹아들 상황이었기에…….

"백인대의 복수는 세간에 알려진 바와는 달리, 황군의 막강함이 아니라 스스로의 한계 때문에 좌절된 것이지."

그 말과 함께 방 안에는 작은 술렁거림이 일었다.

북제성주의 말을 들은 진우청은 마음이 무거워짐을 느꼈다.

자신 역시 눈썹 없는 노인과 싸우던 마지막 순간, 짙은 살심을 끌어올리다가 온몸의 공력이 순식간에 빠져나가고 허깨비처럼 쓰러지지 않았던가?

북제성주의 말대로라면 한 줌 혈수로 변했을 것이다. 그렇게 되지 않은 것은 사부의 덕분이리라.

하지만 사부도 완벽하게는 해결하지 못한 것 같다는 생각이 들었다. 완벽했다면 천룡후의 기운을 한꺼번에 다 뻗어내지 말라고 그렇게 신신당부하시지는 않았을 것이다.

잠시 끊긴 성주의 설명이 계속 이어졌다.

복수에 실패한 그들은 제자들에게는 비밀로 하며 온갖 방법으로 그 한계를 극복하려 했지만 그건 불가능했다.

결국 그들은 제자들에게 모든 사실을 밝힌 후 그들에게 선택하게 했다. 복수를 포기하고 그들의 무공을 폐지하느냐, 아니면 계속 연구하며 후일을 도모하느냐…….

제자들은 후자를 택했다.

내공심법 깊은 곳까지 스며든 복수심은 그들 제자들을 그들과 못지않은 복수의 화신으로 만든 것이다.

어쩌면 무공을 폐지하고 범인보다 더 병약한 인간으로 사느니보다는 비극적인 최후를 맞더라고 극강의 고수로 살기를 원했을지도 몰랐다.

살아남은 백인대 열 명이 모두 핏물로 화해 죽은 후, 다음 대의 백인대들은 그들 사부처럼 자신들의 한계를 극복하려 했지만 자신들 대에서는 그게 불가능하다는 것을 알았다. 완전한 극복은 그 다음 제자들 대에서나 가능했다.

"그 제자들이 나나 자네 사부, 그리고 그 사형제들이었네. 드물게도 내 사부는 네 명의 제자를 두셨고, 자네 사부는 막내였네."

"그런데… 제자들 대에서도 완전한 극복이 불가능한 모양이었군요?"

노인의 말을 끊으며 진우청이 불쑥 말했다.

그 말과 함께 가라앉았던 실내의 분위기가 더욱 무거워졌다.

"그걸 너무 늦게 알게 되었다네. 사부들은 자신들은 어쩔 수 없지만

자신들이 제자들에게 사사한 무공에는 그간의 모든 약점이 극복됐다고
믿었네. 실제로도 극성의 공력을 끌어올리면 핏물로 화하는 조짐은 전
혀 보이지 않았네. 그런데 그 무공이 먼 훗날 훨씬 무서운 파멸을 불러
온다는 것은 짐작하지 못했네.”

북제성주는 말끝을 흐렸다.

“그런데 그걸 스스로 알아낸 사람이 바로 자네 사부였지.”

그 말과 함께 북제성주는 자신의 사제 쪽으로 고개를 돌렸다.

“그 부분은 미리 설명해 주었습니다.”

성주의 사제가 말했다. 고개를 끄덕인 성주는 설명을 이었다.

“십 년 후, 자네 사부는 두 번째로 사문을 찾아왔지. 그때는 우리의
존재를 악착같이 찾아낸 황실 척백대의 기습을 받아 만날 수가 없었지.
여러 사형제들이 죽고 내 사부 역시 그때 큰 부상을 당했다네. 척백대
의 추적을 뿌리치고 이 년 후, 우리는 자네 사부를 만났다네. 그때는
황실에 대한 우리의 원한이 사부나 사조들보다 더 깊을 때였지.”

북제성주는 다시 한 번 숨을 고르며 한숨을 쉬었다.

“반가워할 겨를도 없이 막내 사제는 우리에게 우리 무공의 치명적인
허점을 설명하며 더 이상 음지에서 복수를 꿈꾸지 말고 골수 속까지
박힌 복수심을 지우고 양지로 나가자고 했네. 그러면 치명적인 허점을
고칠 방도가 있다고… 그걸 창룡금시에 담아왔다고…….”

북제성주의 목소리가 짙은 회한에 젖고 있었다.

“한마디로 기사멸조의 죄를 저지른 것이나 마찬가지의 말이었지. 그
리고 시기 또한 나빴어. 황실 척백대의 기습을 받기 전이었더라도 그
건 용납이 안 되는 말일 텐데, 척백대의 기습을 받고 복수심이 하늘을
찌를 때였으니 도저히 용납이 안 되는 말이었지. 결국 사숙 한 분이 단

근참맥의 명령을 내리셨고, 그의 제자가 자네 사부를 공격했다네. 그런데 그의 공격은 하나도 통하지 않았고, 오히려 그가 제압당했네. 그리고 단근참맥의 명령을 내렸던 사숙까지도 같은 결과를 맞았다네. 그땐 우리의 눈도 뒤집혔지. 사부를 다치게 한 원수들을 잊고 양지로 나가자고 한 사제는 배신자나 마찬가지인데, 그 배신자가 우리의 무공을 깨뜨리는 파훼법까지 익히고 있었으니 살려둘 수가 없었지. 우리까지 가세해 사제를 잡으려 하자 사제는 참담한 심정을 가누지 못하는 표정과 함께 악전고투를 치르다가 마침내 몸을 날려 사라져 버렸다네.”

북제성주는 긴 설명을 하고 난 후 한동안 말을 잇지 못했다.

강호에서는 모두 최강의 무인이라 알고 있었지만 실상은 말조차 길게 할 수 없을 정도로 폐인이 되어 있었다.

“그 후 우리는 사제를 잊고 우리 사조나, 사부들과 마찬가지로 복수의 무공을 수련하는 데 매진했지. 그런데 몇 년 전에 옆에 있는 사제와 난 우리의 몸이 서서히 썩어 들어감을 알게 되었네. 그때까지도 난 자네 사부의 말을 깨닫지 못하다가 사조 한 분의 유품에서 우리가 익힌 무공의 치명적인 결함을 알 수가 있었네. 사부들은 그걸 모두 극복했다고 믿었지만 그건 반만 성공한 것이었네. 비록 핏물로 화하지는 않지만 극성으로 내력을 운기하면 이렇게 온몸이 속에서부터 썩어 문드러지게 되네. 자네 곁에 서 있는 내 사제 역시 겉은 멀쩡해도 속은 썩어 들어가고 있다네. 그리고 자네 사형들은 그 증상이 더 이른 나이에 나타나고, 그 제자들인 자네의 사질들은 또 얼마나 이른 나이에 증상이 나타날지 모르네. 살 만큼 산 우리야 지금 당장 썩어 문드러져 버려도 여한이 없지만, 사질들과 사손들은 절대로 그렇게 놔둘 수 없네.”

북제성주의 말이 빨라졌다.

"자네 곁에 서 있는 사람들은 여태껏 아무것도 몰랐다네. 그냥 함부로 밝혀서는 안 되는 금제가 있다는 정도로만 알고 있었지. 하지만 앞으로는 오늘의 내 설명이 아니더라도 알게 될 수밖에 없겠지. 자네 사형들 대에서도 벌써 그런 증상이 나타나고 있으니 말일세. 다행히 흑궁의 인물이라 내 몸에 나타난 증상과 연계시키지 못하고 있네. 조금 늦기는 하겠지만 여기 있는 자네 사형들도 조만간 그런 증상이 나타날 것이네."

그 말에 방 안에 있는 모든 사람들의 옷이 폭풍을 맞은 듯 펄럭거렸다. 그것으로 그들의 내심이 어떤지 단적으로 나타났다. 그러면서도 끝까지 신형을 움직이지 않고 서 있는 모습은 북제성의 강함을 알 수 있게 했다.

"그 후 난 자세한 내막은 내 가슴속에만 파묻은 채 자네 사부의 말대로 황실과의 오랜 원한을 정리하고 양지로 나서서 우리 골수 속에 뿌리박힌 복수의 냄새를 지우려 했다네. 그러자 내분이 일어났네. 어둠 속에 계속 남아 황궁을 무너뜨리자는 흑궁과 순리를 따르자는 천궁의 두 세력으로 나뉘어졌다네. 일전에 귀면랑을 만나 봤으면 알 것이네. 그들이 흑궁의 인물들일세. 그들 눈에는 나 역시 예전의 자네 사부처럼 변절자로 보였겠지."

"그럼, 눈썹 없는 노인은……?"

"흑궁의 수좌였네. 자네 사백뻘이지. 그는 야심이 큰 인물이었네. 나는 그에게만은 내막을 일러주었다네. 그는 내 말을 들은 후 내 뜻에 반만 찬성했네. 자네 사부의 흔적을 찾는다는 데는 뜻을 같이했지만 복수를 포기하고 양지로 나가자는 데는 반대했네. 창룡금시를 찾아 모든 증상을 치유하고 복수는 계속하자는 뜻을 굽히지 않았네. 말은 그렇게 했지만 그의 속마음은 권력욕이었다네. 북제성의 모든 문도들을 희생해서라도 그는 권력을 잡고 싶어 했지. 나중에는 눈썹이 썩어 문드러지는 상황에서도 욕심을 버리지 않았네. 골수에 박힌 살심과 복수심을 버리지 않는 이상, 자네 사부가 현신한다고 해도 치유하지 못할 걸세. 결국 자네의 손에 처참한 최후를 맞았구먼……. 하지만 그의 제자들이나 그를 따르는 흑궁의 사람들은 아무것도 모르고 그의 뜻을 계속 좇을 것이네. 귀면랑처럼 말일세."

"차라리 그들에게도 모든 사실을 말씀해 주시지 그러셨습니까?"

답답한 마음에 진우청은 불쑥 말했다.

"사제를 찾는다는 보장만 있었다면 말해주었을 것이네. 그럴 가망성도 없는 상태에서는 그들은 물론이고 나를 따르는 사람들에게조차 아무것도 말해줄 수 없었네. 그건 사형선고를 내리는 것이나 마찬가지로 가혹한 일이었으니까 말일세. 내 가슴에만 갈무리하고 몇 년 동안 찾아 헤맸지만 자네 사부의 흔적은 묘연했네. 하긴… 내 손으로 직접 자네 사부의 허리에 깊은 상처를 남겼는데… 어쩌면 그때 상처로 죽었을지도 모른다고 생각했네."

북제성주의 눈에서 피고름이 더 굵게 흘러내렸다. 곁에 있던 노인이 소매로 얼른 그것을 닦았다.

"사제는 우리를 용서하고 자네를 남겼구먼… 쿨럭!"

북제성주가 기침을 토했다. 그의 입에서 시커먼 핏덩이가 흘러나왔다.

"사형!"

노인이 급히 다가섰으나 북제성주는 손을 저었다.

"이젠 시간이 없네."

북제성주는 가쁜 숨을 몰아쉬었다.

"모든 것은 자네에게 달렸네. 얼마 지나지 않은 나처럼 될 내 제자, 내 사질들, 그리고 사손들을 책임져 주게. 자네 사부가 남긴 그 춤과 창룡금시의 비밀을 풀면 가능할 것이네. 힘들겠지만 흑궁의 인물들도 자네 품에 포용하게. 그들 역시 우둔한 사부들의 희생양일세. 쿨럭!"

노인은 다시 기침과 함께 각혈을 했다.

"자네 사부의 춤을 이제야 이해하겠네. 자네 사부는 복수와 증오보다는 화합과 용서를 택한 사람이네. 그 춤사위에 잘… 쿨럭."

북제성주는 온 상체를 들썩이며 기침을 했다. 노인이 급히 하단전에 공력을 주입했다. 그러자 각혈의 양이 오히려 더 많아졌다. 놀란 눈을 한 노인은 얼른 손을 뗐다.

"이제 막 양지로… 나온… 북제성을… 지켜주게. 아울러… 대란이 일어나면 민초들이… 제일 먼저 짓밟힌다네… 북제성의 힘으로… 무림에 일고 있는… 폭풍의 기운을… 잠재워 주게… 자네 사부의 이상일세……"

그 말과 함께 노인은 근 한 바가지나 되는 핏덩어리를 토했다.

노인도 다른 중년인들도 핏덩이만 닦아줄 뿐 아무런 조치를 취하지 못했다.

"이 손으로… 자네 사부의 허리에… 큰 상처를 입혔네. 이 손을 잘라가고… 자네 사부를 대신해… 용서해 줄 수… 있겠나?"

북제성주는 마지막 기력을 다 짜내 팔을 들어올렸다.

진우청은 성주의 손을 잡지 않고 잠시 쳐다만 보았다.

성주의 팔이 부르르 떨렸다. 아울러 모든 사람들의 눈빛도 같이 떨렸다.

"그런 부탁… 들어드릴 수 없습니다. 쾌차하십시오. 그래서… 직접 용서를 비십시오, 사백!"

진우청은 처음으로 북제성주를 사백으로 부르며 그의 손을 잡고는 가슴에 도로 올려놓았다.

"후후!"

진우청으로부터 사백이라는 호칭을 들은 북제성주의 입가에 더없이 편안한 미소가 걸렸다. 그리고는 숨을 거두었다.

"사형!"

"사백!"

진우청의 둘째 사백이 무너지듯 북제성주의 시신 위로 얼굴을 파묻자 갈아놓은 칼처럼 서 있던 중년인들과 청년들도 그 자리에서 무릎을 꿇었다. 뒤이어 그들은 피보다 더 진한 눈물을 흘리며 소리없이 흐느꼈다.

온 강호인의 흠모를 받던 북제성 성주의 최후치고는 너무 비참하고 쓸쓸했다.

진우청은 한참 동안 우두커니 서 있다가 밖으로 나왔다.

그동안 가슴 밑바닥에 겹겹이 쌓여 있던 궁금증들은 벗겨졌지만 마음은 오히려 천근만근 무거웠다.

권력의 이면에 숨겨진 피 냄새 나는 음모와 배신!

처절한 복수심의 뒷면에 도사리고 있던 화마의 그림자!

인과를 따지기 이전에, 너무 강했던 그들이 복수심이 화마가 되어 스스로를 불사르고 제자들까지 그 불길 속으로 끌어들이고 있었다.

'사부……'

진우청은 가슴속으로 사부를 불렀다. 사부는 어떻게 그 모든 것을 떨쳐 내고 그런 춤을 출 수 있었을까? 아니면 사부의 핏줄 속에 있던 어떤 기운이 사부를 이끌었을까?

“술 한잔할 텐가?”

어둠을 뚫고 유화성이 다가왔다.

“여긴 어쩐 일이십니까?”

유화성이 이곳을 호위하고 있을 줄 몰랐던 진우청은 뜻밖의 표정을 지었다.

“대원들을 모두 외곽으로 물리고 여긴 나 혼자 경계를 서달라고 해서 그렇게 하던 중일세.”

“그럼 모두 들었겠군요?”

“한마디도 못 들은 것으로 하겠네.”

유화성은 정색을 하며 답했다.

진우청은 문득 술을 마시고 싶은 생각이 들었다.

“술은 얼마나 있습니까?”

“글쎄… 우리 둘 모두 주량을 모르니 대답하기 곤란하겠군.”

“이럴 땐 사부의 쓰디쓴 가루약이 원망스럽군요.”

입맛을 다시던 진우청은 한숨만 내쉬었다.

“무슨 소린가?”

“그런 게 있습니다. 죽자고 마시다 보면 약 기운을 극복할 수도 있겠지요. 어서 갑시다.”

진우청은 앞서 신형을 움직였다.

第六十五章

척벽대(擲百隊)

척백대(擲百隊)

술 맛은 소태처럼 썼다.

가루약의 기운이 숫구쳐 오르기 전인 첫 잔부터 그랬다.

벌컥!

벌컥!

진우청은 잔을 버리고 아예 술병째 들어올려 병나발을 불었다.

무림이란 곳에 깊이 발을 들일수록 썩은 냄새가 진동을 하지만 이젠 발을 뺄 수도 없게 되어버렸다. 오히려 태산 같은 무게의 짐을 혼자 짊어지게 되었다.

강호의 신비 문파 북제성 사람들을 만나면 그것으로 모든 짐을 벗고 그들 덕을 좀 볼 수 있지 않을까 싶었는데, 이건 오히려 그들을 왕창 책임져야 할 판국으로 몰렸다.

'무슨 놈의 팔자가 끝까지 이 모양인가?'

기가 막힌 심정이 된 진우청은 술병을 들어올렸다.

벌컥!

다시 한 병의 술을 단숨에 비웠다.

고맙게도 쓰디쓴 가루약의 기운은 뻗치지 않았다. 처음부터 쓴맛이라 이미 솟구쳐 올랐는데 못 느끼고 있는지도 몰랐다.

벌컥!

유화성도 병나발을 불며 한 병 술을 단숨에 비웠다.

그동안 두 사람은 약속이나 한 듯이 한마디도 하지 않았다.

다시 한 병의 술을 더 비우고 유화성이 먼저 입술을 움직였다.

"언젠가 다시 술을 마시게 되면 자네하고 제일 먼저 마시고 싶었는데… 바람대로 되었군."

유화성은 담담한 눈빛으로 텅 빈 술병을 내려다보았다.

"검진 수련은 잘 되어가고 있습니까?"

진우청도 말똥한 눈으로 술병을 쳐다보며 물었다.

"잘 되어가고 있네. 백화원에서 죽다 살아난 대원들이 거품을 물고 수련에 몰두하네. 자연히 그들을 따라 다른 사람들도 몰두하게 되고……."

"다행입니다. 처음에 혈랑대주 직을 맡았을 때는 미친 늑대들에게 물려 죽지나 않을까 걱정했는데 완전히 장악했군요."

"밖에 나와 맑은 공기를 쐬니 다들 제정신이 돌아온 모양이야. 사방이 적들이니 서로를 지켜주지 않으면 전멸이라는 것을 절감한 것이지."

그렇게 의미없는 질문과 답변들이 계속 이어졌다.

서로의 가슴을 짓누르고 있는 돌덩이가 너무 무거워 쉽사리 깊은 곳을 들추지 못하고 있었다.

"자넨 처음 만났을 때보다 많이 신중해졌어. 주루 바닥을 구르며 동전들을 슬쩍하던 모습은 이젠 어느 구석에도 남아 있지 않아."

"곯아떨어진 줄 알았는데 다 보고 있었습니까?"

"멋진 장면이라 탁자에 고개를 처박고 있어도 자연히 눈에 들어오더군."

유화성은 희미한 미소를 지었다.

"그 돈을 자산으로 몇 푼 벌기도 했지요. 나중에 왕창 떼였지만……."

그 말과 함께 두 사람은 다시 술병을 비웠다.

벌컥!

벌컥!

이젠 남은 술병이 몇 개 되지 않았다. 유화성은 병나발을 불던 술병을 내려 자신과 진우청의 잔에다 술을 따랐다.

"어깨가 너무 무겁겠구만."

"내 팔자가 어쩌다 이 지경까지 꼬이게 되었는지… 쩝!"

진우청은 어이없는 표정으로 고개를 흔들었다.

"사부를 잘 만난 덕분이겠지. 이젠 자네 어깨에 북제성은 물론, 강호무림과 민초들의 안위가 한꺼번에 달렸군. 황제 못지않은 역할일세. 정말 자랑스럽네."

유화성이 감탄스런 표정을 했다.

"벌써 취하셨습니까?"

진우청이 역정처럼 버럭 소리를 질렀다.

"그런 사치는 포기한 지 오래되었네. 취할수록 정신은 더 말똥해지는 체질이라서 말일세."

유화성은 술을 한 잔 더 마셨다.

"우선은 무림맹 총단에서 벌어지는 비무대회에서 우승부터 해야겠지. 그래서 자네 둘째 사백이 맹주가 되면 돌아가신 큰사백의 뜻을 수행하기가 쉬울 테니까."

담담하던 유화성의 눈빛이 조금 가라앉고 있었다.

"경설형이란 그 사람이나… 어제, 아니, 오늘 새벽 몇 명의 청년들이 더 왔으니 그들을 내보내도 충분할 것입니다. 다치지 않았다면 을지소저만으로도 염려가 없는 정도지요."

진우청은 고개를 가로저으며 말했다.

"그들의 무공은 사마의 것이라 하지 않던가? 형과 식을 뛰어넘은 자네 사형들 수준이라면 문제가 없겠지만, 자네 사질들이라면 얼마 가지 않아 표시가 날 걸세. 그렇게 되면 비무대회가 끝나기도 전에 마도(魔道)로 몰려 배척당할 걸세."

유화성은 단언하듯 말했다.

그 말을 들은 진우청은 술맛이 배로 쓰게 느껴졌다.

"그리고 정파무림을 너무 얕보지 말게. 수백 년 전통의 정파무림은 그렇게 호락호락하지가 않다네. 어쩌면 자네로서도 벅찰 인재가 나올지도 모르네. 움츠린 기간이 길면 그만큼 튀어 오르는 높이도 비례해지니까 말일세."

유화성의 목소리에는 은은한 경계심이 담겨 있었다.

북제성을 무림맹의 한 축으로 끌어들이고 맹주를 선출하는 방식으로 그런 제의를 했거나 받아들였다면, 그들 나름대로 자신이 있었을 것이다. 그들은 전통적으로 허영심이 강했지만 그런 허영심은 천하사패의 구도로 가면서 털어버린 지 오래였다. 차곡차곡 실력을 쌓았을 것이고, 이번 무림맹 현판식을 하는 날 포효를 터뜨릴 것이다.

"그런데 무림이 안정되면 복수는 더 힘들지 않습니까? 모두가 문을 걸어 잠그고 나오지 않는다면 수고스럽게 찾아다녀야 할 테니까요."

진우청은 조심스럽게 유화성을 쳐다보았다.

유화성의 입장으로서는 온 무림에 전쟁이 일어나 혼란스럽다면 훨씬 쉬울 것이다.

"원수는 외나무다리에서 만난다고 하지 않던가? 무림 정세야 어찌 돌아가든지 그렇게 만나게 될 것이네."

유화성은 조금도 흐트러지지 않고 담담히 말했다. 그 모습은 마치 복수도 증오도 초월한 것 같았다.

"남의 말 하듯이 하는군요."

"복수심이란 화마에 집어 삼켜져서는 자네 사문 사람들같이 될지도 모를 일이 아닌가? 복수는 하되 최대한 조심할 생각이네."

그 말과 함께 유화성은 자리에서 일어섰다. 진우청도 따라 일어섰다. 훤하게 밝아오는 창문 밖으로 인기척이 느껴졌기 때문이다.

사저가 을지소소와 경설형과 함께 들어왔다.

"잘 마셨네. 그럼……."

유화성은 문을 열고 들어온 사람들에게 가볍게 고개를 숙인 후 밖으로 나갔다.

"고마워, 사제!"

의자에 앉은 사저는 그 말부터 했다.

"뭐… 말씀이십니까?"

진우청은 사저의 안색을 살폈다. 북제성주, 아니, 큰사백이 운명한

순간부터 지금까지 내내 울었는지 눈이 퉁퉁 부어 있었다. 그건 을지 소소도 그랬다. 정도의 차이는 있었지만 경설형도 마찬가지였다. 북제 성 사람들의 가혹한 운명을 혼자 감당하며 그 운명의 사슬을 끊기 위해 썩어 문드러져 가는 몸으로 문도들을 이곳까지 이끌어온 성주의 고독한 투쟁이 냉혈철심을 가진 사람들의 가슴을 진탕시켜 놓은 것이다.

"마지막 순간, 성주님을 사백으로 불러줘서 정말 고마워. 그 순간 성주님… 아니, 큰사백의 입가에 퍼진 미소는 절대 잊지 못할 거야. 평생 그렇게 편안한 모습은 처음이었어… 흑!"

사저는 다시 눈시울을 붉혔다. 퉁퉁 부은 눈이 쏟아지는 눈물과 함께 같이 흘러내릴 것 같았다.

"궁금증이 풀렸으니 의당 그렇게 불러드려야지요."

진우청은 짧은 한숨과 함께 말했다. 그런 사연들이 있을지는 상상도 하지 못했다. 미리 알았더라면 조금 더 빨리 마음을 열 수도 있었을 것이다.

"조금 뒤에 성주님의 장례식을 치를 겁니다. 그 때문에 사숙을 모시러 왔습니다."

눈물을 그치지 못하는 사저를 대신해 경설형이 말했다.

"사백의 장례식은 바깥 사람들이 모르게 조촐하게 치를 생각이야. 북제성주가 운명했다는 소문이 무림에 퍼져서는 안 되니까."

사저는 그 말과 함께 다시 눈물을 쏟았다.

"북쪽 하늘 주인의 장례식치고는 너무 초라하군요. 무슨 죄인도 아닌데……."

진우청은 뭔지 모를 울컥하는 기운이 가슴 밑바닥에서 솟구쳐 오름을 느꼈다.

을지소소 일행을 만나고 여기까지 와서 처음으로 느끼는 소속감이었다.

"사백의 시신은 이곳 후원의 양지바른 곳에 안장할 생각이야. 사백의 관을 덮는 흙의 첫 삽은 사제가 뿌려주었으면 해서 찾아왔어. 다른 모든 분들의 생각이고, 큰사백께서도 그걸 원하실 거야……. 흑!"

"그렇게 하겠습니다. 그러니 고정하십시오, 사저!"

진우청은 얼른 답하며 사저를 달랬다.

"그런데 사숙……."

잠시 후 같이 눈물을 흘리던 을지소소가 망설이는 모습으로 진우청을 불렀다. 그녀의 눈에는 성주를 잃은 슬픔과 함께 한가닥 두려움이 깊숙이 자리하고 있었다.

"왜 그러시오?"

진우청은 을지소소를 쳐다보았다.

"창룡금시에 숨겨진 비밀이 무엇인지……?"

을지소소의 눈에 어린 두려움은 그것이었다.

그건 그녀의 운명, 아니, 모든 북제성 사람들의 운명에 대한 두려움이었다. 성주가 사망한 경황 중이라 조심스럽게 말을 꺼내고 있었지만 그 두려움은 결코 가볍지 않았다.

을지소소는 성주의 마지막 모습을 떠올리며 자신도 모르게 몸을 떨었다.

성주의 마지막 모습은 너무 처참했다. 이제까지는 아무것도 모르고 있었지만 그 모습이 북제성 모든 사람들의 미래였다. 사숙들은 조금 더 빠르게 그런 증상들이 나타나고, 자신들은 또 그들보다 더 빠르게 나타난다고 똑똑히 들었다. 그게 마흔 살이 될지 서른 살이 될지, 아니면 그보다 더 이른 나이에 나타날지 아무도 알 수 없었다.

"그 비밀이 무엇인지는 모르겠소. 하지만 사부는 내가 그걸 풀 수 있게끔 안배해 놓았을 것이오."

"창룡금시는……?"

을지소소는 여전히 두려운 표정으로 진우청을 쳐다보았다.

창룡금시란 것을 알고 있는 것 같기는 했지만 몸 어느 곳에도 간직한 것 같지 않았다.

"안전한 곳에 잘 있소. 최대한 빨리 찾아서 비밀을 풀도록 할 테니 걱정 마시오."

진우청은 을지소소를 안심시켰다.

"꼭 풀어주세요, 사숙. 이제 겨우 내 집을 얻고 사람답게……."

"그만 하거라!"

주완 사저가 을지소소의 말을 끊었다. 칼날 위를 걸어온 그들에게 이런 약한 모습은 절대로 용납되지 않았다. 을지소소 역시 그걸 잘 알고 있었지만 진우청의 튼튼한 어깨 앞에서는 그런 마음이 무너져 내리는 기분이 들었다.

"죄송해요, 사숙. 혼자서만 생활하다 많은 사숙들 속에 파묻히니 어린애가 되어버렸나 봐요. 너무 부담 가지지 마세요. 오늘내일 당장 일어나는 일이 아니니까요."

을지소소는 다시 예전의 표범 같은 모습으로 돌아왔다.

"나가 보도록 하자꾸나. 장례식이 곧 거행될 테니까."

사저는 젖은 목소리와 함께 신형을 움직였다.

북제성주의 장례식은 해가 완전히 뜨기 전에 치러졌다.

무적대주 유화성만이 장원 안을 경계하고 다른 모든 무적대원들은 아무 영문도 모른 채 장원 밖을 철통같이 지켰다.

그런 속에서 북제성주의 관은 한 평도 안 되는 땅속에 묻혔다.

강호제일 신비 문파 북제성주의 명성과 비교해 너무나도 초라한 장례식이었다.

진우청을 시작으로 모두 한 삽씩의 흙을 관 위에 뿌린 후 평토(平土) 작업을 하고 봉분을 만들기 시작했다.

"봉분은 만들지 않았으면 합니다."

평토 작업을 마친 땅 위에 흙을 쌓아올리기 시작하는 것을 물끄러미 쳐다보던 진우청이 뭔가 생각난 듯 불쑥 말했다.

주변 모든 사람들의 의혹 어린 시선이 진우청에게로 향해졌다.

"그냥 제 생각입니다만… 우선은 가묘(假墓)만 정하고 언젠가 사백의 유언을 모두 들어드리고 나면, 그때 정식으로 장례를 치렀으면 합니다. 이렇게는 도저히……."

진우청은 말끝을 흐리며 다른 사람들의 기색을 살폈다. 모인 사람들 중에는 아는 얼굴보다 오늘 처음 보는 얼굴들이 더 많았다. 그리고 이들 중에는 장성 밖의 사람들도 있어 그들의 풍습이 어떤지도 조심스러웠다.

"그 생각은 못했네. 자네들 생각은 어떤가?"

둘째 사백이 삽질을 멈추고 주위를 둘러보았다.

"사숙… 생각… 옳다. 따라야……."

초하이가 반말로 답하며 나서다가 한 중년인의 엄한 눈길을 받고는 얼른 입을 다물었다.

"그렇게 하는 것이 타당할 것 같습니다."

대사형 관일엽이 고개를 끄덕였다. 그를 따라 다른 사람들도 모두 고개를 끄덕였다.

"그럼 성주님의 장례는 차후에 정식으로 치르기로 하고 오늘은 이곳에 가묘만 정하겠네. 봉분은 만들지 말고 주변으로 울타리를 쳐서 함부로 들어가지 못하게 하게나. 그리고… 언제가 될지는 모르겠으나 정식 장례는 막내 사질, 자네의 주도하에 치르도록 하게."

둘째 사백이 진우청에게 책임 한 가지를 더 떠맡긴 후 둥글게 쌓아 올리던 흙을 끌어내려 평평하게 골랐다.

"흑!"

주완 사저의 울음소리가 격하게 터졌지만 주변의 공기는 더 이상 초라한 색깔이 아니었다.

북제성주의 가묘를 정한 그날 저녁, 진우청을 포함해 북제성 본단에 모인 모든 사람들이 한자리에 모였다. 성주가 운명하는 순간과 임시 장례식을 치르는 자리에서도 모두 모였었지만 누가 누군지 진우청은 여전히 생소했다.

강시처럼 말이 없고 과묵한 사람들이기에 더욱 그랬다. 그들을 정식으로 진우청에게 소개하고 앞일을 의논하기 위해 자리를 마련한 것이다.

"한꺼번에 많은 사람들을 만나서 자넨 좀 혼란스러울 것이네. 앞으로 같이 생활하다 보면 자연스레 알게 될 것이야. 흑궁의 인원까지 모두 합쳐도 백 명이 안 되니 말일세."

대사형 관일엽이 운을 떼었다.

진우청에게 사백이나 사숙이 되는 사람들은 이제 세 명밖에 남지 않았다고 했다. 한 사람은 귀면랑의 사부로 흑궁에 있고, 다른 한 사람은 조금 일찍 천형의 증상이 나타나 최근 심산 깊은 곳으로 떠났다고 했다. 그리고 이곳에 진우청의 둘째 사백, 그렇게 셋이었다.

산으로 떠난 사숙뻘의 노인은 생사를 알 수 없으니 두 분만 남은 셈이었다.

사형 배분의 사람들은 이곳 천궁 쪽의 사람들이 스물여덟 명이었다. 그래서 이십팔숙으로 불렸다. 흑궁 쪽에서는 조금 더 적어 열여섯 명이라 했다. 귀면랑이 죽었고, 도관을 쓰고 주술을 부리던 율금적이 죽었으니 그들은 열네 명이 남아 있었다. 그나마 복수심에 불타는 그들은 일찍 천형의 증상이 나타났다. 지금은 또 그 숫자가 더 줄어들었을지도 모르는 일이었다. 그걸 설명하는 대사형의 눈에 짙은 비애가 어렸다.

귀면랑과 율금적, 그들이 가장 악독하여 생사지투를 벌이고 목숨을 거둘 수밖에 없었지만 다른 사람들은 뜻이 달라 서로를 적대시하고 있을 뿐, 귀면랑의 말대로 결국은 한 뱃속에서 태어난 형제들과 같은 사이였다.

그들은 자신들의 슬픈 운명조차 모른 채 여전히 그들 사부나 사조들의 복수심을 그대로 이어받아 불태우며 자신의 몸까지 불태우고 있다.

스물여덟 명의 사형 중 여기에 모인 사람은 스무 명이었다. 여덟 명은 다른 일로 아직 중원을 누비고 있었다.

대사형은 그들을 한 사람 한 사람 소개하며 진우청과 손을 맞잡게 했다.

진우청은 그들의 얼굴을 익히고 이름과 서열을 외우려 했지만 한꺼번엔 무리였다.

천자문을 외울 때처럼 머리만 아팠다.

대충 나이 들어 보이는 순서로 서열을 매겨 버렸다. 뒤바뀐 서열은 차차 바로 잡으면 그만이었다.

그 다음으로는 모두 사질들이었다.

대사형은 흑궁에 속한 사질들 수는 언급하지 않았다. 그러려면 귀면 랑과 함께 온 사질들을 자신들의 손으로 처치할 수밖에 없었던 가슴 아픈 일을 설명해야 했기 때문이다.

천궁에 속한 사질들 숫자는 서른두 명이었다.

이곳에는 을지소소와 타우, 초하이, 나중에 합류한 경설형, 그리고 성주와 같이 온 네 명이 더 있었다.

진우청은 마지막으로 그들과도 인사를 나누었다.

모두들 진우청보다는 나이가 많아 보였다. 그러나 그들은 추호도 예 의에 어긋나는 일 없이 진우청을 대했다. 중늙은이 사질들인 타우와 초하이가 눈을 부릅뜨며 쳐다보고 있었기 때문이기도 했고, 평생 그런 위계질서 속에서 살아온 때문이기도 했다.

한참 동안의 족보 정리가 끝난 후 대사형은 다음 문제를 논의했다.

성주께서 작고하셨으니 새 성주를 정해야 했다. 그건 논의할 것도, 그럴 필요도 없었다. 성주 직을 맡을 사람으로서는 둘째 사백밖에 남 은 사람이 없었다. 그러나 둘째 사백은 성주의 장례식과 마찬가지로 임시로 성주 직을 맡겠다고 했다. 남은 문제들을 모두 해결하고 흑궁 의 인원들까지 다 모인 후, 성주님의 정식 장례를 치르는 날 정식으로 성주를 선출하겠다고 했다.

어쨌든 진우청의 둘째 사백이 북제성의 성주가 되었고, 장례식과 마 찬가지로 한 잔의 술과 함께 조촐한 취임식이 이루어졌다.

한 잔 술을 다 같이 비운 후 성주는 진우청을 쳐다보았다.

"현덕 사제가 어디 있는지 이젠 말해줄 수 있겠나?"

성주는 그동안 미뤄왔던 질문을 던졌다.

눈썹 없는 노인과의 사투 후 진우청은 아무도 믿지 않았으므로 그 질문을 하지 못했던 것이다.

진우청은 잠시 생각에 잠긴 후 입을 열었다.

"마지막으로 같이 있던 곳은 황산의 어느 동굴이었습니다. 제가 떠난 후 사부께서도 어디론가로 훌쩍 떠났다 알고 있습니다. 남패천 비원각에서 조사한 내용이니 틀림없을 겁니다."

진우청은 자신의 뒷조사를 한 구양혜림이 무심결에 들려줬던 내용을 떠올리며 답했다.

"그렇겠지. 그러고도 남을 사람이야. 우리와 마지막 만남을 끝으로 사제는 속세와의 연을 끊으려 했을 것이야. 말년에 자네를 남긴 건 그래도 다 끊지 못한 한가닥 인연의 사슬마저 끊고자 했음이야."

성주는 무겁게 고개를 끄덕였다.

긴 한숨과 함께 실내에는 잠시 동안 정적이 흘렀다.

"그럼 단도직입적으로 한 가지 더 묻겠네. 창룡금시는 몸에 지니고 있는가?"

성주의 질문과 함께 석상처럼 앉아 있던 사람들 사이에서 약간의 동요가 일었다.

앞으로 자신들의 운명은 그것에 달려 있다고 해도 과언이 아니었다. 진우청의 사부가 남긴 창룡금시와 함께 그 안에 숨겨진 비밀을 풀지 못한다면 그들의 미래는 없는 것이나 마찬가지였다.

"몸에 지니고 있지는 않습니다. 이렇게 중요한 물건일지 몰랐기에……."

　진우청이 말끝을 흐리자 을지소소의 표정이 굳어졌다. 등에 꽂은 용호곤과 돈만 빼고는 몸에 뭔가를 지니고 다니는 것을 극도로 싫어했다. 필요한 것은 그때그때 해결하는 성격인지라 창룡금시 또한 허술하게 잃어버리지나 않았나 하는 걱정이 앞선 것이다.

　"원하신다면 당장 달려가서 가져올 수도 있습니다."

　을지소소는 물론 다른 모든 사람들의 걱정을 읽은 진우청은 서둘러 답했다.

　"잘 간직하고 있다면 됐네. 북제성 문도들에겐 그 무엇보다 중요한 것이지만, 지금 당장은 아닐세. 당장은 얼마 후에 치르게 될 무림비무대회가 중요하네."

　"사숙, 사숙께선 오래전부터 고통을……."

　주완 사저가 나서다가 성주의 제지를 받고 입을 다물었다.

　"아직은 견딜 만하네. 그보다는 이번 비무대회에 총력을 기울이는 게 더 급하네. 무림맹을 결성하고 그곳에서 자리를 겨우 잡아놓았지만, 객으로 전락한다면 우리 북제성은 여전히 황실에 쫓기는 운명을 면치 못할 것이야. 그 숙명을 벗어던지고자 사형께서는 썩어 들어가는 육신을 돌보지 않고 이곳까지 왔네. 무림맹에서 우리의 위치가 확고해지면 계획대로 일을 추진하고 우리의 앞날을 제대로 설계할 수가 있네. 그러기 위해선 자네가 우승을 해야 하네."

　그 말과 함께 성주는 북제성을 대표해서 진우청이 비무대회에 나갈 수밖에 없는 이유를 설명했다. 그건 오늘 새벽 술자리에서 유화성이 했던 말과 거의 같았다.

　"이젠 북제성의 운명이 자네에게 달려 있네."

　성주의 마지막 말에 진우청은 목을 타고 넘어가던 술이 그 자리에서

탁 걸리는 느낌을 받았다. 유화성과의 술자리를 통해 예방약을 먹은 것과 같았지만 성주로부터 정식으로 그런 말을 듣게 되니 집채만한 바위 덩어리가 가슴을 눌러오는 기분이었다.

"그렇다고 너무 부담 갖지는 말게. 우린 우리의 고달픈 운명을 달갑게 받아들이는 법을 어릴 적부터 몸에 익힌 사람이네. 온 힘을 다 쏟은 후에도 안 된다면, 그건 우리의 운명이겠지."

대사형 관일엽이 말했다

"저 역시 고달픈 운명은 받아들이는 데는 이골이 났습니다. 우선 비무대회부터 참가해 보지요. 사부의 춤사위는 정파무림의 사람들하고 더 잘 어울릴 것 같다는 생각을 많이 했으니까요."

남패천 여덟 장로로부터 번갯불에 콩 구워 먹는 식으로 정파무림의 무공에 관해 배웠다.

그 노인들의 가르침에서 오랜 전통의 정종무예는 살인만을 위한 무예들과는 많이 다르다는 것을 느꼈다.

그때 문득 그들의 춤사위를 마주해 보고 싶다는 생각이 들었다. 그런 마음과 함께 이번 비무대회에서 그들의 무공을 사부의 춤사위와 비교해 보고 싶은 호승심이 자연스럽게 솟아올랐다.

그건 강호인을 떠나, 사내의 본능 같은 것이었다.

"고맙네, 사질! 그럼 사질은 비무대회에만 신경을 쓰게. 척백대와 흑궁, 서왕문 등의 방해 세력들은 우리가 막도록 하겠네."

성주가 묵묵히 고개를 끄덕인 후 술을 한 잔 더 따랐다.

그렇게 한 잔 술을 더 마신 후 새로운 성주의 취임식을 겸한 모임은 막을 내렸고 다음날 아침, 전 성주와 함께 왔던 사람들은 올 때처럼 소리없이 사라졌다. 중원 곳곳에 벌려놓은 자신들의 할 일을 마무리하기 위해서였다.

이런 면에 있어서 북제성은 다른 문파들에 비해 가장 불리했다.

남패천이나 서왕문이라면 잡다한 일들은 온 중원에 깨알같이 퍼져 있는 문도들이 해줄 것이지만, 북제성은 자신들이 스스로 뛰어다닐 수밖에 없었다.

다음날 오후, 한 장의 배첩이 무적대원을 통해 성주에게 전해졌다.

배첩에는 아무것도 쓰여 있지 않고 이상한 그림 하나만 그려져 있었다.

배첩을 받은 성주의 눈빛이 긴장으로 굳어졌다. 그를 따라 옆에 있던 사형들의 눈에도 긴장감과 의혹이 빠르게 전이되어 갔다.

"들여보내라. 그리고 너희들은 만일의 사태에 대비해라."

성주의 말에 주완 사저와 사형들, 그리고 을지소소와 경설형은 방 안 곳곳으로 움직이며 위치를 잡았다.

정중히 손님을 맞이하는 위치와 자세였지만 물샐 틈이 없었다. 몇 명밖에 안 되는 인원으로 급히 배치를 했지만 소림의 나한진이나 화산의 매화검진은 비교가 안 될 정도로 엄밀한 기운이 펼쳐졌다.

진우청은 잠시 주변을 둘러보다가 어느 한곳으로 몇 발짝 움직였다.

이미 더없이 완벽하게 느껴지던 배치였다. 그러기에 진우청의 움직임은 오히려 균형을 깨뜨릴 수도 있었다.

과연 진우청이 그곳에 서자 철벽같던 성벽이 순간적으로 와르르 허물어지는 느낌을 주었다. 그러나 다음 순간, 무너진 철벽 대신 비단결처럼 부드러우면서도 훨씬 더 질긴 천라지망 같은 배치가 진우청이 선 곳으로부터 자연스럽게 만들어졌다.

네 사형들의 눈빛이 이채를 띠었다. 이윽고 서로 시선을 교환한 그들은 호흡을 가다듬었다. 그와 함께 그들 개개인의 몸에서 뻗어 나오던 철벽같이 견고하던 기운도 진우청과 같이 부드러운 기운으로 바뀌며 방 안에는 비단결처럼 부드러우면서도 대기마저 가둘 듯한 천라지망이 펼쳐졌다.

잠시 후 문이 열리고 하나같이 죽립을 깊게 눌러쓴 세 명의 인영이 들어섰다.

진우청은 가슴 가득한 궁금증을 일단 접어두고 그들을 유심히 살폈다.

두 명은 검을 메고 있었고, 한 명은 맨몸이었다.

맨몸인 사내는 오른팔이 하나 없어 헐렁한 소맷자락이 아무렇게나 흘러내려 있었다. 그러나 그 텅 빈 소맷자락은 어색하거나 뭔가 부족한 느낌을 주지 않고 너무 자연스러웠다. 그에게는 마치 한 팔이 없는 것이 정상처럼 보였다.

한 팔이 없으면서도 그런 느낌을 주는 것은 결코 쉬운 일이 아니다. 그건 한 팔을 잃은 상태에서 극한의 노력을 기울여 팔을 잃기 전보다 오히려 더 강해졌기에 가능한 것이다.

외팔이사내가 성주를 향해 고개를 돌렸다.

죽립 사이로 언뜻 칼날같이 날카로운 광채가 뻗어 나왔다.

사람의 심장을 얼릴 듯한 안광!

그건 심산 깊은 곳에서 은거하는 구파일방의 고수들에게서 뿜어지는 눈빛이 아니었다.

도와 예를 중시하는 그들의 눈에서는 이런 광채가 뻗어 나오지 않는다. 그들의 안광에서는 은둔자의 냄새, 철저히 안으로 갈무리하는 겸허의 냄새가 풍겨 나온다.

이들은 심신을 수양하며 무공의 경지를 높인 사람들이 아니라 무수한 실전과 살상을 통해 절정고수의 반열에 든 사람들이었다.

한마디로 그들은 살인 무예의 달인들이었다.

그것을 느낀 주완 사저의 어깨에 무의식중으로 힘이 들어갔다.

자칫 균형이 깨어질 수도 있는 순간이었다.

성주의 손이 부드럽게 움직이며 그 파탄의 기운을 흩어버렸다.

한동안 죽립을 쓴 자세 그대로 유지하며 부드럽지만 천잠사처럼 온몸을 옥죄는 기운을 받아내던 세 인영 중 외팔이 인영이 죽립을 벗었다.

죽립을 벗은 그 인영은 뜻밖에도 눈처럼 흰 백발을 한 노인이었다.

그것도 성주 못지않은 나이의 노인이었다. 기이하게도 수염이 없어 죽립을 벗기 전에는 나이를 추측할 수 없었다.

그를 따라 두 명의 인영도 죽립을 벗었다.

그들은 둘 다 진우청의 사형뻘인 중년인들이었다.

"오랜만이오!"

노인이 성주를 향해 가볍게 인사를 했다.

깊고 날카로운 안광에, 백발만으로 미루어보면 또 한 사람의 사백이나 사숙이 아닐까 하는 생각이 들 정도였지만 그들의 몸에서 뿜어져 나오는 기파는 북제성 사람들의 것이 아니었다.

노인뿐만 아니라 두 중년인의 몸에서도 살인지학을 극한으로 익힌 냄새가 끊임없이 흘러나왔다.

"삼십 년도 넘었구려. 우선 앉으시오."

노인의 텅 빈 오른쪽 소매를 쳐다보던 성주가 대답했다.

노인은 가볍게 고개를 끄덕였다. 미미할 정도로 작은 고갯짓! 그 동작에서 삼십 년의 세월이 묻어 나오는 것 같았다.

"한 공은 보이지 않는구려."

외팔이 노인은 정물을 감상하듯 실내를 한 번 둘러보고는 다시 말했다.

"사형은 출타 중이오."

성주의 대답에 노인은 다시 고개를 끄덕였다.

"그런데 이 먼 곳까지는 어쩐 일이시오?"

성주가 앞에 놓인 찻잔에 차를 따르며 물었다.

"죽을 때가 다 되어가니 세월이 너무 무상하더구려……. 그 무상함 속에서 문득 고우(故友)들이 보고 싶었다고나 할까요, 허허!"

차를 한 잔 마신 노인이 메마른 웃음을 토했다.

"고우들이라……."

성주도 노인 못지않게 메마른 목소리로 되뇌었다.

너무나도 판이하게 다른 분위기의 두 사람! 그리고 아직까지는 의미를 추측할 수 없는 토막 난 대화들…….

진우청은 눈만 끔벅거렸다.

"뭔가를 꾸미고 계신 줄은 알았지만 무림맹의 한 축이 되리라고는 생각지 못했소. 나름대로 온갖 방법으로 방해를 했는데 역시 역부족이었던 것 같소. 결국 이런 결과로 귀결되는구려."

외팔이 노인은 진우청과 을지소소 등을 쳐다보며 흐릿한 미소를 지었다.

"사형의 계획이었지요."

"허허! 역시 한 공은 언제나 나보다 한발 앞섰지요. 내 팔을 하나 앗아갔지만 원망보다는 존경의 염이 더 크게 자리잡게 하는 분입니다."

말똥거리며 두 노인을 쳐다보던 을지소소의 눈이 두 배로 커졌다.

방금 한 노인의 말에서 그들의 정체가 짐작된 것이다.

내심으로 커다란 충격을 받은 그녀의 신형이 흔들리며 균형의 끈도 같이 흔들렸다.

짧은 순간 노인의 눈빛이 기회를 잡은 야수처럼 살기를 띠었다.

스윽—

그 순간, 진우청의 발이 조금 옆으로 움직였다. 단순한 그 동작과 함께 균형이 무너지려던 기운이 사라지고 다시 천라지망 같은 엄중한 포위망이 유지되었다.

천천히 고개를 돌린 외팔이 노인이 진우청을 쳐다보고는 흐릿한 미소를 지었다.

아무런 느낌이 없는 허공 같은 미소였다. 그러나 그 미소는 짙은 살기보다 더 사람의 마음을 옥죄었다.

진우청은 낮게 호흡을 가라 앉혔다.

노인의 입가에 묻은 미소가 조금 더 짙어졌다.

달그락—

손을 뻗은 성주가 찻잔을 소리 내어 움직였다.

찻잔이 부딪치는 소리와 함께 극한 긴장의 기운이 스르르 누그러졌다.

"조만간 우리의 운명도 백인대와 같이 되겠구려."

노인은 다시 뜻 모를 말을 던졌다.

"그렇게 생각하시오?"

성주가 현현한 눈빛으로 말을 받았다.

"돌고 도는 것이 세상사가 아니겠소. 태조에게 수많은 정적들이 존재함으로써 백인대가 존재했고, 정적들이 사라지자 백인대는 토사구팽의 운명을 맞았지요. 이제 백인대가 사라져 버리면 척백대 역시 토사구팽으로 가마솥에 삶겨지게 되겠지요, 후후!"

노인의 입에서 비로소 자신들의 정체를 드러내는 직접적인 단어가 흘러나왔다.

황실의 척백대!

백인대와 그의 후예들인 북제성의 사람들을 필사적으로 막거나 추적하고 있는 사람들!

노인은 척백대의 부대주인 장손구(長孫丘)였다.

노인의 정체가 밝혀짐에 따라 팽팽한 긴장의 기운이 더욱 고조되었다.

그에게 있어서 이곳은 사지나 마찬가지다.

성주가 한마디만 명령을 내린다면 그와 그의 부하 두 명은 도륙될 수밖에 없다.

아무리 척백대의 무공이 고강하다 해도 북제성에 비할 수는 없었다.

그런 그가 왜 이곳에 나타났을까?

진우청은 머리가 복잡했다.

"그동안 무소불위의 권력을 휘둘렀지요. 동창이나 금의위의 수장들도 내 앞에서는 한 수 접어주고 들어갔지요. 그들이 아무리 황제나 환관 놈들의 신임을 받고 있다 할지라도 백인대에 포섭되었다는 내 말 한마디면 목이 성치 못했으니까 말이오. 지상 최강의 무인들인 백인대의 건재는 우리 척백대의 존재 이유였고, 백인대들로부터 처절한 패배를 겪으며 백인대 못지않은 고수가 되어갔지요. 그런 면에서 백인대의 한 공이나 정 공께서는 내 고우라 할 수 있지요. 허허허."

방 안 가득 낮고 공허한 장손구의 웃음소리가 울려 퍼졌다.

인생의 한 단면에서는 서로를 죽이기 위해 피 튀기는 싸움을 하며 팔까지 하나 앗아간 사람들! 그러나 길고 긴 인생을 마무리하는 뒤안 길에서는 이처럼 고우로 생각되는 것일까?

마주 앉은 두 사람은 서로 공감할 수 있을지 몰라도 다른 사람들은 절대로 수긍할 수 없었다.

"그럭저럭 그런 우정은 잘 유지되어 왔지요, 그렇지 않소?"

장손구의 눈에서 찌르는 듯한 눈빛이 쏟아졌다.

"글쎄올시다. 난 그런 복잡한 우정은 잘 모르겠구려. 사형이라면 이해할 수도 있을지 모르겠지만 아쉽게도 출타 중이라……."

성주는 장손구의 눈빛을 조금도 회피하지 않으며 답했다.

만약 두 사람의 시선 가운데로 낙엽이라도 한 잎 떨어져 내린다면 그대로 재가 되어 흩날릴 만한 무시무시한 눈싸움이었다.

장손구의 입술이 먼저 움직였다.

"그런데 말년에 와서 북제성이 그 긴 우정의 여울에 돌을 던지고 있구려."

"당신 대주께서도 그렇게 생각하시오?"

성주가 한숨을 쉬며 말을 받았다.

"당연히 그렇게 생각하지요. 북제성이 황실과의 모든 원한을 청산하고 무림의 숲 속으로 사라져 버린다면 우리가 또 다른 백인대가 되겠지요."

"한쪽에서는 황권을 지키고, 다른 한쪽에서는 복수를 한다는 명분 아래 오랜 세월 혈로를 걸어왔지만 실상은 권력을 뺏고자, 그리고 빼앗기지 않고자 하는 추악한 투쟁이 아니었소? 이젠 모두 허망할 뿐이오. 척백대도 사리사욕에만 집착하지 마시고 앞으로는 생각을 바꾸어보시오."

쾅!

장손구가 흑단목을 내려쳤다.

일촉즉발의 긴장감이 실내에 퍼졌다.

"그동안 우리가 왜 백인대를 한꺼번에 쓸어버리지 않았는지 아시오? 그건 표사와 표파자 같은 미묘한 관계라서 그렇지요. 산적이 사라지면 표사도 밥줄이 떨어지기에… 그래서 이제까지 북제성이 존재할 수⋯⋯."

"후후!"

북제성주의 웃음소리가 장손구가 뱉어내던 말을 잘랐다.

"목정경(木滇莖)이란 사람을 아시오?"

웃음을 그친 북제성주가 장손구에게 질문을 던졌다.

장손구의 눈빛이 잠시 흔들렸다.

"절대로 모를 사람이 아닐 것이오. 한때 당신 상관인 척백대주 형옥신(亨玉晨)을 밀어내고 척백대주의 자리에 앉을 뻔한 사람이니까. 아주 잔인하고 심계가 깊은 인물이었지요. 그런 자가 새로 척백대주가 된다면 우리로서는 예전보다 몇 배는 더 피곤해질 일이었소. 그런데 당신에게나 우리에게 무척 다행스럽게도 그자는 조용히 사라져 버렸소. 암중의 어떤 세력이 그를 제거해 버렸단 말이지요. 척백대가 의심을 받기도 했지만 오랜 조사 끝에 실마리가 잡혔고, 결국 그 사건의 주범은 금의위 부영반 동손강(東孫崗)이라는 것이 밝혀졌소. 그는 목정경을 살해한 죄로 처형되었지요. 그 결정적인 증거가 바로 이것 아니오?”

북제성주는 미미하게 손을 움직였다.

푸스스—

연기가 솟구치며 흑단목 탁자 위에 복잡한 무늬가 그려졌다.

“목정경을 살해한 것으로 알려진 금의위 부영반 동손강의 독문검법인 귀왕오결(鬼王五結)인데 꽤 비슷하지 않소?”

북제성주의 입가에서 희미한 미소가 번져 나갔다. 반면 장손구의 볼살은 터져 나갈 듯 떨렸다.

그때 척백대주가 될 뻔한 목정경을 살해한 사람은 동손강이 아니라, 자신이 마주하고 있는 노인이었던 것이다.

목정경이 살해되지 않고 대주가 바뀌었다면 자신도 숙청되었든지, 아니면 소리없이 사라졌을 것이다. 오랜 관례로 보아 소리없이 사라질 확률이 높았다. 그것이 척백대의 말로였다.

“마음만 먹는다면 우린 척백대 대주 정도는 어렵지 않게 바꿀 수 있소이다. 더 나아가 총력을 동원한다면 세상 누구라도 제거할 수가 있소.”

북제성주의 눈에서 누구도 받아낼 수 없는 정광이 쏟아졌다. 척백대주와 같이 온 두 중년인의 옷자락이 크게 펄럭거렸다.

“그래 봐야 무슨 소용이 있겠소. 수백 명의 황족 중 누군가가 그 자리를 대신하고 똑같은 일이 반복될 뿐이겠지요. 당신들은 계속해서 우리의 위험성을 황제에게 한층 더 침소봉대(針小棒大) 간언하여 추적대를 보내고, 우린 또 그에 대응하며 고달픈 삶을 살아가겠지요. 이젠 그 끈을 잘라 버리려 하오.”

성주는 다시 두 개의 잔에 차 한 잔씩을 따랐다.

이미 식어버린 다액에서는 용설향 특유의 향기마저 사라져 버렸다.

"내가 당신들을 너무 과소평가했구려. 그래서 남패천에서 이곳으로 오는 아이들도 막지 못했소. 후후!"

장손구는 자조 섞인 웃음을 흘렸다.

그러나 결코 무엇을 포기한 색조의 웃음은 아니었다.

오히려 자신의 모든 것을 퍼부어서라도 패배를 만회하고 싶어 하는 그런 웃음이었다.

"좋소. 여기까지는 인정해 주겠소. 그러나 무림맹주 자리까지 엿보며 일을 꾸민다면 우리도 가만히 있을 수 없소."

장손구는 최후 통첩을 하듯 단호하게 말했다.

"무림맹의 문지기가 되기 위해서 여기까지 온 건 아니오. 우린 당신들이 어떤 수작을 하더라도 닿지 못할 정도로 높은 곳에 집을 지을 것이오."

성주는 자르듯이 말했다.

"그럼 얘기는 끝났구려."

장손구는 벗어놓았던 죽립을 머리에 썼다.

그를 따라 수하 두 명도 죽립을 쓰며 신형을 움직였다.

"마음만 먹는다면 우린 언제든지 척백대 대주를 바꿀 수 있다는 사실을 명심하시오."

성주는 차가운 눈빛으로 말했다.

"글쎄올시다. 우리 대주는 관을 봐야 눈물을 흘리는 성격이라 그런 말은 의미가 없소."

장손구의 입술이 죽립 아래로 비릿하게 뒤틀렸다.

"이자들은 그냥 이곳에서 죽여 버리지요."

밖으로 나가려는 장손구의 길을 열어주지 않고 경설형이 말했다.

"백인대는 손님을 그렇게 접대하느냐?"

중년인들 중 한 명이 말했다.

"누가 청했다고 손님인가요?"

을지소소도 물러서지 않고 고함을 질렀다.

"팽팽한 대치가 이 방 안에만 펼쳐지고 있다고는 생각지 말게. 안에서부터 균형을 깨지 못하고 물러나지만, 우리가 무사하지 못하다면 밖에서부터 균형이 깨어질지도 모르는 일이라네."

장손구는 창밖으로 시선을 던졌다.

장손구의 말대로 밖에서도 검진을 친 무적대와 척백대원들의 대치가 유지되고 있었다. 만약 한 곳이라도 빈틈이 보였다면 장손구는 거리낌없이 명령을 내렸을 것이다.

"보내드려라."

성주가 엄한 눈으로 경설형과 을지소소를 쳐다보았다.

"고맙소."

장손구가 성주를 향해 미미하게 고갯짓을 하고는 방문을 나섰다.

"위험한 순간이었어."

장손구와 그의 부하들이 물러나자 주완 사저가 식은땀을 닦으며 말했다.

안팎으로 조금만 빈틈이 보였다면, 그는 그 빈틈을 공략했을 것이다. 그러나 안에서는 물론이고 무적대가 검진을 치고 버틴 밖에서도 그 틈을 찾지 못했다. 절대로 만만치 않다는 느낌을 받고는 돌아선 것 같았다. 마지막 눈빛이 그걸 말해주고 있었다.

그러나 그 위험은 끝난 것이 아니다.

앞으로는 더욱 발악적으로 부딪쳐 올 것이다.

"차라리 제거해 버리는 게 낫지 않았을까요?"

경설형은 아직도 미련을 버리지 못하고 중얼거렸다.

평소에는 북제성 인물이 맞나 싶을 정도로 서글서글한 인상과 성격이었다. 그러나 결전의 상황이 도래하자 을지소소나 초하이 등보다 배는 더 호전적으로 변했다.

"어리석은 놈!"

성주가 경설형을 보고 노성을 토했다.

"그렇게 제거해서 끝날 것 같았으면 이 방으로 들이기 전에 그렇게 했다. 한 놈을 죽이면 두 놈, 세 놈이 나타나는 것이 저들이다. 저놈들과 동귀어진을 하자고 성주님께서 육신이 썩어 문드러지는 고통을 감수하며 이곳까지 너희들을 이끌고 온 것이 아니다. 다른 사람들을 생각해서라도 절대로 경거망동하지 말아라."

성주의 눈에 노기와 함께 죽어가는 자식의 장래를 걱정하는 부모와 같은 처절한 빛이 흘렀다.

"죄송합니다, 성주님! 아직 철이 없어서……."

경설형이 평소의 모습으로 돌아오며 급히 고개를 숙였다.

"우리만으로는 힘들다. 흑궁을 끌어들여야 한다."

잠시 뒤 성주는 탄식처럼 말했다.

흑궁이라는 말에 주완 사저나 을지소소의 표정이 일그러졌다. 그녀들은 귀면랑의 손에 거의 죽을 뻔했기에 오히려 척백대보다 그들에게 더 큰 원한이 가슴에 쌓여 있었다.

"귀면랑, 그놈과 그를 따르는 놈들을 처치했으니 이젠 훨씬 쉬울 것이다. 그놈들이 제일 악독하고 권력욕도 강했다.”

성주는 주완 사저를 쳐다보며 타이르듯 말했다.

주완 사저는 가타부타 말을 않고 가늘게 한숨을 내쉬었다.

“그들은 지금 어디 있습니까?”

묵묵히 지켜만 보던 진우청이 질문을 던졌다.

“지금은 한 명도 모습을 드러내지 않고 숨어 있다. 차라리 귀면랑처럼 나타나기라도 한다면 사실을 알려줄 것이지만…….”

“한 군데도 끈이 닿지 않습니까?”

“우리가 무림맹에 가입하고 나서부터는 완전히 모습을 감추었다. 그들 나름대로 배신감을 느끼고 뭔가를 계획하고 있는 모양이다.”

성주가 허공으로 시선을 던졌다.

“북제성 사람들을 만나면 고생 끝이라 생각했는데 짐만 잔뜩 짊어진 데다… 사방에 더 많은 적들이 득실거리는군요. 쩝!”

진우청은 입맛을 다셨다. 그리고 혼잣소리처럼 중얼거렸다.

“이놈의 팔자는 언제쯤 펴지려나…….”

第六十六章

좌충우돌

무림맹 총단의 현판식이 며칠 앞으로 다가왔다.

조씨세가의 넓디넓은 장원 곳곳에는 벌써부터 수많은 사람들이 들끓었다.

구경을 하러 나온 사람들에서부터 미리 도착한 정파무림의 사람들이 그곳을 가득 메우고 있었다.

그와 달리 조씨세가에서 걸어서 한 시진쯤 떨어진 뒷골목은 한적하기만 했다.

대낮부터 심동신(沁凍信)은 벌컥거리며 술병을 들이켰다.

정말 오랜만에 제대로 느끼는 술맛이었다.

그동안 어떤 미주를 마셔도 지금 마시는 싸구려 술 백건아(白乾兒)만큼 미각을 돋우지는 못했다.

시큼하고 독하기만 하여 삼키는 데도 적지 않은 공력이 필요한 술!

지금은 쉬어 빠진 듯한 그 독취마저도 한없이 부드러웠다.

종이호랑이로 전락하여 십 년도 넘게 큰소리 한 번 제대로 지르지 못한 두터운 울분이 최근 들어 눈 녹듯 사라져 버렸다.

그동안 맹목상으로만 정파무림의 기둥이라고 일컬어지던 구파일방이 무림의 전면으로 나서며 예전처럼 모든 강호인들의 추앙을 받게 되었다.

물론 그 이면에는 북제성이라는 큰 버팀목이 있었다. 그 이름 때문에 서왕문이나 남패천도 어쩌지 못하고 숨을 죽이고 있었다.

지금 당장은 북제성이라는 그림자를 등에 업고 있지만 언젠가는 그 그림자를 떨쳐 내고 무림은 예전의 영광을 되찾을 것이다.

그 누구보다 자신이 있었다.

억눌림의 한이 컸기에 속으로 뭉쳐 둔 힘 또한 어느 때보다 컸다.

북제성의 무공이 아무리 강하다 할지라도 수백 년 전통의 저력은 결코 무시하지 못한다.

며칠 후에 있을 무림맹 창단식 비무대회에서 그 그림자를 떨쳐 내고 하늘을 우러러 포효를 터뜨릴 것이다.

"정말 맛있는 술이야."

심동신은 남은 백건아를 모두 입속으로 털어 넣고 빈 병을 허공 높이 던졌다.

지금 이 술을 마지막으로 시합 때까지 더 이상 술은 마시지 않을 것이다.

휘리릭—

신동신은 전신을 감아 오르는 취기에 몸을 맡기며 취팔선보(醉八仙步)를 밟았다.

기분 좋은 취기와 함께 펼치는 취팔선보는 구름처럼 몸을 가볍게 하고, 이름 그대로 신선이 된 기분을 느끼게 한다.

휘적거리는 보법과 함께 구름 위로 오르는 기분이 들었다.

몇 걸음만 더 옮기게 되면 신선의 기분을 느낄 것 같았다.

"누구야!"

꺾어진 골목 저쪽에서 한줄기 목소리가 대기를 갈기갈기 찢으며, 그리고 입신의 경지를 맛보려는 심동신의 기분까지 사정없이 찢어발기며 앙칼지게 흘러나왔다.

심동신은 와락 눈살을 찌푸렸다.

정말 오랜만에 느낄 수 있었던 흥치가 반으로 줄어버렸다. 그나마 반이라도 남아 있는 것은 그 목소리가 여인의 것이었기 때문이다.

심동신은 짜증 반, 호기심 반이 된 얼굴로 골목 저쪽으로 고개를 내밀었다.

한 여인이 방금 자신이 던진 병을 손에 들고 도끼눈을 뜨고 있었다.

몸에 착 달라붙는 경장!

그 경장 안으로 군살 하나 없이 빠진 미끈한 몸매!

대낮이었지만 달을 타고 내려온 항아 같은 모습이었다.

심동신은 취팔선보를 모두 펼쳤을 때보다 훨씬 더 황홀한 기분을 느꼈다.

저런 여인이라면 주저없이 사과를 해도 될 것 같았다.

심동신의 손이 막 포권을 쥐려는 순간 한발 앞서 여인의 입술이 움직였다.

"술을 마시려면 곱게 마실 것이지, 왜 병은 던지고 난리야. 새파란 자식이 대낮부터……."

‘새파란······?’

심동신은 눈을 멀뚱히 떴다.

어이없는 상황에 분기마저 일지 않았다.

아무리 잘봐주어도 자신보다 많아 보이지 않는 나이의 여인이었다.

그런 여인에게 새파랗다는 소리를 듣게 되니 웃어야 할지 울어야 할지 알 수가 없었다.

평소 술에 찌들려 겉늙었다는 소리를 자주 듣는 것이 무척이나 싫었다. 그렇다고 동년배의 여인에게 새파랗다는 소리를 듣고 희희낙락거릴 수는 없었다.

‘그러고 보니······.’

심동신은 비로소 여인과 동행하고 있는 인영을 쳐다보았다.

한눈에도 힘깨나 쓸 것 같은 사내였다.

그 사내를 믿고 여인은 안하무인격으로 설치고 있는 것이다.

알 수 없는 호승심이 술기운을 타고 얼굴로 치솟았다.

“왜 그러시오. 별일도 아닌 것을 가지고······.”

분위기가 심상치 않음을 느꼈는지 옆에 있던 하인 같은 덩치가 앞을 막고 나섰다.

“아니에요, 사숙. 이런 인간은 어릴 때부터 술버릇을 고쳐 놓아야 해요!”

여인이 여전히 도끼눈을 뜨며 목소리를 높였다.

‘사숙?’

심동신은 여인 옆에 있는 덩치를 다시 쳐다보았다.

여인을 호위하고 나온 하인인 줄 알았는데 사숙이라고 불렀다. 그리고 하인 같은 덩치를 쳐다보는 여인의 눈에 언뜻 깊은 공경의 빛이 내

비쳤다.

호승심과 함께 야릇한 질투심 한가닥도 같이 끓어올랐다.

"말이 너무 지나치지 않소, 소저?"

심동신은 어깨를 쭉 펴며 최대한 목소리를 낮게 깔았다.

"가지가지 하네."

심동신의 저음이 귀에 거슬렸는지 여인이 사정없이 쏘아붙였다.

심동신의 눈초리가 짧은 순간 여인의 눈초리보다 더 날카롭게 위로 치켜졌다가 내려왔다.

아무리 거지 행색이었지만 다음 대의 개방을 이끌고 갈 후개의 신분이었다.

그리고 이번 비무대회에서 우승을 한다면 강호무림의 신성으로 떠오를 수도 있는 귀한 몸이었다.

'후후!'

심동신은 내심 여유로운 웃음을 흘렸다.

겉모습만으로 한 사람의 인격이 순식간에 판단되는 가소로운 세상!

그런 세상 속에서 개방도의 이런 대접은 숙명과도 같은 것이었다. 그 숙명은 며칠 후에는 거적을 벗어 던지듯이 벗어던질 것이다.

며칠 후에는…….

심동신은 분기를 가라앉혔다.

"소저! 무릇 인간이 겪게 되는 많은 재앙은 입에서부터 연유되는 것이오. 부디 말조심하시오."

훨씬 더 낮게 깔린 목소리로 타이른 심동신은 등을 돌렸다.

"병신!"

여인의 목소리가 등 한복판을 강타했다.

심동신은 위장 속에 있던 백건아가 갑자기 역류하는 기분을 느꼈다.

"쩝!"

심동신은 입맛을 다셨다.

오욕의 두터운 거적을 벗어던지고 신성으로 거듭나는 순간까지는 경거망동하지 않으려 했는데 한계를 넘는 상황이 도래했다.

"며칠 빨리 벗어던진다고 나쁠 것도 없겠지."

낮게 중얼거린 심동신은 등 뒤에 꽂아두었던 타구봉을 뽑아 들었다.

스윽!

손때가 묻어 반질반질해진 막대기가 천천히 앞으로 내밀어졌다.

지극히 단순한 동작에 지극히 완만한 움직임!

그러나 완벽한 기수식이었다.

주변의 양광이 모조리 타구봉 속으로 빨려드는 느낌이었다.

그런데 철딱서니 없는 여인은 그걸 못 느끼는 모양이었다.

"내가 개야? 개 쫓는 막대기를 어디다 내미는 거야!"

휘리릭—

말이 끝나자마자 어디에서 튀어나왔는지 모를 흑편이 올가미처럼 심동신의 타구봉을 감아왔다.

"헛!"

헛바람을 들이킨 심동신은 신속하게 타구봉을 움직이며 취팔선보를 밟았다.

팔성의 경지에 오른 취팔선보의 보법을 밟은 심동신의 신형이 양광 속으로 녹아들었다.

'어라?'

진우청은 탄성을 삼켰다. 땟국물이 주르르 흐르는 거지의 움직임이 전혀 예상 밖이었다.

순식간에 올가미가 되어 뻗어 나간 을지소소의 흑편을 술 취한 듯한 몸놀림으로 모두 흘려 버리며 시커먼 몽둥이로 을지소소의 손목을 때려왔다.

파앗―

와락 진우청을 밀친 을지소소의 몸이 용수철처럼 튀어 올랐다.

휘리릭―

허공에 뜬 을지소소의 신형 어느 곳에서 물샐 틈 없는 그물이 쏟아져 내렸다.

한 가닥 채찍으로 뿌리는 것이라고는 도저히 믿을 수 없는 공격이었다.

심동신의 등줄기에 식은땀이 흘렀다.

자신이 움직일 곳을 모조리 차단하며 뒤덮어오는 그물망!

그 속에 담긴 엄청난 경력!

그 경력은 마주치기도 전에 온몸을 바스러뜨릴 것 같았다.

"하앗!"

기합성과 함께 심동신은 타구봉을 미친 듯이 흔들었다.

파파파파팡―

그물망과 타구봉이 부딪치며 격타음이 터졌다.

온 세상을 가둘 듯한 그물코가 모조리 찢겨지며 허공으로 튀어 올랐다.

휘리릭―

그물이 되었던 흑편이 원래의 모습을 되찾으며 채찍으로 뿌려졌다.

그 채찍을 향해 타구봉이 휘둘러졌다.

"그만들두시오!"

뒤로 물러나 있던 진우청이 고함을 지르며 두 사람 사이로 뛰어들었다. 길게 싸우게 되면 겨우 아물고 있는 을지소소의 상처가 덧날 것이다.

"엇!"

"사숙!"

두 사람의 입에서 동시에 경호성이 터져 나왔다.

픽—

타탁!

타구봉과 흑편이 각각 진우청의 어깨와 손바닥을 때렸다.

심동신은 놀란 눈으로 훌쩍 뒤로 물러나며 타구봉을 내려다보았다.

바위라도 두 쪽 낼 만한 공력을 타구봉에 불어넣었다. 그런 곳으로 무작정 뛰어들었으니 당연히 어깨가 부서져야 했다.

그런데 타구봉에 전해지는 느낌이 이상했다.

처음에는 마치 솜뭉치를 두드리는 기분이었다. 그 다음으로는 커다란 철고(鐵鼓)를 두드린 느낌과 함께 타구봉은 강하게 튕겨 올랐다.

심동신의 눈빛이 낮게 가라앉았다.

왠지 자신이 덩치의 어깨를 두드린 것이 아니라 덩치의 어깨가 손처럼 자신의 타구봉을 감싸 쥐고 던져 버렸다는 느낌이 뇌리를 가득 채웠다.

"괜찮으세요, 사숙?"

을지소소가 염려스런 눈으로 진우청의 손과 어깨를 쳐다보았다.

"괜찮다면 믿겠소?"

진우청은 온통 찡그린 얼굴로 손바닥과 어깨를 주물렀다.

"사숙, 이젠 제발 말씀을 낮춰주세요."

여전히 자신을 하대하지 않는 진우청을 향해 을지소소가 애원하듯 말했다.

격렬한 손속을 나눈 상황과 전혀 어울리지 않는 대화를 들은 심동신은 혼란스러움을 느꼈다.

이상한 숙질 관계!

그리고 정체를 알 수 없는 무공!

심동신은 끓어오르던 감정을 잠시 억누르고 두 사람을 쳐다보았다.

"사질을 대신해서 내가 사과하겠소. 그러니 없던 일로 하고 자기 갈 길로 갑시다."

진우청은 어깨를 주무르던 손을 내려 포권을 쥐었다.

"그렇게 못하겠다면……?"

심동신은 차갑게 가라앉는 목소리로 대꾸했다.

아직 결판이 나지 않았지만 한가닥 패배감이 전신을 엄습했다. 그런 감정이야 가라앉혀 버릴 수도 있었다. 그만한 수양도 쌓지 못했다면 후개의 자리도 얻지 못했을 것이다. 하지만 점점 증폭되는 궁금증을 도저히 가라앉힐 수 없었다.

한 치의 틈도 없는 대결의 틈바구니 사이로 뛰어든 몸놀림과 타구봉 끝으로 전해지던 이상한 반탄력!

이제껏 겪어보지 못한 움직임과 내력이었다.

"이 거지 같은 자식이?"

을지소소는 도끼눈을 떴다.

이런 놈들 얘기는 책에서 많이 보았다.

호젓하게 걸어가는 남녀를 보면 어김없이 나타나는 파락호들!

소나무 위에서 지켜보다가 결정적인 순간에 야비한 웃음을 흘리거나 돌을 던져 훼방을 놓는 쓰레기 같은 인간들…….

호젓한 분위기와는 거리가 먼 사람과 걷고 있었지만 이놈 눈에는 그렇게 보였을 것이다. 그래서 술병을 던져 산통을 깨려 한 것이다.

감춘 실력이 좀 만만찮았지만 을지소소의 눈에 비친 심동신은 영락없는 그런 놈이었다.

이런 인간들은 세상의 모든 여인들을 위해서라도 가만두면 안 된다.

생각을 굳힌 그녀는 채찍을 든 손에 힘을 가했다.

“사질!”

앞으로 나서려는 을지소소를 향해 진우청이 고함을 질렀다.

을지소소가 움찔 신형을 멈추었다. 진우청으로부터 처음으로 듣는 사질 소리였다. 반갑기도 했지만 반면 긴장도 되었다. 공식적인 숙질 관계가 형성된 곳에서는 그만한 문규가 따르는 것이다.

을지소소는 고개를 숙이며 물러섰다.

“다시 한 번 사과드리겠소. 그러니…….”

진우청은 심동신을 향해 한 번 더 포권을 쥐었다.

“정중히 거절하는 바이오!”

심동신은 고개를 저었다.

어떻게든 진우청의 정체를 더 캐보고 싶은 것이다.

“그럼 어떡하면 좋겠소?”

“노형께서 내 타구봉을 빼앗으면 없었던 일로 하겠소.”

“이 자식이……!”

말도 안 되는 제의에 을지소소가 고함을 지르다가 얼른 입을 다물었다. 갑자기 움직인 진우청이 심신동의 타구봉을 향해 손을 뻗치고 있었기 때문이다.

놀란 것은 심동신도 마찬가지였다. 타구봉을 빼앗아 가란 말은 나를 쓰러뜨리란 말보다 더 어려운 제의였다. 그렇게 승강이를 벌이며 깜짝 놀란 만한 실력을 지닌 이 두 남녀의 정체를 캐볼 생각이었다. 그래서 내건 제의였는데, 미처 준비할 틈도 없이 진우청의 손이 다가들고 있었다.

심동신은 눈을 부릅떴다.

이건 폭발적인 움직임이라 할 만했다.

전혀 예비 동작 없이 포탄처럼 다가오면서도 물이 흐르는 듯한 움직임.

심동신은 피하려 해서는 저 손을 뿌리칠 수 없음을 알았다.

최대한의 힘으로 쳐내야 할 일이었다.

파앗—

타구봉이 진우청의 손목을 으스러뜨릴 듯 마주쳐 나갔다.

스스스—

타구봉에 부딪치기 직전 진우청은 손목을 움직였다.

심동신은 뭔가 잘못되었음을 느꼈다.

고강한 금나수법을 완벽히 대비하며 두드린 타구봉이었다. 그런데 타구봉을 잡아오는 손동작은 지극히 단순했다.

그 단순함이 어떤 고절한 수법보다 이 순간에는 더 효과적이었다.

퍼억—

다시 솜뭉치를 두드린 듯한 느낌!

그러나 뒤이어 전해지는 느낌은 아까와 달랐다.

아까처럼 쇠북을 두드린 듯한 반탄력이 아니라 옴짝달싹할 수 없는 속박감이었다.

솥뚜껑만한 손이 어느새 타구봉 끝을 움켜쥐고 있었다.

"이 정도로 해둡시다."

잡고 있던 타구봉을 놓은 진우청은 심동신을 향해 고개를 끄덕이고는 아직 독기를 품고 있는 을지소소의 어깨를 떠밀었다.

"별 거지 같지도 않은 자식이 까불어!"

진우청의 손에 떠밀려 가면서도 을지소소는 잊지 않고 한마디 던졌다.

누구보다 완벽한 거지에서 거지 같지도 않은 자식으로 신분이 추락한 심동신은 멍하니 두 사람을 쳐다만 보고 있었다.

"제발 성질 좀 죽이시오."

진우청은 을지소소의 어깨를 끌다시피 하며 빠르게 골목을 빠져나온 후 책망하듯 말했다.

"그 자식이 괜한 사람을 희롱하는데도 참는단 말인가요?"

을지소소는 씩씩거리며 답했다.

며칠 뒤에 비무가 벌어질 비무대회장을 미리 답사한다는 명분 아래 초하이와 타우를 만나러 가는 사숙 한 사람의 일을 가로채 어렵게, 어렵게 외출 허가를 받았다. 그리고 더 어렵게 진우청과 동행하게 되었다.

들뜬 마음으로 이곳까지 와서 호젓한 골목길에서 진우청 옆으로 바짝 붙으려는 찰나 술병이 날아들었으니 도저히 참을 수 없었다.

"그냥 무심코 던진 것이 우리에게 날아왔을 수도 있지 않소?"

"그런 말도 안 되는 우연이 어떻게 일어난단 말이에요. 그놈은 우릴 보고 샘이 나서……."

말을 멈춘 을지소소는 진우청의 눈치를 살폈다.

"왜 샘이 난단 말이오? 우리가 자기보다 더 좋은 술을 마시고 있었던 것도 아닌데."

진우청의 대답에 을지소소는 어이없는 눈으로 진우청을 쳐다보았다.

능청을 떠는 것인지, 정말 아무것도 몰라서 그러는 것인지 구별이 가지 않았다.

"그런 우연은 절대로 있을 수 없어요. 백 번 양보해서 그게 우연이라면 그놈은 정말 재수 없는 놈이에요. 그러니 맞아도 싸요."

을지소소는 다시 약이 오르는지 목소리를 높였다. 심동신의 불운에 대한 그녀의 예언은 며칠 후에 정확히 들어맞았다.

"됐으니 그만 약속 장소로 갑시다."

고개를 흔든 진우청은 걸음을 빨리했다.

"사숙… 뵙는다."

객실 안으로 들어서자 타우와 초하이가 인사를 했다. 나름대로 정확한 발음을 구사했지만 허리를 뚝 잘라먹은 바람이라 안 한 것만 못했다. 그들 역시 일부러 그런 식으로 인사를 하며 짓궂은 미소를 배어 물었다.

"그동안의 움직임은 어떤가요?"

을지소소가 두 사람을 번갈아 쳐다보며 조심스럽게 그간의 행적을 물었다.

척백대가 최후 선전포고를 한 것이나 마찬가지인 상태이기에 북제성의 모든 인원들은 신경을 곤두세우고 그들의 음모를 캐고 있었다. 두 사람은 무림맹 총단 근처에서 이것저것 동정을 살피며 다른 대원들의 연락을 도맡아 하고 있었다.

초하이가 품속에서 두루마리 하나를 꺼내 을지소소 앞으로 내밀었다. 글씨는 모두 북제성 사람들끼리만 통하는 비문(秘文)으로 되어 있었기에 을지소소는 자신이 파악할 수 있는 부분만 대략적으로 읽어 나갔다.

"뭔가 이상한 점이 있소?"

진우청은 아무리 봐도 알 수 없는 이상한 기호만 가득한 서찰에서 눈을 떼며 물었다.

"잘은 몰라도 흑궁도 뭔가 음모를 꾸미고 있다는 내용 같아요."

긴장한 표정의 을지소소가 진우청을 보고 말했다.

"죽일 놈들!"

험구를 내뱉는 그녀의 눈에서 감출 수 없는 적의가 쏟아졌다.

그들을 불쌍히 여기고 포용하라는 전 성주의 유언이 있었지만 아직까지는 어쩔 수 없었다.

"그들이 이번 비무대회에 무슨 수작을 꾸미는 것이오?"

"그렇다고 봐야 해요. 정파무림과의 비무보다는 척백대와 그들이 훨씬 신경 쓰이는 존재예요. 이 보고서로는 그들이 구체적으로 어떤 일을 꾸미는지는 알 수 없지만, 이곳으로 은밀히 숨어들 낌새가 보여요. 아마도 사숙을 노리거나 다른 흉계를 꾸밀 게 분명해요."

을지소소는 이런 인간들을 정말 포용해서 천형과도 같은 금제를 풀어주어야 하나 하는 눈으로 진우청을 쳐다보았다. 그건 오히려 그들에게 족쇄를 풀어주고 손에 칼을 쥐어주는 것과 마찬가지다.

"좀 더 지나보면 뭔가 윤곽이 드러나겠지요."

진우청은 두루마리를 품속에 넣었다. 자신은 무사히 그걸 전해주면 되는 것이다. 차후의 일은 성주와 사형들이 결정할 것이다.

"이건… 사숙 위해… 준비……."

타우가 품속에서 서찰 한 장을 더 꺼내고는 을지소소에게 뭔가 빠르게 말했다.

을지소소가 타우의 말을 통역했다.

"여기에 적힌 사람들은 이번 비무대회에서 사숙과 상대할 정파무림의 후기지수들이에요. 사숙의 실력이라면 아무 문제 없겠지만 중원 무공에 대해서 너무 모르는 게 많아 미리 준비를 좀 했어요. 그냥 심심풀이로 한번 보세요."

을지소소는 진우청에게 서찰을 내밀었다.

서찰에는 이번 비무대회에 참석할 젊은이들의 신상 명세서와 독문절기, 무공 특징 등에 관한 것들이 적혀 있었다.

바람처럼 보이지 않으면서도 부지런히 움직이는 사형들과 사질들이 조사를 한 모양이었다. 어둠 속에서 은밀하게 움직이는 데는 이력이 난 사람들이었기에 몇 명 되지도 않는 인원으로 이런 정보들을 순식간에 수집해 오는 것이다.

진우청은 을지소소의 말대로 심심풀이 삼아 서찰을 훑어보았다.

미리 본다고 해서 큰 도움이 되는 것은 아니었다.

그들의 특기니 독문절기니 하는 것들은 단어조차 생소했다. 그럴듯한 이름들도 많았지만 읽기조차 어려운 글자들도 많았다. 특히 그 별호들은 태산을 무너뜨리고 하늘을 갈랐다.

진우청은 서찰을 이리저리 펼치며 그들의 별호를 읊조렸다.

"소림의 철권신승(鐵拳神僧) 청허(靑虛), 무당의 태허구검(太虛九劍) 도기상(屠其像), 화산의 조화섬검(造化閃劍) 척윤하(戚潤何), 종남의 단홍장검(斷虹長劍) 배원(裵元), 아미의 난화무영수(亂花無影手) 여상화(呂尙花), 곤륜의 번천일도(翻天一刀) 상호진(相互晉), 형산의 육도뇌검(六道雷劍) 영한건(英旱建)……."

과장되고 허황되게 느껴지기까지 하는 별호들!

정파무림의 허영심이 느껴졌다.

진우청은 피식 웃으며 서찰을 접었다. 하늘을 가르고 해를 쏘아 떨어뜨리는 별호들은 온통 머릿속만 어지럽게 했다.

그러고 보니 자신에게도 한때 폭풍철곤이란 별호가 붙은 적이 있었다.

며칠 후면 정파무림의 신룡들로 일컬어지는 그들과 손을 섞게 된다는 것이 번거롭고 귀찮다는 생각과 함께 한편으로는 묘한 호승심을 불러일으켰다.

이제껏 필사적으로 자신을 죽이려는 인간들만 상대하며 이곳까지 왔다. 정파무림의 무공은 그들의 잔혹한 손속과는 달리 웅혼한 기상이 서려 있다고 했다. 한 번쯤 제대로 견식하고 싶다는 생각이 얼마간 가슴속에 자리잡고 있었다.

"수고 많았소. 많은 도움이 될 것 같소."

진우청은 서찰도 두루마리와 함께 품속에 집어넣었다.

마침 점심때인지라 곧 음식이 날라져 왔다.

식사를 마치자 타우와 초하이는 다시 자신들의 할 일을 위해 객실 뒷문으로 소리없이 몸을 날렸다. 귀면랑 일행들과의 싸움에서 입은 상처가 완치되지 않았음에도 불구하고 그들의 신법은 바람을 방불케 했다. 무공을 익히지 않은 사람들이 본다면 그냥 그 자리에서 푹 꺼지는 것으로 느껴질 것이다.

진우청은 두 사람이 사라진 객실 뒷문 쪽을 잠시 쳐다보다가 을지소소와 함께 몸을 일으켰다.

"요즘 젊은것들은… 쯧쯧!"

식사를 하던 팽만서(彭晩棲)는 눈썹을 치켜올리며 혀를 찼다.

세상의 모든 젊은이들은 갈수록 버릇이 없고, 그 정도가 더해가는 것 같다. 자신 역시 젊은이였을 때는 늙은이들로부터 방금 자신이 했던 것과 똑같은 소리를 들었지만 저 정도는 아니라는 생각이 들었다.

새파랗게 젊은것들이 대낮부터 부끄럼도 없이 객실에서 나오고 있다.

객실에서 나온다고 하여 모두 지탄받아야 할 일은 아니지만 젊은 남녀 단둘이서만 나온다면 아무래도 눈치가 보일 텐데, 저것들은 눈썹 하나 까닥하지 않고 도도한 표정으로 계단을 내려서고 있었다.

옆에서 부지런히 식사를 하고 있던 팽홍기(彭弘其)는 숙부의 시선을 좇아 고개를 돌렸다.

"어?"

팽홍기는 눈을 부릅뜨며 불식간에 외마디 소리까지 토해냈다.

"왜 그러느냐? 아는 놈이냐?"

예사롭지 않은 조카의 표정에 팽만서는 계단을 내려서는 남녀를 번갈아 쳐다보았다.

"저, 저놈……!"

팽홍기는 의자에서 반쯤 일어서며 손가락으로 사내를 가리켰다.

"누군데 그래?"

팽홍기의 사촌인 팽정기(彭亭其)도 눈살을 찌푸리며 두 남녀를 쳐다보았다.

"저놈……. 저놈 때문에 저번에 남패천에서의 일이 모두 틀어져 버렸어. 저놈, 하남진가의 둘째 아들이야. 저놈이 남패천주가 원하는 뭔가를 갖다주는 바람에 서역 특산물 판매권이 저놈 형에게로 넘어갔어. 그리고 모용가의 가솔들은 무슨 음모에 가담되었다는 이유로 치도곤을 당하고 반병신이 되어 엉금엉금 기어서 되돌아갔지. 우리 역시 개 쫓기듯 쫓겨났고……."

팽홍기는 그때의 울분이 되살아나는지 목소리를 높였다.

그때 남패천 내성 깊은 곳에서 일어난 폭풍 같은 상황들은 다 알지는 못했지만 저 곰 같은 덩치를 한 자식 때문에 사업권을 뺏긴 것은 확실했다. 먼발치에서 한 번 봤지만 결코 잊을 수 없었다.

사촌 동생 팽홍기의 말을 들은 팽정기는 두 남녀를 뚫어지게 쳐다보았다. 특히 여자 쪽을…….

이윽고 팽정기의 입가에 차가운 미소가 걸렸다. 숙부의 불편한 심기와 동생의 분기, 그리고 자신의 묘한 질투심이 한꺼번에 해결될 수 있는 교차점을 찾은 것이다.

"어이, 노형!"

팽정기는 청년을 향해 고함을 질렀다. 그러나 천성이 둔한지 놈은 쳐다보지도 않았다.

팽정기는 다시 한 번 소리를 쳤다.

진우청은 자신을 향해 고함과 함께 손짓하는 사내를 힐끗 보며 고개를 두리번거렸다.

시선과 손짓은 자신을 부르는 것 같았는데 전혀 안면이 없었다.

"진 공자!"

사촌 형이 뭔가 재미있는 일을 꾸미고 있음을 눈치 챈 팽홍기가 거들었다.

팽홍기가 자신의 성까지 알고 부르자 진우청은 손가락으로 자신의 가슴을 가리켰다.

팽홍기는 고개를 끄덕였다.

혹시나 해서 을지소소를 한 번 쳐다본 진우청은 걸음을 옮겼다.

"누구신지……?"

"일단 앉으시오!"

팽홍기는 자리를 마련했다.

진우청과 을지소소는 팽만서를 보며 가볍게 목례를 하고는 자리에 앉았다.

"진 형은 우릴 잘 모르겠지만, 우린 진 형을 좀 아는 편이오. 워낙 유명한 분이라서……."

팽홍기는 보일 듯 말 듯한 미소를 지으며 말했다.

을지소소는 자신의 사숙이 어떻게 유명한지 반짝이는 눈으로 팽홍기의 입술을 쳐다보았다.

"그러니까 진 형은……."

팽홍기의 말이 이어지려 하는 순간 팽정기가 손을 들어 말을 잘랐다.

"대낮부터 유녀를 끼고 객실을 들락거리는 인간을 네가 어떻게 그렇게 잘 아는지 실망이 크구나!"

팽정기는 공력을 돋운 준엄한 목소리로 팽홍기를 꾸짖었다.

팽홍기가 움찔하며 입을 다물었지만 다음 순간 입꼬리가 묘하게 비틀렸다.

사촌 형 팽정기의 호통은 일순 자신을 향한 것 같았지만 실상은 앞에 앉은 두 남녀에 대한 지독한 모욕이었다.

하남진가의 아들이면 결코 자신들보다 격이 낮지 않았다. 그리고 대동하고 있는 여인은 어디를 봐도 유녀 같지 않았다.

팽정기의 말은 두 사람을 싸잡아 시궁창으로 던져 넣은 것이다.

왁자지껄하던 실내가 조용해지며 많은 시선들이 진우청과 을지소소 쪽으로 모이고 있었다.

짜악―

팽정기의 왼쪽 뺨에서 경쾌한 격타음이 터졌다.

갑자기, 그리고 너무도 또렷하게 터져 나온 소리는 객점 내에 조금 남아 있던 소음마저도 완전히 가라앉혔다.

자신도 모르게 돌아간 고개를 바로 돌린 팽정기는 아직도 상황을 제대로 파악하지 못한 눈으로 을지소소를 쳐다보았다.

언제 어떻게 손을 들어 따귀를 쳐왔는지 전혀 인식하지 못했다. 미리 예상하지 못했기도 했지만 어처구니없는 일이었다.

"더러운 자식. 사람을 어디다 갖다 붙이는 거야!"

여차하면 한 대 더 갈길 자세로 을지소소는 분기를 감추지 못하고 씩씩거렸다.

"이, 이런 망할 계집이……."

짜악―

욕설을 내뱉던 팽홍기의 뺨에서도 격타음이 터졌다.

진우청이 말릴 새도 없이 팽정기의 손이 도병으로 향했다.

대대로 골격이 굵은 자손들이 많았고, 그 신체적 특성에 맞게 도를 휘두르며 신랄한 도법을 구사하는 하북팽가였다. 언제 발검하고 언제 뿌렸는지 모를 그들의 쾌검은 그야말로 전광석화 같았고, 무거운 중검은 수백 근의 바위도 무처럼 잘랐다.

팽정기의 쾌도가 빛살처럼 뽑혔다.

뽑아졌으니 의당 뿌려져야 할 것이지만 팽정기의 도는 도갑에서 반만 뽑힌 채 얼어붙은 듯 정지해 있었다.

시커먼 몽둥이 하나가 한발 앞서 팽정기의 목젖을 겨누고 있었다. 그것이 팽정기의 발도를 막은 것이다.

전혀 날카롭지 않은 뭉툭한 몽둥이 끝이었지만 그곳에서 만 근의 압력이 뿜어져 나와 근육의 움직임은 물론 호흡까지 차단하고 있었다. 그대로 조금만 더 뻗어 나온다면 천돌혈이 파괴되어 죽을 것 같았다.

"컥!"

결국 외마디 비명을 토한 팽정기가 칼자루를 놓았다.

스르릉―

턱!

칼집을 반쯤 뽑혀져 나온 칼이 도로 들어가 자리를 잡았다. 그러자 진우청도 천천히 용곤을 거두었다.

바위가 짓누르는 듯한 압력이 사라지자 팽정기는 기침과 함께 막혔던 호흡을 토했다.

"공자! 무릇 인간이 겪는 모든 재앙은 입으로부터 연유되는 것이오. 앞으로는 입조심을 하시오."

심동신의 대사를 그대로 써먹은 진우청은 천천히 용곤을 등 뒤에 꽂왔다.

그때까지도 팽홍기 등은 한마디도 못하고 진우청과 을지소소를 노려보고만 있었다.

그들은 두 번이나 따귀를 때리는 을지소소의 손을 보지 못했고, 용곤을 뽑아 들어 팽정기의 목을 겨누는 진우청의 동작도 놓쳤다.

팽정기는 등줄기에 식은땀이 주르르 흐르는 것을 느꼈다.

단 두 번의 격돌이었지만 절정고수라는 것을 확연히 알 수 있었다.

이번 비무대회에 참가하여 우승을 노리는 그는 물론, 하북팽가의 가주를 대신해 나온 팽만서도 어이가 없는 일이었다.

이 객점 안에 있는 많은 사람들은 자신들을 알고 있었다. 반면, 자신들을 꼼짝 못하게 한 두 남녀는 전혀 모르고 있었다. 결국 하북의 명문대가인 하북팽가는 무명소졸의 일격에 완전히 무너진 꼴이 되고, 소문은 그보다 훨씬 더 고약하게 퍼져 나갈 것이다. 화풀이 좀 하려다가 똥통에 빠진 꼴이 되었다.

"유녀라고? 네놈 눈엔 내가 유녀같이 보여, 응?"

새파랗게 독이 오른 을지소소가 팽정기를 향해 쏘아붙었다.

"당장 무릎 꿇고 사과해. 안 그러면 죽여 버리겠다!"

을지소소는 허리에 찬 채찍으로 손을 가져가며 고함을 질렀다.

진우청은 난감한 표정으로 두리번거렸다.

모든 시선들이 이곳에 고정되어 있었다. 그리고 그 눈빛들에는 식사는 망쳐도 좋으니 싸움이 되도록 확대되길 바란다는 생각들이 고스란히 드러났다.

그들 바람대로 놀아줄 생각은 추호도 없었지만 상황은 악화일로로 치닫고 있었다.

"하앗—"

팽정기의 옆에 앉아 있던 한 소녀가 날카로운 기합성과 함께 을지소소를 향해 일도를 날렸다.

"젖비린내 나는 애들은 나서지 마!"

고함과 함께 을지소소의 채찍 끝이 살아 있는 것처럼 소녀의 손목을 감았다.

휘익—

을지소소가 손을 흔들자 소녀의 칼이 팽정기의 목에 닿았다.

자신의 칼로 오빠의 목을 자르게 생긴 소녀의 얼굴은 파랗게 질렸지만 손은 쇠사슬에 묶인 듯 꼼짝도 하지 않았다.

진우청은 입맛을 다셨다.

되도록 은밀히 다녀오라던 성주님의 지시가 있었지만 이쯤 되면 만사휴의였다.

"서로 오해에서 빚어진 일 같으니 그냥 가지, 사질. 이분들은 충분히 미안해하고 있는 표정들이고……."

"하지만 이 자식……."

을지소소는 아직 사과받지 못함을 일깨우려 하다가 입을 다물었다. 이제껏 한마디도 않고 있던 중년인이 손을 들어올렸기 때문이다.

"앉으시게, 두 분 소협들."

팽만서는 진우청을 향해 손짓했다.

무공으로서는 자신이 나서도 어떻게 될지 몰랐다. 설사 이길 수 있다 하더라도 그건 본전도 못 찾는 꼴이었다. 이런 경우는 다른 방법으로 불리한 상황을 만회해야 했다.

“우린 바빠서…….”

진우청이 고개를 저었다.

“혹시 자네 부친이 하남진가의 진장월 대인이 아닌가?”

팽만서는 흐릿한 미소를 지었다. 이런 식으로 잃었던 주도권을 잡을
생각이었다.

진우청은 눈을 끔벅거렸다.

부친의 이름을 들먹이고, 부친과의 오랜 친분을 들먹이며 그 자식들
을 궁지로 몰아넣으려 하는 상투적인 수법임을 알았지만 부친의 함자
가 거론된 마당이니 우선은 조심스러울 수밖에 없었다.

“그렇습니다만…….”

진우청은 일단 답했다.

“그래, 그런 줄 알았네. 자네 부친하고 나는 오래전부터…….”

“하남진가와 하북팽가는 오래전부터 사이가 별로 안 좋았지요. 지금
은 거의 앙숙이나 마찬가지이고…….”

팽만서의 말을 자르며 한 사내의 목소리가 들렸다. 팽만서는 와락
고개를 돌려 사내를 쳐다보았다.

가라앉은 눈빛과 함께 포권을 지으며 다가온 사내는 뜻밖에도 준수
한 얼굴의 청년이었다.

청년으로 인해 자신의 의도가 무산된 팽만서의 얼굴이 일그러졌다.

“소생은 남패천 무적대 대주 직을 맡고 있던 사람입니다. 주제넘게
나서서 송구하기 그지없습니다만, 가문끼리의 앙금이 이 자리까지 이
어진다면 이곳에서 식사를 하시는 많은 사람들의 안위가 위협을 받기
에 부득불 나서게 되었습니다. 서로의 감정은 이쯤에서 정리하시는 것
이 어떨는지요? 먼저 실수를 한 쪽은 팽 공자시니까 말씀입니다.”

남쪽 세상의 패자, 남패천의 무적대주라는 말에 벌떡 일어서려던 팽홍기는 도로 자리에 앉았다. 전투에 나서면 패배를 모르는 붉은 늑대들의 대주라면 이야기가 달랐다. 그들이 한꺼번에 들이닥친다면 하북 팽가는 문을 닫을 수도 있었다.

그러나 팽정기는 가만히 앉아 있을 수 없었다.

전혀 무공 수위를 예측할 수 없는 두 사람, 그리고 남패천의 무적대주!

자신의 상대가 아님을 느낄 수 있었지만 계집에게 따귀까지 맞고 주저앉아만 있다가는 살아도 산목숨이 아니었다.

"난 그렇게 못하겠는데……."

뺨에 난 손자국이 훨씬 더 선명하게 된 팽정기는 도병에 손을 갖다 댔다.

"그럼 이렇게 합시다."

유화성이 손을 들어 팽정기의 움직임을 제지하며 말을 이었다.

"귀하의 가문에서 비무대회에 참가하는 것과 마찬가지로 이분 공자님도 북제성의 대표로 며칠 후에 비무대회에 참가하는데, 그곳에서 서로 결판을 내면 어떻겠소?"

전혀 예상 밖으로 쏟아져 나온 말에 객점 안은 폭풍에 휩싸인 듯 소요가 일다가 이윽고 쥐 죽은 듯이 고요해졌다.

오랜 세월 동안 실체는 드러나지 않고 신비 속에 가려져 있던 북제성!

백 명으로 사패천의 한자리를 차지하고 있는 문파!

복수의 화신인 백인대의 후예들…….

그 모든 수식어들로도 부족한 북제성의 사람을 직접 목격하게 되었다는 사실에 모두들 눈이 찢어져라 진우청을 쳐다보았다.

"어차피 며칠 후엔 싸워야 할 텐데 벌써부터 힘을 빼서 남 좋은 일 시킬 필요 없지 않겠소? 두 분 공자가 당장 싸운다면 좋아할 사람들이 지금 이곳에도 많을 것 같은데 말이오."

유화성은 팽정기가 빠져나갈 구멍을 대문짝만하게 뚫어놓고 주변을 둘러보았다.

객점의 한쪽 구석에는 점창의 사람들과 그곳의 제자 사일비검(射日飛劍) 남소건(南訴件)도 형형한 눈빛으로 진우청과 을지소소에게 눈길을 주고 있었다.

"좋다! 네놈은 비무대 위에서 목을 분질러 놓겠다."

팽정기는 수많은 사람들 앞에서 최소한의 체면을 유지하며 유화성이 마련해 놓은 퇴로로 몸을 빼냈다. 그러나 그의 속옷은 물에 빠졌다 나온 것처럼 식은땀으로 흠뻑 젖어 있었다.

第六十七章

행방(行方)

행방(行方)

　　"하북팽가와 우리 집이 예전부터
앙숙이었습니까?"

　다른 객점으로 자리를 옮긴 진우청은 유화성이 아까 팽만서의 말을
자르며 던진 내용에 대해 물었다.

　"내가 어떻게 알겠나. 몇 년 동안 폐관수련에 들었다가 나오자마자
술독에 빠져 세상일과는 담쌓고 살았는데……."

　유화성은 표정 하나 변하지 않고 답했다.

　진우청은 눈을 끔벅거렸다.

　"그런데 어떻게 그런 말을……."

　"자네 가문과 팽씨 가문이 친할수록 아까 자네의 입장이 난처했을
것 아닌가? 그리고 어차피 앞으로의 관계는 나빠질 수밖에 없는 일이
고……."

“킥!”

유화성의 말에 을지소소가 실소를 터뜨렸다.

서로 지나치는 일이 있어도 눈인사만 할 정도로 과묵하고 찬바람이 도는 사내였는데 뱃속에는 너구리가 열 마리는 들어 있는 것 같았다. 어쨌든 그런 노련한 처신 덕분에 시끄러워질 뻔한 상황이 무마되었다.

“그건 그렇다 치고… 어렵게 허락을 받아 은밀하게 나왔는데 내 정체를 밝혀 버리면 어쩌란 말이오?”

진우청은 주변을 두리번거리며 말했다.

“척백대나 흑궁은 이미 다 알고 있을 것이네. 또한 하북팽가의 소가주를 그렇게 꼼짝 못하게 해놓았으니, 내가 나서서 밝히지 않았더라도 한 시진만 지나면 자네 정체는 온 장안에 알려질 것이네.”

유화성의 빈틈없는 대답에 진우청은 말문이 막혔다.

“그런데 단신으로 여긴 어쩐 일이십니까?”

말머리를 돌린 진우청이 주변을 살폈다.

부하를 한 사람도 대동하지 않고 이곳에 나타난 유화성의 행보가 궁금했다. 멀리서 따르고 있는지는 모르겠지만 지금까지 무적대원들은 한 명도 보이지 않았다.

“화산파 사람들을 찾아온 길이었네.”

유화성의 대답과 함께 진우청은 그동안 까맣게 잊고 있었던 사실을 떠올랐다.

‘물렁탱이……’

진우청은 유화결의 별명을 입속으로 중얼거렸다.

남패천을 빠져나간 유화결은 비원각의 추적대에게 종적을 밟혔지만 끝내 고집을 굽히지 않고 화산파로 간다 했다. 이곳에 화산파도 왔으니 유화성은 그들을 만나 동생의 소식을 물어볼 생각인 모양이다.

"같이 가봅시다!"

와락 궁금증이 일어난 진우청은 벌떡 일어섰다.

"아직 차도 나오지 않았네. 시킨 차는 마시고 가세나."

유화성은 서두르는 진우청을 자리에 앉혔다. 그때 안으로 들어온 몇몇 사람들이 진우청과 유화성을 보고 흠칫 놀라더니 자기들끼리 무슨 말을 주고받았고, 옆에 앉은 사람들의 눈도 세 사람에게로 쏠렸다.

조금 전의 객점에서 있었던 소동이, 그리고 진우청과 유화성의 정체가 이곳으로도 전파되고 있는 것이다.

낙화신검 조병무는 유화성이 방문했다는 말에 바람처럼 달려나왔다.

유가검보가 하루 사이에 몰락하고 난 뒤 내내 죄를 지은 기분이었기에 유화성의 방문은 반가움과 함께 깊은 회한을 한꺼번에 느끼게 했다.

"사백을 뵙습니다."

유화성은 조병무를 향해 담담하게 인사했다.

유화성이 화산의 직전제자는 아니었지만 화산과 유가검보의 유대관계로 조병무는 사백뻘이 되었다.

"어서, 어서 오게, 사질!"

조병무는 와락 유화성의 손을 잡았다가 흠칫 신형을 굳혔다.

맞잡은 유화성의 손에서 단 한 점의 온기도 느껴지지 않았다. 생전 처음 만난 타인의 손을 잡는 느낌이었다.

"미안하네… 정말 미안하네, 사질!"

조병무는 다짜고짜 사과의 말을 던졌다.

유화성은 여전히 담담한 눈빛과 함께 고개를 저었다.

"사백께서 미안해하실 일이 무엇이 있겠습니까. 화산이 순식간에 그런 일을 당했더라면 우리 역시 속수무책으로 바라볼 수밖에 없었을 것입니다. 강호무가의 운명이란 것이 그런 것이지요."

유화성은 조병무의 손을 놓으며 같이 나온 사람들에게도 인사를 건넸다.

"사형… 화성 사형인가요?"

문영옥이 옛 기억을 떠올리며 유화성을 바라보았다.

"영옥… 이구나……."

유화성은 흐릿한 미소와 함께 문영옥을 쳐다보았다.

"사형… 흑!"

문영옥은 눈물을 쏟았다.

"화경이는… 화경이는 어떻게 되었나요?"

눈물을 닦은 문영옥은 커다랗게 뜬 눈으로 유화경의 소식을 물었다.

화산에 있을 때 유화경과 각별했던 사이인 그녀는 아직도 유가검보의 참상이 믿기지 않았다. 그나마 유화경이 살아 있다는 소식이 찢어질 것 같은 마음을 조금이나마 달래주었다.

"잘 있다."

유화성은 짤막하게 답했다.

"미안합니다, 사형."

이번 비무대회에 화산의 대표로 온 조화섬검 척윤하도 죄를 지은 표정으로 다가와 포권을 지었다.

유화성은 여전히 미미하게 고개만 저었다.

"혹시 제 동생이 화산으로 가지 않았습니까?"

유화성은 조병무에게 시선을 돌리고는 질문했다.

"동생이라면……."

"화결 사형 말인가요?"

조병무가 이름을 기억하지 못하자 문영옥이 나섰다.

"작년 가을, 화산으로 간다고 남패천을 훌쩍 떠났습니다. 혹시……."

질문을 이어가던 유화성은 화산파 사람들의 표정을 보며 입을 다물었다.

그들의 표정에 짙은 근심의 빛이 먹구름처럼 드리워지고 있었다.

유화성은 가슴이 무너지는 심정으로 시선을 돌렸다.

불길한 예감은 언제나 잘 들어맞는 법!

동생 화결은 화산으로 가지 않은 것이다.

그렇다면?

유화성의 가슴이 천근만근 무거워졌다.

"그럼 이 물렁탱이 녀석은 대체 어디로 갔단 말입니까?"

옆에서 지켜보기만 하던 진우청이 버럭 고함을 질렀다.

화산 문도들의 시선이 그제야 진우청과 을지소소에게로 모였다.

유화성이 이끌고 있는 남패천 혈랑대의 대원들인 줄 알았는데 아니라는 생각이 든 것이다.

"소개하겠습니다. 이 친구는 화결이의 친구인 진우청 공자고, 이분은 을지소소 소저입니다. 모두 북제성의 사람들입니다."

유화성의 목소리는 여전히 낮게 가라앉아 있었지만 북제성이란 말을 들은 화산파 사람들의 눈빛은 바람 부는 날의 물결처럼 흔들렸다.

"정말 그곳에 오지 않았습니까?"

화산파 사람들의 심정은 아랑곳 않고 진우청은 심문을 하듯이 목소리를 높였다. 모르는 사람들이 본다면 마치 숨겨놓은 사람을 내놓으라고 윽박지르기라도 하는 모습이었다.

"안 왔습니다."

척윤하가 신중한 표정으로 진우청을 쳐다보며 답했다. 그의 눈에는 온갖 복잡한 빛이 한꺼번에 내포되어 있었다. 그는 이번 비무대회에서 진우청과 만날 수도 있음을 예측하는 모양이었다.

"이… 미친놈! 그럼 어디로 갔단 말이야?"

진우청은 고함을 지르며 주변을 서성거렸다. 놀란 문영옥이 조병무와 척윤하의 뒤로 몸을 피했다.

문영옥은 명 태조에게 배신당하고, 그와 그 자손들을 암살하기 위해 존재하는 북제성 사람들이라면 삼두육비의 괴물이나 마찬가지로 여겼다. 괴물은 아니었지만 충분히 두려움은 일었다. 황소라도 때려잡을 것 같은 덩치의 사내와 그 옆에선 암표범 같은 느낌을 주는 여인!

마치 커다란 포탄 옆에 선 기분이었다.

어느 순간 진우청이 와락 고개를 들었다.

"형님, 혹시… 혹시 이 미친놈이 휘주로 간 건 아닐까요?"

유화성은 이미 예견한 듯 아무 대답도 않고 초점 없는 시선을 허공으로 고정시키고 있었다.

"이 미친놈! 이 정신 나간 놈! 거기가 어디라고……."

진우청은 주먹으로 가슴을 쳤다.

그때 비원각의 추적자들이 유화결을 찾은 곳은 분명 화산으로 향하는 방향이었다. 그래서 별다른 의심을 하지 않고 있었다. 유화성이나 유화경은 물론, 자신도 여러 가지 일에 휩쓸리며 신경 쓸 틈이 없었다.

그런데 이 미친놈은 화산으로 가지 않았다.

그렇다면 그놈이 갈 곳은 이젠 휘주밖에 없었다.

뒤늦게 그런 생각이 떠올랐지만 지금으로선 속수무책이었다.

"망할 놈!"

진우청은 옆에 서 있는 석등을 걷어찼다.

석등이 모래탑처럼 무너져 내렸다.

"사숙!"

을지소소가 놀란 눈으로 진우청을 쳐다보았다.

그녀는 진우청의 이런 모습을 처음 보았다.

여태껏 그 어떤 일에도 눈만 몇 번 끔벅일 뿐 이렇게 흥분한 적이 없었다.

아마 하늘이 무너진다 해도 그건 마찬가지일 것 같았다.

그런 모습이 한편으로는 답답했지만 다른 한편으로는 등 뒤에 태산이 버티고 선 것처럼 든든했다. 그런데 지금은 너무 달랐다.

유화결이란 사람이 대체 누구일까? 을지소소는 강한 궁금증을 느꼈다.

"잘 알겠습니다. 그럼……."

긴 한숨을 내쉰 유화성은 포권을 쥐며 작별을 고했다.

"이, 이 사람아, 들어가세. 가서 차라도 한잔하세."

조병무가 화들짝 놀라며 유화성의 팔을 잡았다.

"대워들에게 아무 말도 하지 않고 왔습니다. 찾을 겁니다."

유화성은 고개를 숙인 후 등을 돌렸다.

"이 망할 자식! 다시 만난다면 다리 몽댕이를 부숴 버릴 테다."

진우청은 다시 한 번 고함을 지른 후 유화성을 따랐다.

*　　　*　　　*

“아악!”

이여옥은 소스라치게 놀라 잠에서 깨어났다.

하루 종일 야광주가 빛을 발하고 있는 지하 석실은 언제나 대낮처럼 밝았다. 그래서 시간의 추이는 커다란 촛불 두 개로 짐작할 수 있었다.

그 촛불이 다 타면 하루가 지나고 또 다른 하루가 시작되는 것이다. 혹시 한 개가 꺼질 때를 대비해 두 개를 밝혀놓은 것이다.

온 얼굴 가득 땀을 뒤집어쓴 이여옥은 남은 초의 눈금을 읽었다.

아직 해가 뜨려면 족히 두 시진은 더 기다려야 할 깊은 밤중이었다. 악몽과 함께 만물이 잠든 한밤중에 잠이 깬 것이다.

밤은 암흑의 정령이 지배하는 세상이다.

태양의 광채가 밀려나고 어둠의 기운이 온 세상을 뒤덮고 있는 시간!

이여옥은 온몸으로 그것을 느끼고 있었다.

그녀에게는 굳이 두 개의 촛불이 필요없었다.

양광이 밀려나고 암흑이 세상을 덮어오는 시간은 깊은 지하 석실에서도 확연히 느낄 수 있었다. 그리고 그 어둠 속에서 자신의 능력은 훨씬 증폭되었다.

저주스런 능력이 어둠의 기운과 함께 고개를 들지 못하게 하고자 밤 시간이 되면 잠을 청했다. 그러나 그 기운은 악몽 속으로 파고들어 자신을 깨웠다.

“왜, 왜 그러세요, 아가씨?”

비명 소리에 잠이 깬 향아가 근심스런 표정과 함께 방으로 들어왔다.

이따금씩 있는 일이었기에 그녀는 즉시 두터운 이불을 이여옥의 몸에 둘러씌웠다.

이렇게 악몽을 꾸며 깨어난 뒤에는 어김없이 온몸에 오한이 든다. 그리고 수많은 환영들이 머릿속을 헤집는다.

아비규환의 비명 소리들······.

소낙비처럼 쏟아져 내리는 혈우!

"제발!"

이여옥은 머리를 감싸 쥐며 비명을 질렀다.

"아, 아가씨!"

소녀 향아가 얼른 이불과 함께 이여옥의 몸을 감싸 안았다.

이여옥의 몸이 얼음처럼 차가워지고 있었다.

"공자님이··· 위험해!"

공포에 질린 눈빛과 함께 이여옥은 헛소리처럼 중얼거렸다.

"누구, 누구 말인가요, 아가씨?"

소녀는 이여옥의 몸을 더 힘주어 끌어안으며 물었다.

이따금씩 악몽에 시달리는 이여옥이었지만 요즈음엔 뭔가 달랐다.

매번 똑같은 악몽을 꾸는지, 깨어나 한기에 시달리는 동안은 똑같은 말만 되풀이하고 있었다.

"날, 날 좀 일으켜 주렴."

겨우 악몽의 여파에서 벗어나 이여옥은 손을 들어올렸다.

소녀는 급히 이불을 걷어내고 이여옥의 손을 잡아 일으켰다.

아직은 혼자서 제대로 걷기에는 무리가 따르는 몸이었다. 그러나 뒤틀렸던 다리는 완전히 정상의 모습을 되찾고 있었다. 그런 다리로 몸을 일으키자 이여옥은 빼어난 몸매의 성숙한 여인으로 거듭났다.

'아름다워!'

소녀는 무의식적으로 그런 생각을 했다.

악몽과 오한으로 창백해진 이여옥의 모습은 그래서 오히려 백옥 같은 아름다움을 뿜어냈다. 그린 듯한 어깨선과 허리… 그리고 그 아래로 이어지는 두 다리의 곡선 또한 옥으로 빚은 것 같았다.

"어서 날 저곳으로……."

멍하니 넋을 잃고 있는 소녀를 향해 이여옥은 간절한 목소리로 말했다.

소녀는 상념에서 깨어나며 이여옥을 부축했다.

소녀의 부축을 받으며 이여옥이 들어선 곳은 청옥수 샘이 이어진 또 다른 실내였다.

여러 가지 약초 향이 자욱한 실내!

그곳에 온몸 곳곳에 상처를 입은 한 인영이 누워 있었다. 아니, 청옥수 샘에 목욕을 하듯 둥둥 떠 있었다.

준수한 얼굴의 청년이었다.

죽은 듯이 누워 있는 청년은 미약하게 숨은 쉬고 있었지만 의식은 차리지 못하고 있었다.

가슴에는 살이 썩어 들어갈 정도로 시커먼 손자국이 나 있었고, 허리와 어깨, 팔, 다리 곳곳에 자상을 입고 있었다.

치료를 위해 이곳으로 데리고 온 사람들 중 가장 심한 상처를 입은 자였다.

이여옥은 꿈속에서 진우청의 위험을 예감하자마자 왜 이곳으로 끌리듯이 왔는지 이해가 되지 않았다.

이 사내를 보는 순간, 이제껏 어떤 환자들에게서도 느낄 수 없는 이질적인 감흥을 느꼈다.

기억 속에 너무나 깊게 각인된 향기지만 그것이 언제 어느 곳에서 맡은 향기였는지 기억나지 않는 그런 느낌!

왜 이 사내에게서 그런 느낌을 받는지 모르겠지만 그 느낌은 악몽에서 깨어난 지금 더욱 강렬했다.

이여옥은 서둘러 사내의 이마에 손을 갖다 대었다.

다른 환자들보다 몇 배의 노력을 기울였지만 사내는 소생하지 않았다. 그만큼 상처가 깊은 탓이다.

이여옥은 온 정신을 사내의 이마에 갖다 댄 손바닥에 모았다.

정신을 집중할수록 이여옥의 얼굴에서는 땀이 비 오듯 흐르며 몸이 얼음처럼 차가워졌다.

"아, 아가씨."

옆에 선 소녀가 걱정스런 목소리로 이여옥을 불렀지만 이여옥은 멈추지 않고 온 힘을 쏟았다.

"으음!"

이곳에 온 후 처음으로 사내의 입에서 신음이 흘러나왔다.

'됐어!'

이여옥은 가일층 힘을 쏟았다.

그녀의 몸이 점점 푸른색 청옥수의 빛깔을 띠어갔다.

사내의 숨결이 조금 더 길고 굵어지며 힘겹게 입술이 움직였다.

"곰탱이……."

사내의 입에서 의미를 알 수 없는 소리가 들릴 듯 말 듯 흘러나왔다. 상처를 입고 쓰러지는 순간 머릿속을 가득 채웠던 단어임이 분명했다.

다시 사내의 입술이 움직였다.

"우청……."

사내의 입에서 아까와 다른 단어가 새어 나왔다.

손바닥에 온 신경을 집중하던 이여옥은 벼락치듯 몸을 일으켰다.

죽은 듯이 누워 있는 사내의 입에서 헛소리처럼 튀어나온 두 개의 단어!

첫 단어는 전혀 의미를 알 수 없었지만 두 번째 단어와 함께 이여옥의 뇌리에 환영처럼 한 사람의 모습이 떠올랐다.

죽어도 잊을 수 없는 사내! 그리고 그 이름!

그 이름이 이 사내의 입에서 흘러나왔다.

이여옥의 손이 덜덜 떨렸다.

이 사내를 처음 본 순간부터 느꼈던 이상한 감흥!

너무나 깊이 기억 속에 각인되어 있지만 그 실체를 잡지 못했던 아련한 향기!

그것은 이 사내의 뇌리에 가득 찬 진우청의 체취였다.

*　　　*　　　*

"내일 비무대회에 얼마만큼 자신이 있느냐?"

비무대회를 하루 앞둔 날 저녁, 문도들이 모두 모인 자리에서 성주가 진우청에게 물었다.

진우청은 잠시 대답을 미루고 성주가 던진 질문의 의도를 파악하고자 노력했다. 그러나 아무리 생각해도 알 수가 없었다. 어제까지도 별말 없었던 성주였기에 더 더욱 그랬다.

다른 사람들도 그런 생각인지 의혹 어린 눈으로 성주를 쳐다보았다.

"이번 비무대회에 척백대와 흑궁이 야합을 했다는 정황이 포착되었다."

성주가 단도직입적으로 말했다.

"흑궁과 척백대!"

성주의 말을 되뇌는 문도들의 얼굴에 긴장감이 물들었다.

잠시 후, 그 긴장감은 참담한 색조로 바뀌었다.

척백대의 수작은 짐작할 수 있었지만 흑궁이 그들과 야합할 줄은 몰랐기 때문이다.

"그동안 우리끼리는 아무리 생사를 건 싸움을 하더라도 한 가지 불문율은 있었다. 척백대와는 야합을 하지 않는다는 것이다. 그런데 흑궁이 마침내 척백대와 야합을 했다. 물론, 그들의 입장에서는 우리 천궁 역시 무림맹과 야합한 것으로 보이겠지."

성주는 창밖을 쳐다보며 착잡한 표정을 지었다.

"그들이 야합하여 대체 어떤 음모를 꾸미는 건가요?"

주완 사저가 참지 못하고 질문했다.

"온갖 술수를 꾸미겠지만, 결국은 두 가지로 압축될 것이다. 첫째는 사전에 막지 못한 무림맹의 결성을 어떻게든 와해시키려 할 것이고, 그것이 불가능하다면 차선책으로 무림맹주의 자리를 북제성으로 넘어오지 못하게 하겠지."

북제성주는 가장 가능성 있는 짐작 두 가지를 제시하고는 허공을 응시했다.

"척백대만의 음모라면 그리 어렵지 않다. 그놈들의 음모는 오랫동안 겪어보았으니 사전에 차단하는 것도 가능하다. 하지만 흑궁이 개입된 이상 예측이 어렵다. 그들은 우리의 내부 사정을 너무 잘 알고 있다. 아마도 그걸 이용할 것이다."

"내부 사정이라면……?"

경설형의 사부 곽자서(郭字徐)가 물었다.

"여러 가지가 있겠지. 우선 우리가 천궁과 흑궁으로 갈라진 것 자체로도 그놈들에겐 이용 가치가 큰 변수가 될 수도 있다. 그리고 우리의 무공, 조직, 그동안의 행보… 그 모든 것이 악용 가능한 요소가 될 것이다."

성주의 얼굴에 짙은 고뇌의 빛이 어렸다.

같은 뱃속에서 나온 형제들이 서로의 가슴을 향해 검을 맞대고 있는 심정이나 마찬가지이리라.

"이젠 정말 참을 수가 없군요. 차라리 포기해 버리고……."

"사백의 유지를 잊었느냐?"

대사형 관일엽이 엄한 목소리로 주완 사저의 푸념을 막았다.

"휴—"

주완 사저도 한숨과 함께 괴로운 표정을 했다.

흑궁은 자신들의 운명을 아직 모른다. 그리고 그런 그들을 끌어안으려 하는 천궁의 노력도…….

철저히 모습을 감추고 암습의 기회만 노리고 있다. 더 나아가 이젠 척백대의 손을 잡고 있다. 그들의 마수를 막는 것도 모자라 그들을 끌어안고 가야 하는 고달픈 운명이 그녀로서는 견디기 힘든 것이다.

"그들에게 북제성의 운명에 관한 모든 사실을 가르쳐 주면 되지 않겠습니까?"

진우청은 입맛을 다시며 말했다.

"그동안 서로 너무 반목해서 그들은 이제 우리가 어떤 말을 해도 믿지 않을 것이다. 그리고 귀면랑과의 사투가 있은 후부터는 완전히 종적을 감추어 버렸다."

"그럼 어떤 음모를 꾸미는지 짐작도 못하겠군요?"

"지금으로서는 흑궁과 척백대가 야합을 했다는 것밖에 밝혀진 것이 없다. 내일 비무대회가 열리는 순간까지도 최선을 다해 알아볼 테니 모두들 경계심을 늦추지 말아야 할 것이다. 특히 막내 사질, 자네는 비무를 치르는 당사자이니 각별히 조심해야 해야 하네."

성주는 진우청에게 한 번 더 주의를 환기시켰다.

"흑궁의 인물들은 다 알고 계십니까?"

진우청은 방 안에 모인 사람들을 둘러보며 물었다.

"그들의 면면을 전부 아는 사람은 성주님과 대사형뿐이네. 그나마 서로 뜻이 달라 갈라서고 난 후부터는 제대로 보지 못했네."

곽자서가 답했다.

"그런데 그건 왜 묻는 것인가?"

성주의 의구심 어린 시선이 진우청에게로 향했다.

"이번 기회를 그들을 끌어들이고 실상을 알려주는 계기로 삼으면 굳이 그들을 찾아다니며 사백의 유언을 수행하는 수고를 하지 않아도 되지 않을까 생각해서 드리는 말씀입니다."

진우청은 태평스런 표정으로 답했다.

"자넨 걱정도 안 되나?"

방 안의 모든 사람들이 비무대회에서 혹시 있을지 모를 진우청에 대한 위험 요소에 대해 걱정하고 있는데 당사지는 오히려 딴생각을 하고 있으니 약간은 어이가 없는 심정이었다.

"걱정한다고 해결될 일도 아니고… 결국은 내일 부딪쳐 봐야 할 일이 아닙니까? 제 조부님 말씀이, 큰 위기 속에 큰 이익이 있다고 하셨습니다. 비무대 위에서 일어나는 일은 제가 알아서 할 테니 여러 사형들께서는 흑궁이나 척백대를 잡는 방법을 연구해 주십시오. 그런 면에서는 무적대주를 이용하면 많은 도움을 얻을 것입니다. 겉모습은 순진해 보여도 속에는 능구렁이가 스무 마리는 들어앉아 있는 사람이니까요.”

“무적대주?”

대사형 관일엽이 새삼스런 표정으로 말했다. 이제껏 자기 할 일만 하고 다른 것에는 철저히 무관심하게 지내는 사람이라 별다른 것을 느끼지 못했기 때문이다.

“그래요! 그 사람… 전투만 잘하는 게 아니라 거짓말도… 아니, 넘겨짚기도 잘하고 머리 회전이 빠른 사람 같았어요. 뭔가 계책을 꾸밀 수 있을 거예요.”

팽정기와 시비가 붙었을 때의 일로 유화성의 진면목을 알게 된 을지소소가 적극 추천하고 나섰다.

“자넨 정말 괜찮겠나? 자네의 실력을 의심하는 건 아니지만 흑궁과 척백대가 야합을 했다면 절대로 가벼이 여길 수 없네.”

관일엽은 여전히 우려를 지우지 못했다.

“휘주에서도 그런 상황을 겪었고, 남패천 내성을 통과하면서도 별일을 다 겪었습니다. 이젠 그런 일들에는 이력이 나 있습니다. 그러니 이번 기회에 흑궁과 척백대의 마수를 한꺼번에 해결할 방도나 마련해 주십시오. 뒤에서 누가 계속 절 노리고 있다는 생각이 들면 입맛이 떨어지는 체질이라서…….”

진우청은 적이 귀찮다는 표정을 지었다.

“그 덩치에 입맛이 떨어지면… 큰일이지……. 알겠네! 비무대 위의 상황은 전적으로 자네에게 맡기고 우린 비무대 아래에만 신경 쓰겠네.”

성주의 말과 함께 저녁 모임은 끝이 났다.

第六十八章
창맹식(創盟式)

창맹식(創盟式)

둥둥둥!

무림맹 창맹식의 개회를 알리는 대고(大鼓) 소리가 조씨세가의 드넓은 장원은 물론, 온 장안을 뒤흔들 것처럼 퍼져 나갔다.

한 달간의 짧은 기간이었지만 예전의 조씨세가는 완전히 그 모습을 바꾸었다.

관리가 제대로 되지 않아 허물어질 듯한 건물들은 새롭게 지어졌고, 그런 대로 관리가 되고 있던 것들도 증축되거나 수리되어 정파무림맹 총단에 걸맞은 위용을 드러냈다.

잡초가 우거졌던 정원 또한 넓은 연무장으로 변하고, 그 주변으로는 기화요초들이 자태를 뽐내고 있었다.

그렇게 재단장한 무림맹 총단 안은 입추의 여지가 없었다.

총단 밖에도, 나무 위에는 물론 기와집 지붕 위에까지 올라가 구경하는 사람들도 많았다.

성주에 앞서 내정된 총관 석조경(石助璟)에 의해 개회사가 낭독되었다.

간단히 하겠다고는 했지만 결코 간단하지 않은 개회사였다.

정파무림의 유구한 역사가 서리서리 펼쳐졌고, 그동안 정파무림의 길고 긴 동면은 오늘을 위해 철저히 준비된 것임을 거듭 강조하였다.

석조경의 개회사가 끝나자 장정 열 명이 적지 않은 힘을 쏟으며 정파무림맹이란 다섯 글자가 새겨진 현판을 들고 왔다.

큰 통나무를 그대로 깎아 만든 현판 테두리에는 승천하는 용이 화려하게 조각되어 있었고, 현판 가운데에 쓰인 글자 역시 한 자, 한 자 정성 들여 양각된 채 금박이 입혀져 있었다.

그동안 정파무림의 웅축됐던 의분이 어떠했는지는 현판을 통해 고스란히 표출되고 있었다.

우레와 같은 함성과 박수갈채 속에서 무림맹 총단의 현판은 대문 입구에 걸리게 되었다.

정파 명숙들과 무림맹 실세들에게는 가장 뜻 깊고 감개무량한 순간이자 군중들에게는 가장 지루한 시간이 모두 지나갔다.

이젠 비무대 주변으로 시선이 모아지고, 그곳에 오른 석조경에 의해 각 문파와 문파를 대표해서 나온 사람들이 소개되었다.

오랫동안 복지부동하고 있었던 구파일방의 대표와 후기지수들도 큰 관심의 대상이었다.

그들이 소개될 때마다 수많은 사람들이 일어섰다가 앉기를 반복했다. 마지막으로 북제성이 소개되었을 땐 자리에 앉는 사람은 아무도 없었다.

그들은 소란을 멈추고 석조경이 가리키는 방향으로 일제히 시선을 모았다. 그러나 그들은 북제성 사람들을 찾지 못하고 석조경의 손을 다시 쳐다보았다.

석조경이 가리킨 곳은 화산파와 종남파가 위치한 중간이었다. 그곳에 마련된 자리에 북제성 사람들은 보이지 않고 빈 좌석들만이 덩그러니 놓여 있었다.

석조경은 잠시 당황한 표정을 지었다.

비무 시작 전까지는 참석하겠다는 연락을 받았지만 아직 나타나지 않은 것이다.

"송구한 말씀을 드려야 하겠습니다. 그들은 아직 도착하지……."

석조경이 정정 발언을 하려는 순간, 귀를 찢을 듯한 맹수의 포효 소리가 들리며 관중석 한쪽에서 소란이 일더니 둑이 무너지듯 길이 열렸다.

그 길을 따라 지옥의 어둠 속에서 막 뛰쳐나온 듯한 흑표범 한 마리가 걸어 들어왔다.

그 뒤를 따라 송아지만한 백랑 두 마리가 도도하게 고개를 쳐들고 걸어오고 있었다.

세 마리 짐승의 고삐는 흑표범만큼 날렵해 보이는 여인이 쥐고 있었는데, 그녀는 표범의 털보다 더 짙은 흑의 무복을 입고 있었다.

군살 하나 없는 몸매에 훤칠한 키는 착 달라붙는 무복의 착용으로 뇌쇄적이면서도 도발적인 아름다움을 뿜어냈다. 아쉬운 점은 눈 아래로 검은색 면사를 하고 있어 용모를 모두 볼 수 없다는 것이었다. 하지만 그린 듯한 눈썹과 환한 기운을 뿜는 이마는 그녀의 아름다움을 충분히 짐작케 해주었다.

그녀의 뒤로 성주를 대신한 대사형 관일엽과 열세 번째 사형인 곽자서, 열여덟 번째 사형인 등홍비(鄧弘毗)가 걸어 들어왔고, 진우청과 경설형이 마지막으로 걸어 들어왔다.

짐승들을 제외하면 단 여섯 명이었다.

다른 문파들도 그들 문파를 대표한 최소한의 인원들만이 비무대 가장 가까운 곳에 앉아 있었지만 수십 명은 되었다. 그에 비하면 북제성의 인원들은 그들의 십분지 일밖에 되지 않았다.

지독히 초라해 보일 수도 있는 상황이었다.

하지만 을지소소와 주완 사저의 세심한 연출 덕에 북제성은 그 어떤 문파에도 뒤지지 않는 위용을 뽐냈다.

진우청은 비무대 앞에 마련된 자리까지 성큼성큼 걸어 들어가며 내심 고소를 삼켰다.

주완 사저와 을지소소가 어제저녁 모임 후 내내 머리를 맞대고 의논을 하던 것이 이것이었다.

무공을 따지는 것은 차후의 일이고, 인원 면에서는 다른 문파와 비교가 안 되는 북제성이기에 다른 문파들처럼 똑같은 시간에 똑같이 자리에 앉아서는 안 된다는 말과 함께 사전에 이런 각본을 마련한 것이다.

대사형과 다른 두 사형은 번거로움을 지적하며 눈살을 찌푸렸지만 그녀들은 완강하게 자신들의 주장을 관철시켜 결국은 이렇게 등장한 것이다.

지금 와서 생각하니 그녀들의 각본은 절대로 나쁘지 않았다.

구름같이 모여든 관중들 앞에서 달랑 여섯 명만이 처음부터 자리에 앉아 있었더라면 비무대 위로 오르기도 전에 쏟아지는 시선의 화살에 맞아 기진맥진했을 것 같았다.

화산파와 종남파 사이에 마련된 좌석 역시 여섯 명만이 차지하기에는 썰렁함을 느낄 정도로 많았다. 두 여인의 말을 따르지 않았더라면 절실히 그렇게 느꼈을 것인데, 그 빈 좌석에 흑표범과 송아지만한 늑대 두 마리가 떡 버티고 앉으니 전혀 그런 느낌이 들지 않았다.

오히려 화산파와 종남파를 압도하며 그들을 좀 더 옆으로 밀어내기까지 했다.

"가만있어, 흑풍! 그리고 너희들도!"

화산파와 종남파 사람들의 자리까지도 자신의 영역으로 차지하고 싶어 하는 흑풍과 백왕, 설아를 향해 을지소소가 낮게 타일렀다.

"어때요, 우리의 연출이 꽤 효과가 있잖아요?"

을지소소는 진우청과 관일엽을 향해 생글거리며 말했다.

진우청과 관일엽이 그녀들의 연출을 귀찮다는 이유로 제일 심하게 반대했기 때문이다.

"흠! 흠!"

관일엽이 헛기침을 했고, 진우청은 못 들은 척 비무대 위로 시선을 돌렸다.

"풋!"

두 사람을 보며 을지소소는 실소를 터뜨렸다.

잠시 후 석조경이 재차 북제성 사람들을 소개했다.

오랜 신비를 깨고 세상 밖으로 나온 북제성!

소개를 하는 석조경은 물론, 비무대 주변의 모든 시선들이 한동안 그들에게서 떨어질 줄 몰랐다.

둥!

둥!

대고 소리가 북제성에 쏠린 관중들의 의식을 일깨웠다.

비무의 시작을 알리는 소리였다.

북제성 사람들의 등장과 함께 찬물을 끼얹은 듯 조용하던 장내가 다시 열기를 띠기 시작했다.

긴 오욕의 굴레를 한순간에 벗어버리고 무림의 전면으로 나선 구파일방과 오대세가!

훨씬 더 오랜 음지 생활을 끝내고 양지로 나온 북제성!

그들의 후기지수들이 벌이게 될 각축의 장은 장내를 서서히 흥분의 도가니로 끌어들었다.

잠시 후, 석조경에 의해서 비무 방식이 소개되었다.

비무 방식은 조금 색달랐다.

열여섯 명의 후보가 여덟 명씩 나눠 각각 대결을 벌이고 승자가 올라간다는 방식은 여느 비무대회와 같았다.

다른 점은 비무 상대가 처음부터 모두 정해진 것이 아니라 유동적이라는 것이다. 일단 사회자가 작은 도자기 속에서 문파의 이름이 적혀진 쪽지를 뽑으면 지적된 문파의 후기지수가 자신의 상대를 지목하는 방식이었다.

그건 부정이 개입될 소지를 최대한 방지한다는 생각에서 도출된 방식이었다.

석조경은 비무 시의 주의 사항을 간단히 설명한 후 도자기 속으로 손을 넣었다.

원수는 외나무다리에서 만난다는 유화성의 말이 맞았다.

석조경의 손에 든 쪽지에는 '하북팽가' 라는 네 글자가 적혀 있었다.

하북팽가의 대표는 소가주인 팽정기였다. 그리고 그의 상대는 정해 진 것이나 마찬가지였다.

며칠 전, 이곳의 한 객점에서 을지소소에게 따귀를 맞고 진우청의 용곤에 막혀 도를 뽑지도 못한 수모를 당한 그는 남들 눈이 무서워서 라도 자신의 상대로 북제성을 지목해야 했다.

팽정기가 비무대 위로 훌쩍 날아올랐다.

예상대로 팽정기는 북제성을 지목했다.

장내가 떠나갈 듯한 함성과 함께 팽정기는 두 손을 흔들며 관중들에 게 화답했다.

진우청은 이곳에 들어서자마자 다시 비무대 위로 올라야 한다는 사 실에 눈살을 찌푸렸다.

"사숙! 처음부터 많은 것을 보여주지 말고 저놈은 단번에 패대기치 세요."

팽정기를 본 을지소소가 사나운 눈빛과 함께 말했다.

그녀의 눈에는 며칠 전의 분기가 고스란히 남아 있었다.

진우청은 쓴웃음을 삼키며 신형을 일으켰다.

표범보다 더 사나운 을지소소에게 원한을 산 팽정기는 앞으로도 각 별히 몸조심을 하여야 할 것이었다.

"우—"

"우우!"

진우청의 등장과 함께 관중석에서는 함성을 넘어선 괴성이 울려 퍼 졌다.

비무대 위로 오른 진우청은 용호곤을 빼 들었다.

오랜만에 손에 와 닿는 용호곤의 감촉이 짜릿한 전율을 전해주었다.

팽정기 정도라면 용호곤으로도 얼마든지 요리할 수 있었다.

번쩍!

며칠 전 객점에서 언제 빼 들었는지도 모르게 자신의 목젖을 겨누었던 용호곤을 본 팽정기의 눈에 살기가 어렸다.

용호곤에 관심을 보인 사람은 또 있었다.

작년 이맘때 휘주를 다녀온 사람들이었다.

그들은 처음 진우청을 보았을 때부터 긴가민가 고개를 갸웃거렸지만, 설마 그때 그 청년이 북제성의 사람이라고는 생각지 못하다가 용곤과 호곤을 빼 드는 모습을 보고는 자신들의 눈이 틀리지 않음을 확인했다.

"폭풍철곤이다!"

누군가가 고함을 질렀다. 뒤이어 다른 한줄기의 고함 소리가 들렸다.

"휘주의 비무대회에서 유가검보의 자식들을 구해간 폭풍철곤이다."

그 소리와 함께 이곳저곳에서 웅성거리는 소리가 들렸다.

그때 휘주에 있던 사람들은 진우청의 모습을 잊을 수 없었지만 다른 사람들에게는 그 별호조차 생소했다. 그건 동방회의 수작으로, 그곳에서 일어난 일들에 대한 소문이 엉망으로 뒤섞여 그때 휘주에서 무슨 일이 일어났는지조차 모를 정도로 되어버렸기 때문이다.

진우청의 모습을 보며 팽정기는 이를 뿌드득 갈았다.

'그때는 방심했었어.'

그때 객점에서 속수무책으로 따귀를 맞고 칼을 빼 들려는 순간 쇠몽둥이 끝이 목젖에 닿아 있던 장면을 떠올리면 절로 식은땀이 흘렀지만 그럴수록 오기가 치솟았다. 동패구사를 하더라도 놈을 죽이고 말 것이라는 생각이 온 영혼을 지배했다.

"북제성의 제자가 되기 위해 돈을 처발랐더군."

진우청과 마주 선 팽정기는 이를 허옇게 드러내며 말했다.

북제성이란 단어가 주는 부담감이 절대로 만만치 않았지만, 그곳의 후기지수가 상가의 자식이란 사실에 팽정기는 객점에서의 봉변에도 불구하고 한가닥 얕보는 심정이 남아 있었다.

수백 년을 이어 내려온 무가의 혈통은 돈을 주고 십 년 만에 익힌 무공과는 절대 비교할 수 없다는 우월감이었다.

팽정기는 허리에 차고 있던 도갑을 풀었다.

하북팽가의 후손들은 대대로 골격이 장대하고 근력이 뛰어났다. 그래서 그들은 자신들의 신체에 맞게 도를 독문병기로 취하고 강한 힘으로 그 도를 휘둘렀다.

팽정기 역시 마찬가지였다.

그의 병기는 커다란 파산도(破山刀)였다.

진우청은 팽정기의 왼쪽 뺨을 쳐다보며 씨익 웃었다.

그의 뺨에는 다 지워지지 않은 옅은 멍 자국이 아직 남아 있었다. 그만큼 을지소소의 손이 매웠던 것이다.

진우청의 시선을 받은 팽정기는 왼쪽 볼에 불꽃이 작렬하는 그때의 충격을 다시 느꼈다.

파앗―

팽정기의 파산도가 태산이라도 가를 듯 뽑혔다. 아니, 뽑혀 나오려고 했다.

턱!

파산도가 완전히 뽑히기도 전에 그때와 마찬가지로 언제 하나로 합처졌는지도 모를 쇠몽둥이가 목젖을 겨누고 있었다. 그래서 그의 파산도는 그때처럼 반쯤 뽑히다 말고 도갑 속으로 다시 들어가야 했다.

"싱겁군!"

석조경이 진우청의 승리를 선언하기도 전에 진우청은 빙글 등을 돌렸다.

팽정기의 도법은, 아니, 하북팽가의 도법은 더 이상 상대할 만한 흥미를 느끼지 못했다.

"이… 이!"

팽정기의 울부짖음 같은 신음 소리가 들렸다.

진우청은 돌아보지도 않고 용호곤을 휘둘렀다.

퍼억!

재차 달려들던 팽정기의 허리에서 육중한 타격음이 울리며 팽정기의 몸은 일 장 가까이 뒤로 날아갔다.

"우우—"

웅성거리는 소리가 들리며 진우청의 승리가 선언되었다.

"속이 후련해요, 사숙!"

을지소소가 자리로 돌아오는 진우청을 향해 목소리를 높였다.

오랜 세월 동안 하북제일가문의 한 곳으로 군림하던 하북팽가와 팽정기에게는 씻을 수 없는 치욕이겠지만, 북제성과 하북팽가의 무공 차이는 하늘과 땅만큼이라는 것을 단번에 보여준 대결이었다.

하북팽가의 차기 가주가 될 팽정기가 제대로 격돌 한 번 못해보고 나가떨어지자 관중석에서는 함성보다는 침묵이 감돌았다.

어느 정도의 차이로 승패가 갈려야 손에 땀에 쥐게 되고, 마지막 순간 함성도 터져 나오는 것이다. 그런데 이번 승부는 너무 순식간이었다. 그래서 함성을 지를 준비조차 못했던 것이다.

"너무 심한 게 아닌가?"

대사형 관일엽이 아직도 드러누워 있는 팽정기를 보며 말했다. 비무가 끝나고 나면 무림맹의 일원으로 서로 협력해야 할 가문이기에 감정의 골이 깊어지면 좋을 것이 없었다.

"아무리 그렇다 하더라도 저놈은……."

을지소소가 그때 일을 하소연하려다 입을 다물었다.

길게 얘기해 봐야 귀와 입만 더럽혀질 것이다.

다음으로 비무대 위에 올라온 사람은 화산의 척윤하였다. 진우청은 유심히 그를 지켜보았다.

유화성과 함께 화산파가 묵고 있던 숙소를 찾았을 때 차분하게 가라앉아 있던 모습이 인상적이었다. 그런 그가 누구를 상대로 지목할지 무척 궁금했다. 팽정기처럼 개인의 감정을 앞세운다면 처음부터 최강자를 불러내어 설치다가 맥도 못 추고 탈락할 수도 있다. 개인의 감정보다는 문파의 이익을 우선하고, 힘을 분배하며 끝까지 갈 계산을 한다면 처음에는 쉬운 상대를 고를 것이다.

화산의 척윤하는 그 눈빛만큼 차분했다. 그는 결코 감정에 휩쓸려 행동하지 않았다.

척윤희는 오대세가 중 한 곳인 황보세가의 황보영(皇甫影)을 상대자로 지목했다.

지목당한 황보영은 속마음이야 어떻든 간에 자신을 지목해 주어서 아주 고맙다는, 그리고 너를 꺾기 위해 애타게 기다렸다는 모습으로 훌쩍 비무대 위로 날아올랐다. 이미 오대세가의 한 곳인 하북팽가가 맥도 못 추고 탈락하여 사대세가만 남은 상태이니 그는 더욱 호기롭게 손을 흔들며 비무대 위로 올라섰다.

그러나 두 사람의 비무 결과는 진우청과 팽정기의 대결만큼 싱겁게 끝나 버렸다.

척윤하의 현란한 검법에 황보영이 십 초도 버티지 못하고 가슴 한 곳에 매화 무늬를 새기고 말았다.

아무리 오대세가의 위명이 높다지만 거대 문파 속에서 수백 명의 경쟁 상대들과 겨루며 성장한 척윤하에게는 역부족이었다.

화산에 이어 다음 쪽지가 뽑혀졌다.

쪽지에 적힌 문파의 이름은 '공동'이었다.

석조경의 입에서 공동파의 이름이 불려지자 관중석에서는 적지 않은 동요의 기색이 일었다.

공동파는 구파일방 중에서도 가장 덜 알려진 문파였다. 그들이 펼치는 무공 역시 잘 알려지지 않고, 사이한 구석이 많아 어떤 때는 사파로 취급되기도 했다. 그래서 공동파는 오랜 세월 정사 중간의 성격을 띤 문파로 인식되었다.

최근 그들은 활발하게 활동하며 청성파를 밀어내고 구파일방의 한 자리를 차지했다.

공동파의 제자는 여의수(如意手) 악가화(岳佳和)라는 젊은이였다.

문파와 마찬가지로 그에 대해서도 알려진 것이 거의 없었다.

별호에서 알 수 있듯이 맨손으로 펼치는 수법이 제천대성(齊天大聖)의 여의봉에 필적한다는 설만 떠돌 뿐이었다.

정사 중간의 문파라는 편견과는 달리, 먼지 한 올 묻지 않은 백의를 입은 악가화는 옥으로 깎아 만든 듯한 귀공자의 얼굴이었다.

악가화는 싱그러운 미소와 함께 관중석을 향해 인사했다.

비무대에 올라 공손하게 인사하는 악가화의 모습만으로도 공동파에 대한 그간의 선입견이 반은 희석되며 함성이 울렸다. 특히 젊은 여인들의 목소리는 전에 없이 크게 울렸다.

악가화는 첫 상대로 점창파의 제자를 지목했다.

남은 오대세가인 모용세가나 제갈세가, 남궁세가보다 오히려 점창파가 쉽다고 생각했을 수도 있고, 구파일방의 말석으로 인식된 공동파로서는 오대세가보다는 같은 구파일방의 한곳을 이기고 순위 상승의 효과를 노렸을 수도 있었다.

지목을 받은 점창파의 제자는 사일비검 남소건이었다.

그는 한 자루 검을 들고 차분한 걸음으로 비무대 위로 올라왔다.

비무 후 처음으로 무기를 들지 않은 적수공권의 청년과 검을 든 청년의 대결인지라 관중석에서는 한층 더한 흥분이 번져 나갔다.

사일비검 남소건이 검을 뽑고 자신을 향해 겨누는 순간까지 악가화는 미동도 않고 서 있었다.

“차앗!”

해를 쏘아 떨어뜨리는 비검이란 별호답게 남소건의 검은 섬전처럼 악가화의 가슴을 향해 떨어져 내렸다.

“아앗―”

남소건의 검이 악가화의 심장을 갈랐다는 생각과 함께 비무대 앞쪽에 자리한 여인들의 입에서 비명이 터져 나왔다.

“엇!”

남소건 역시 악가화의 가슴 옷깃이 아니라 심장 한가운데를 베었다는 느낌으로 경호성을 토했다.

목숨을 건 결투라면 상대의 심장을 베는 순간 희열을 느꼈을 테지만,

지금은 엄연한 비무의 상황이었다. 살상은 피치 못할 상황이 아니면 절대 불허였다.

"후후!"

남소건의 귓속으로 나지막한 웃음소리가 들렸다.

죽거나 심장에 큰 상처를 입은 사람은 절대로 이런 웃음을 흘릴 수 없다.

가슴 철렁하는 경각심을 느낀 남소건은 급히 회선보를 밟았다.

파아앗—

남소건의 눈앞으로 악가화의 활짝 펼쳐진 손바닥이 해일처럼 덮쳐 왔다.

남소건은 악가화의 손바닥 한가운데를 향해 쾌속하게 검을 찔러 넣었다.

스스스—

한 개의 손이 순식간에 두 개로, 두 개에서 네 개로, 네 개에서 다시 여덟 개로 변하며 남소건의 전신을 난타해 왔다.

순간적인 동요를 틈타 전신을 덮쳐 오는 손바닥들은 어느 것이 실초이고, 어느 것이 허초인지 구분이 불가능했다.

휘이익—

남소건의 사일검이 허공에서 춤을 추며 여덟 개의 손바닥을 한꺼번에 잘라갔다. 그러나 단 한 개도 실체를 느낄 수 없이 허공만 자른 느낌이었다.

팟!

여덟 개의 수영(手影) 뒤에서 뻗어 나온 또 한 개의 손이 남소건의 가슴을 두드렸다.

아니, 두드렸다기보다는 승리를 확인이라도 하듯 갖다 댔다는 말이
맞을 것이다.

그런데 이상한 현상이 일어났다.

살짝 갖다 댄 악가화의 동작과는 달리 남소건의 몸은 포탄의 파편처
럼 뒤로 튕겨났다.

그뿐만 아니라 비무대 바닥 아래로 떨어지기도 전에 그의 입에서는
선혈이 폭포수처럼 터져 나왔다.

마침 남소건이 날아가 떨어지는 곳에 자리를 잡은 곤륜파 무인들이
급급히 움직이며 남소건의 몸을 받아들었다.

"쿨럭!"

남소건은 심한 기침과 함께 또 한 번의 선혈을 토한 채 혼절해 버렸
다. 목숨을 잃지는 않겠지만 몇 달은 자리보전해야 할 내상을 입은 것
이다.

"너무 과하군, 소협!"

석조경이 큰 소리로 고함을 지르며 악가화를 나무랐다.

이런 식이면 무림맹이 결성되고 창단식을 하는 자리가 문파 간의 충
돌로 초장부터 삐걱거릴 수 있었다.

그의 우려대로 점창파의 문도들이 모두 일어섰고, 공동파의 문도들
도 뒤따라 일어섰다.

"공격을 하지 않으면 내 목이 떨어지는 급박한 상황에서 뻗어 나온
일장이라 공력을 모두 회수하지 못했소. 정말 죄송하오."

악가화가 즉시 포권을 쥐며 사방을 향해 고개를 숙였다.

그의 즉각적인 사과로 인해 점창파 사람들의 분기가 다소 누그러지
며 긴장됐던 관중석에서도 서서히 환호성이 울려 나왔다.

“저놈……..”

대사형 관일엽이 못 박힌 듯 악가화를 쳐다보았다.

진우청도 관일엽을 따라 시선을 고정시켰다.

“왜 그러시는지요, 사백?”

관일엽의 표정이 심상치 않음을 느낀 경설형이 급히 질문을 던졌다.

“방금 저놈의 수법… 척백대의 무공과 닮았다.”

“그게… 정말인가요, 사백?”

을지소소가 깜짝 놀라며 목소리를 높였다.

“아직 확실한 건 아니지만 저놈의 무공은 사백께서 말한 척백대주 형옥신의 무공과 비슷한 냄새가 난다.”

관일엽은 긴장한 목소리로 답했다.

“그럼 후보가 바뀌었다는 말인가요?”

“그럴 수도 있다. 놈들은 비무대 위에서 분란을 일으켜 무림맹의 창단을 방해하려 할지도 모른다.”

“쳐죽일 놈들!”

경설형이 욕설을 토했다.

서글서글한 인상이었지만 상황이 급박해지면 북제성 문도 중 누구보다도 호전적으로 변하는 그였다. 그럴 때는 표범보다 더 사나운 을지소소도 한 수 접어주었다.

“신중하거라! 아직은 확실하지 않다.”

관일엽이 당장이라도 비무대 위로 뛰어오를 것 같은 경설형에게 엄한 목소리로 말했다.

경설형은 분기를 누그러뜨리며 자리에 앉았지만 시선은 악가화에게 고정된 채 떨어지지 않았다.

그러는 사이, 악가화는 화화공자(花花公子)처럼 인사를 하고는 비무대 아래로 내려갔다.

"뭐 알아낸 것 있나?"
칠지검 임전성이 유화성 옆에 바짝 붙으며 낮은 소리로 물었다.
그는 단번에 남들의 이목을 끄는 칠지검을 소지하지 않은 것은 물론, 복장도 그냥 한가하게 구경 나온 유생 차림으로 변장했다. 임전성뿐만 아니라 유화성도 그런 차림을 하고 있었다. 더욱이 유화성은 얼굴에까지 구레나룻 수염을 만들어 자세히 보지 않으면 알아보기 힘들 정도였다.
"아이들을 풀어야겠어. 준비는 됐겠지?"
"물론이에요. 동전 열 문씩 집어 주었더니 아이들은 하루 종일이라도 우리 일을 거들 기세예요."
홍사갈 엄연지가 뒤에서 들뜬 목소리로 답했다.
"신날 일이 아니야. 까닥 잘못하면 놈들이 한발 앞서 무슨 일을 벌일 수도 있다. 그땐 걷잡을 수가 없어."
유화성이 고개를 돌리지 않고 책망하듯 말했다.
"대주님이 시키는 대로 해서 실패한 적은 없었어요. 걱정 하나도 안 해요."
엄연지가 즉각 대꾸했다.
"눈꼴시어 못 봐주겠군."
임전성이 콧방귀를 꼈다.
"쓸데없는 소리들 그만 하고 최대한 은밀하게 움직여!"
유화성이 칼로 자르듯 말했다.

"알겠소이다, 대주 나리!"

임전성이 건들거리며 답하고는 천천히 몸을 움직였다.

그들이 사람들 속으로 섞여든 후 유화성도 관중들 사이로 몸을 숨기며 은밀히 손을 움직였다. 작은 폭죽 하나가 허공으로 솟아오르며 터졌다. 그러나 그런 폭죽은 이미 여러 곳에서 터지고 있었던지라 그 폭죽이 터지기를 기다린 사람들을 빼고는 아무도 그것을 눈여겨 보지 않았다.

잠시 후, 그것을 기다리고 있던 사내들이 아이들을 풀었다.

"비무대회를 재미있게 보시려면 이것을 먼저 읽어보세요!"

사내들의 지시를 받은 꼬마 아이들은 일제히 그런 고함과 함께 작은 종이를 관중들에게 나눠주며 열심히 뛰어다녔다.

공동파와 점창의 대결이 끝난 다음으로, 석조경에 의해 도자기에서 뽑힌 쪽지에는 '개방'이란 두 글자가 적혀 있었다.

개방의 후개인 심동신은 한 자루 타구봉을 등에 꽂은 채 비무대 위로 날아올랐다.

후개의 신분이면서도 그 몰골은 여러 거지들과 다를 게 없었다.

맨발에, 개방 특유의 복장인 오의(汚衣), 그리고 땟국물이 줄줄 흐르는 겉늙은 얼굴!

그가 비무대에 오르자 비무대 가까이에 자리한 젊은 여인들이 일제히 손을 들어올려 코를 싸맸다. 실제로 그곳까지 악취가 풍겨서 그러는지는 모르겠지만, 개방도의 출현은 언제나 보는 이의 그런 동작을 자연스럽게 유발시켰다.

"사숙!"

을지소소가 두 눈을 동그랗게 뜨고 진우청을 불렀다.

"저 자식, 저거… 그때 우리에게 술병을 던지며 희롱하던……."

을지소소는 말을 멈추고는 진우청과 비무대 위에 오른 심동신을 번갈아 쳐다보았다.

진우청도 어이없는 눈빛으로 심동신을 쳐다보았다.

총단을 구경하자고 떼를 쓰던 을지소소를 따라 이곳으로 오던 도중에 만났던 거지였다.

술병이나 던지며 지나가는 사람들을 희롱하는 거지치고는 실력이 너무 뛰어나다 싶었는데 후개일 줄은 몰랐다.

개방의 후개라면 앞으로 자주 부딪칠지도 모르는데, 그때 일로 많이 곤란할 수도 있었다.

쩝! 하고 입맛을 다시던 진우청은 어느 순간 안광을 빛냈다.

뭔가 이질적인 느낌 한가닥이 심동신의 모습과 교차되었다.

"맞죠, 저놈? 그때 그 거지 같지도 않은 놈!"

을지소소는 기도 안 찬다는 표정으로 목소리를 높였다.

"말조심하는 게 좋아. 개방도에게 거지 같지도 않은 놈이란 말은 최고의 모욕이니까. 그런데 어떻게 저자를 알지?"

경설형은 궁금한 눈으로 진우청과 을지소소를 쳐다보았다.

을지소소는 입을 나물었고, 진우청은 여전히 심동신에게 시선을 못 박은 채 미동도 않고 있었다.

그때 석조경의 목소리가 다시 들려왔다.

"개방의 심동신 공자는 남궁가를 지목하셨소."

그 말과 함께 관중석에서는 함성이 터져 나왔다.

최근 남궁가의 위세는 하늘을 찌를 듯했다.

그건 남궁가의 소가주 남궁석천(南宮昔天) 때문이었다.

어릴 때부터 기재로 소문난 그는 최근 삼 년간 폐관수련에 들었다가 출관한 후 부친과의 비무에서 반 시진에 걸친 대결로도 승부를 결정짓지 못했기 때문이다.

세간에는 그때 남궁석천이 삼 푼 실력을 숨겼기에 그런 결과가 나왔다는 소문이 돌았다.

그 소문을 들은 남궁가주는 누가 그런 헛소문을 퍼뜨리느냐고 언성을 높였지만 결코 싫은 기색은 아니었다. 호랑이 굴에서 더 강한 호랑이 새끼가 태어난다는 건 가장 바람직한 일이었다.

그 후 남궁석천은 자신의 부친보다 한 수 위로 평가받고 있던 조부와도 무승부를 이루며 또 한 번 세상을 놀라게 했다.

그런 남궁가의 소가주와 대방파인 개방 후개의 대결은 기대를 넘어 큰 흥분을 불러일으켰다.

점점 더 커져 가는 함성 속에서 남궁석천은 천천히 비무대 위로 올랐다.

"심 형의 명성은 많이 들었소."

석조경이 비무 시작 신호를 내린 후 남궁석천이 먼저 인사를 건넸다.

"명성으로 따진다면야 남궁 형의 발밑에도 못 따라가지요."

심동신도 형식적인 인사를 하고는 타구봉을 꺼내 들었다.

"한 수 가르침을 청하겠소."

"소생 역시!"

화답과 함께 심동신은 타구봉을 앞으로 내밀었다.

타구십팔초(打狗十八招)의 단순하기 짝이 없는 기수식이었다. 그러

나 그 단순한 자세에서는 어떤 사나운 개도 덤벼들 엄두를 내지 못할
만큼 막강한 기운이 쏟아져 나왔다.

남궁석천도 허리에 차고 있던 검을 빼 들었다. 그렇게 짧은 대치가
이루어졌다.

파앗—

타구봉이 대기를 가르며 남궁석천의 허리를 쓸어갔다.

남궁석천은 들고 있던 검을 강맹하게 내리그었다.

결코 빠르지 않은 검격이었지만 태산 같은 무거움이 있었다.

까앙—

첫 번째의 격돌과 함께 두 사람은 훌쩍 뒤로 물러났다.

뒤로 물러선 후에도 타구봉과 검이 부딪치며 터져 나온 파공음은 계
속 울리고 있었다.

'으음!'

남궁석천은 신음을 삼켰다.

단순해 보이는 막대기에 부딪친 충격파가 만만치 않았다.

이런 정도라면 멋진, 더 나아가서는 힘겨운 상대가 될 것이 틀림없
었다.

"하앗—"

자신의 느낌을 확인하려는 듯 남궁석천은 발끝으로 세차게 바닥을
찍었다.

휘리릭—

남궁석천의 검이 심동신의 목을 가르려는 순간 타구봉이 춤을 추었
다.

또 한 번의 격돌이 일어나고 두 사람은 뒤로 물러나며 서로를 응시

했다.

재차 느끼는 심정이지만 서로가 너무나 좋은 호적수였다.

그건 관중들도 같이 느끼고 있었다.

펼치는 초식은 서로 달랐지만 왠지 모르게 두 사람은 너무 잘 어울리는 상대 같았다.

어느 한쪽도 모자라지 않는 완벽한 호적수였다.

그런 대결이 삼십 합이 넘게 펼쳐졌다.

관중들은 점점 더 열광하기 시작했다.

두 기재의 대결에서 그들 문파의 절기들을 만끽할 수 있었기 때문이다.

관중들의 그런 심정과는 달리 남궁석천의 눈빛이 흔들리기 시작했다.

어느 순간부터 심동신의 타구십팔초에서 이질적인 냄새가 풍겨 나왔기 때문이다.

여전히 자신의 검법을 상대하는 수법은 타구십팔초의 단순한 봉법이었다. 그러나 그것은 껍데기일 뿐이었다. 언제부턴가 그 안에서 신랄한 기운이 뻗어 나오기 시작했다.

남궁석천의 얼굴이 점점 굳어져 갔다.

개방의 타구봉법!

구걸하다가 마주치는 개를 쫓는 봉법이었기에 어떤 봉법보다 천박해 보일 수도 있었다. 그래서 정교한 형과 식이 갖추어진 초식이기보다는 허술하게 보이면서도 변형할 틈이 많은 초식이었다.

지금 그 틈 사이로 섬뜩한 초식들이 자객이 던진 비수처럼 뻗어 나오고 있었다.

실력을 숨긴 절정고수!

그런 생각과 함께 남궁석천은 황급히 퇴로를 밟았다. 빠르게 흔들리는 타구봉이 독사의 혀처럼 느껴졌다.

파파파팟!

마침내 타구봉이 남궁석천의 상체 몇 곳을 찌르고 두드렸다.

사혈이나 중요 대혈이 아닌 곳이기에 큰 타격은 없었다. 단지 승부를 결정짓기 위한 요식행위 같았다.

남궁석천이 멍하니 서서 심동신을 쳐다보았다.

막상막하의 대결이 아주 사소한 순간에 갈라져 버린 것을 인정할 수 없다는 표정이었다.

그러나 타구봉이 남궁석천의 상체를 한 곳도 아닌, 여러 곳을 한꺼번에 찌르고 두드렸기에 승부는 명확했다.

석조경이 심동신의 승리를 선언하자 의외의 결과에 흥분한 관중들은 떠나갈 듯한 함성을 터뜨렸다.

그 함성 속에서 유일하게 한 사람의 눈빛은 차갑게 가라앉고 있었다.

"왜 그러십니까, 사숙?"

경설형이 의아한 표정으로 진우청을 쳐다보았다.

진우청의 표정은 점점 더 짙은 의혹에 물들어 있었다.

"대사형!"

진우청은 관일엽을 불렀다.

관일엽은 별다른 표정 없이 고개를 돌렸다.

"방금 개방 심 공자의 초식에서 이상한 점을 찾지 못했습니까?"

"무슨 말인가?"

관일엽도 경설형과 마찬가지로 의혹 어린 눈이 되었다.

"내가 보기에 별다른 것이 없었는데… 무슨 의심스런 점이 있는가?"

곽자서도 고개를 갸웃거렸다.

"저자의 초식을 저번에 한 번 본 적이 있는지라 눈에 익었는데, 방금 펼친 수법은 뭔가 달라서… 제가 잘못 본 모양입니다."

진우청은 고개를 흔들고는 심동신에게로 시선을 돌렸다. 그러나 심동신은 비무대 아래로 내려가 보이지 않았다. 남궁석천만이 아직도 자신의 패배를 믿을 수 없다는 듯 그 자리에 서 있었다.

잠시 후, 남궁석천도 고개를 떨어뜨리며 비무대 아래로 내려갔다.

"어떻소?"

유화성은 무적대 일조의 조장 서한적의 곁을 지나가며 전음으로 물었다.

"아직……."

서한적이 고개를 흔들었다.

"찾아야 하오. 그러나 절대로 서둘러서는 안 되오!"

유화성은 여전히 비무대 위로 시선을 둔 채 전음을 날렸다.

고개를 끄덕인 서한적은 은밀하게 시선을 돌리며 아이들의 움직임을 좇았다.

"이걸 보시면서 구경하면 훨씬 재밌어요."

아이들은 서로 경쟁이라도 하듯 자신이 들고 있는 종이들을 부지런히 관중들에게 돌리고 있었다.

순간 유화성의 눈이 반짝 빛났다. 동시에 서한적의 눈도 광채를 쏟아냈다.

서한적은 은밀하게 유화성을 쳐다보며 손가락 하나를 세웠다.

보일 듯 말 듯 고개를 끄덕인 유화성은 다시 관중들 속으로 사라졌다.

다음으로는 무당의 제자 태허구검 도기상과 형산의 후기지수 육도뇌검 영한건의 대결이었다.

모든 사람의 예상대로 영한건은 이십 합을 넘기지 못하고 무릎을 꿇었다. 소림과 함께 태산북두의 자리를 번갈아 차지하는 무당을 넘기에는 무리였던 것이다.

계속 비무가 이어지는 중에도 북제성 사람들은 흑궁이나 척백대의 음모에 대비해 신경을 곤두세우며 비무대 위를 지켜보았지만 우려할 일은 나타나지 않았다.

제갈세가가 서문세가를 누르고 이차전에 올랐고, 종남의 배원이 아미파의 여제자 무영산화수 여상화를 아슬아슬하게 이겼다. 마지막으로 소림의 철권신승 청허가 곤륜의 제자를 이기고 이차전에 올랐다.

이차전, 그러니까 여덟 명이 겨루는 팔강전은 곧바로 치러졌다.

그것 역시 네 명의 후보는 사회자 석조경이 무작위로 뽑고, 그 상대는 뽑힌 사람이 지목하는 방식으로 치르게 되었다.

제일 처음 도자기에서 뽑혀 나온 쪽지는 종남의 문파명이 적혀 있었다.

아미의 여제자 여상화를 이기고 쉽게 이차전에 올라왔다는 수군거림을 들었는지 종남의 배원은 그 상대로 개방의 심동신을 골랐다.

심동신이 비무대 위로 올라오자 진우청의 눈빛이 날카롭게 빛났다.

"저번에 그 자식 맞지 않나요?"

을지소소가 고개를 갸웃거리며 안력을 돋우었다. 그러나 아무리 봐도 이상한 점을 느낄 수 없었다. 겉늙어 보이는 얼굴에 굽은 등, 그리고 그때 들고 있던 손때 묻은 타구봉!

그녀는 진우청이 왜 저 거지 놈에게 신경을 집중하는지 알 수가 없었다.

관일엽도 진우청의 시선을 따라 온 신경을 집중하는 찰나, 두 사람의 격돌이 이루어졌다.

휘리릭―

심동신의 타구봉에서 예의 그 타구십팔초의 봉술이 펼쳐졌다.

이번에도 아까와 비슷한 양상이 벌어졌다.

심동신은 남궁석천과 대결할 때와 마찬가지로 종남의 배원과도 막상막하의 대결을 벌였다.

분명히 전력을 다하고 있었지만 심동신은 배원을 압도하지 못했다. 그렇다고 수세에 몰리는 것도 아니었다.

서로 최선을 다해 일진일퇴를 거듭하고 있었다.

지켜보는 사람들로서는 흥미진진하게 그지없는 대결이었다.

어느 순간, 두 사람의 대결을 지켜보는 관일엽의 눈이 번쩍 빛을 발했다.

第六十九章

복마폐혈수법(伏魔閉穴手法)

복마폐혈수법(伏魔閉穴手法)

"복마폐혈수법(伏魔閉穴手法)!"

관일엽이 반쯤 일어서며 고함을 쳤다.

그를 따라 곽자서와 등홍비도 움찔 신형을 움직였다.

"그게 무슨 말씀인가요, 사백?"

을지소소가 눈을 동그랗게 뜨고 물었다.

그녀는 복마폐혈수법이란 말도 처음 들어보았고, 큰사백의 이런 모습 또한 처음이었다.

"틀림없다! 저놈이 타구봉으로 상대를 제압한 수법은 복마폐혈수법이다."

"복마폐혈수법이라면……?"

곽자서가 기억을 더듬었다. 그러다 뭔가 생각났는지 깜짝 놀란 눈으로 관일엽을 쳐다보았다.

"설마 사부님들 대에서 오래전에 봉인시켰던 그 수법이란 말씀이십니까?"

"그렇다. 그 수법이 틀림없다. 그렇다면 저놈은 흑궁의 인물이다!"

관일엽이 불식간에 목소리를 높였다.

"저놈들이 어떻게 그 수법을……?"

"그게 중요한 게 아니다. 벌써 그 수법에 당한 사람이 있다는 것이 문제다!"

관일엽은 다급하게 답했다.

복마폐혈수법은 주원장의 흉계에 빠져 도륙당하고 살아남은 백인대 열 명에 의해서 창안된 점혈수법이었다.

악마를 굴복시키는 점혈수법이라는 말답게 복마폐혈수법은 너무 지독한 점혈법이었다.

그 수법에 점혈당하고 나면 처음에는 별 이상이 없지만 반 시진이 지난 후부터 서서히 폐혈 증상이 나타나고, 한 시진 후면 지독한 고통과 함께 온 혈맥이 터져 나가 처참한 모습으로 죽게 된다. 너무 지독한 수법이라 사부들 대에 와서 그 점혈법은 봉인되어 버려 그 제자들은 말로만 들었지 익히지는 못했다.

그런데 그 악마적인 수법이 지금 모습을 드러냈다.

"저놈의 목적은 사제가 아니라 정파무림의 후기지수들이다. 한 시진 후 복마폐혈수법의 끔찍한 증상이 나타나면 온 무림맹이 들썩거리게 되고, 원인을 찾으려 할 것이다. 그때 놈들은 모든 걸 우리에게 뒤집어 씌우고 우리를 마도로 몰아갈 것이 틀림없다."

처음부터 정체를 알 수 있었던 척백대와는 달리, 흑궁의 인물은 남궁가의 자식과 비무를 펼치는 순간에도 도저히 알아볼 수 없었다. 그만큼 그의 무공은 뛰어났기에 관일엽마저도 알아채지 못한 것이다. 진우청이 계속해서 뭔가 미심쩍어 하는 모습을 보이지 않았다면 비무대회가 끝날 때까지도 몰랐을 것이다. 어쨌든 이젠 까마득히 잊고 있었던 복마폐혈수법이 떠오르며 확실해졌다.

관일엽은 초조한 표정으로 등홍비를 쳐다보았다.

"남궁가의 자식이 점혈당한 후 얼마나 지났는가?"

"거의 반 시진이 되어갑니다."

등홍비가 답했다.

"반 시진 후부터는 미세하나마 폐혈 증상이 나타나고, 한 시진 후에는 혈맥이 터져 죽는다. 두 명의 젊은이가 그렇게 처참한 모습으로 죽는다면 무림맹의 비무대회가 끝나기도 전에 북제성은 곤경에 빠질 것이다."

"풀 수 있는 사람이 없는 건가요?"

을지소소가 당황한 표정으로 질문했다.

"우리 쪽 사람들은 말만 들었지 아무도 배우지 못했다. 저놈만이 알고 있을 것이다."

관일엽은 침음성을 토하며 가짜 심동신을 쳐다보았다. 변장도 알아보지 못할 만큼 뛰어난 실력이라면 몇 명으로 압축되었다. 그러나 정확히는 일 수 없었다.

"그럼 어떻게 하죠? 이대로 가다간 모두들 우리를 마도로 몰아붙일 수도 있지 않나요?"

을지소소의 눈에 극심한 초조감이 어렸다.

"지금 저 비무를 멈추게 하면 제일 좋겠지만 그건 너무 늦었고… 비무가 끝난 후 저놈을 사로잡아 마음을 돌리게 할 수밖에 없다."

관일엽은 진우청을 쳐다보며 답했다.

"지금 저놈은 개방도로 완벽히 변장해 있습니다. 우리가 사로잡을 수가 없지 않습니까?"

곽자서가 난감한 표정으로 답했다.

"마음을 돌리게 할 수밖에 없는데… 그럴 놈 같았으면 애초에 이런 짓을 벌이지도 않았을 겁니다."

등홍비도 이를 갈며 말했다.

그러는 사이에도 백중세의 대결은 계속해서 펼쳐지고 있었다.

"젠장!"

진우청은 역정을 토하며 우두둑 주먹을 쥐었다.

어쩐지 그동안 자신에게 아무 수작도 부리지 않는다 생각했는데, 이런 술수를 준비하고 비무대에 오른 것이다.

"어떡해요?"

을지소소가 진우청을 보며 울상을 지었다.

"일단은 비무가 끝날 때까지 지켜보고 무슨 대책을 세워야지."

진우청은 심동신, 아니, 가짜 심동신의 동작에 한시도 눈을 떼지 않고 답했다.

그사이 심동신의 타구봉이 어지럽게 움직이고 단홍장검 배원의 검도 그만큼 어지럽게 허공을 갈라갔다. 아까와 다른 점이 있다면 심동신의 타구봉은 여전히, 아니, 오히려 일 푼이라도 더 강한 기세로 움직이는 반면 배원의 검에 실린 기세는 점차 약해지고 있었다.

휘리리릭!

백중세를 이루던 대결 양상이 서서히 한쪽으로 기울며 심동신의 타구봉이 빠르게 회전했다.

어느 순간, 타구봉이 배원의 상체를 찌르고 두드려 나갔다.

남궁석천에게 승리를 거둘 때와 마찬가지로 살초가 섞이지 않는, 승리를 확인하기 위한 것 같은 타격이었다.

똑같은 상황에 똑같은 수법!

마지막 한 동작만 뺀다면 그랬다.

파아앗─

심동신의 타구봉이 마지막으로 한 번 더 휘둘러지며 배원의 견정혈을 향해 쾌속하게 찔러들었다.

남궁석천과는 달리 당장 복마폐혈수법이 발작을 일으키게 하는 잔인한 일초였다.

그걸 느낀 관일엽의 표정이 얼음처럼 변했다.

그 순간!

카아앙─

흑풍의 포효 소리가 귀를 찢을 듯 터져 나왔다.

"아악!"

근처에 있던 여인들이 허공으로 펄쩍 뛰어올랐다가 내려서는 흑풍을 보며 비명을 질렀다.

"크윽!"

그 비명 속에서 아슬아슬하게 견정혈을 비켜 찔린 배원의 비명 소리도 같이 터져 나왔다.

뒤이어 배원은 멀쩡하게 서 있던 남궁석천과 달리 비무대 바닥에 무릎을 꿇었다.

흑풍의 포효 소리에 놀란 관중들은 그것도 느끼지 못했다.

관일엽은 관중들을 따라 같이 벌떡 일어서며 배원의 상태를 살폈다.

간발의 차이로 견정혈을 비켜 찔린 배원은 고통스런 표정을 짓고 있었지만 당장 그 자리에서 혈맥이 터져 죽는 상황은 모면했다. 그러나 남궁석천과 마찬가지로 한 시진짜리 시한부 생명이나 마찬가지였다.

관일엽은 한숨을 내쉬었다. 일단 시간은 번 셈이었다.

갑작스런 사태에 놀란 관중들이 가슴을 쓸며 자리에 앉자 심동신으로 변장한 흑궁의 역현강(易弦羌)은 짧은 순간 잡아먹을 듯이 흑풍을 노려보았다. 그러나 흑풍은 역현강의 시선은 아랑곳 않고 진우청을 잡아먹을 듯이 노려보고 있었다. 진우청은 흑풍의 시선을 피하며 백왕의 털을 열심히 쓰다듬었다.

"괜찮아, 괜찮아!"

을지소소가 얼른 흑풍의 목덜미를 잡고 달래며 부어오른 꼬리를 주물렀다. 그녀의 눈에는 웃지도 울지도 못할 당황스런 기운이 가득했다.

"한 번 더 그 짐승들이 소란을 피우면 북제성의 출전 자격을 박탈하겠소."

석조경이 북제성 사람들이 자리한 쪽으로 와서 엄하게 경고했다.

"정말 죄송합니다. 다시는 이런 일이 없을 겁니다."

을지소소는 태어나서 가장 공경스런 자세로 사과를 했다.

"저 아이들에게 한시라도 빨리 손을 써야 하는데……."

관일엽이 초조한 목소리로 말했다.

그의 탈색된 수염이 분노로 떨리고 있었다.

놈들의 목적이 이젠 훤히 드러났다.

놈들은 모든 사람들의 우려대로 진우청을 노리는 것이 아니라 다른 문파의 사람을 폐인으로 만들어 무림맹의 창단을 와해시키려는 것이

다. 남궁가의 소가주에 이어 종남의 제자까지 비무대회가 끝나기 전에
혈맥이 터져 죽는다면, 그리고 그런 사태가 더 벌어진다면 무림맹 창단
은 수포로 돌아갈지 모른다. 다행히 그런 결과까지는 가지 않는다 하
더라도 흑궁과 척백대가 계속 수작을 부린다면 북제성이 무림맹주 자
리를 차지하는 것은 요원한 일이었다.

"우리가 좀 도와주면……?"

을지소소가 발을 동동 구르며 말했다.

"지금이라도 우리가 도와주면 폐혈 증상의 발작을 다소 늦출 수는
있겠지만 결국은 마찬가지야. 그럼 영문을 모르는 사람들은 멀쩡하던
사람들이 우리의 수작으로 폐인이 되었다고 오해할 거야."

곽자서가 말했다.

"언제까지 치료를 해주어야 합니까?"

진우청은 대사형 관일엽에게 물었다.

"늦어도 반 시진 안에는 손을 써야 하네. 그 이후로는 늦네. 그리고
그런 수법이 북제성의 무공임이 드러나면 만사 끝장이네."

관일엽이 급하게 답했다.

"일단 그때까지는 시간이 있군요."

진우청은 대답과 함께 고개를 이리저리 돌렸다.

"무적대주에게 전음을 날릴 수 있습니까?"

어느 한곳에 시선을 멈춘 진우청이 말했다.

유화성과 무적대원들은 유생 차림으로 만일의 사태에 대비해 관중
들 사이에 섞여 있었다.

"할 수 있네. 그런데 왜?"

관일엽이 답했다.

"그럼 지금의 상황을 무적대주에게 상세히 설명해 주십시오. 그 사람이라면 뭔가 방책을 마련할지도 모릅니다."

"어떻게 말인가?"

곽자서가 물었다.

"그건 모르겠지만… 밑져야 본전 아닙니까?"

진우청이 목소리를 높였다.

"알겠네. 지금 입장에서야 지푸라기라도 잡아야지."

관일엽은 천천히 공력을 끌어올렸다.

유화성의 고개가 보일 듯 말 듯 움직였다. 그러나 그건 지극히 순간적이었다. 이내 유화성은 아무 일 없는 표정으로 비무대 위만 주시했다.

진우청도 곁눈질로 유화성을 주시했다.

유화성은 여전히 꼼짝도 않고 서 있었다.

고개는 비무대 쪽으로 향하고 있었지만 그의 시선을 허공에 고정되어 있었다. 그런 상태로 유화성은 무섭게 집중하고 있었다.

잠시 후, 유화성이 고개를 돌렸다. 그도 전음으로 뭔가를 전하는 모양이었다.

두 사람은 그렇게 한참 전음을 주고받았다.

"잠시 다녀오겠네."

관일엽이 서둘러 몸을 일으켰다. 유화성과 뭔가 일을 꾸밀 작정인 모양이었다.

"들리나?"

갑자기 진우청의 귓전에도 유화성의 목소리가 울렸다.

진우청도 전음을 날리기 위해 호흡을 끌어올렸다.

“어설픈 전음 쓰려고 하지 말고 듣기만 하게.”

유화성은 계속해서 전음을 날렸다.

다음 차례로 뽑힌 쪽지에는 북제성의 문파명이 적혀 있었다.

진우청은 우선은 안도하는 심정이 되었다.

가짜 심동신은 사강전으로 올라가 버렸으니 어쩔 수 없지만 척백대의 수작은 막을 수 있을 것 같았다.

“조심하게나. 놈들은 오랜 세월 우리와 싸우며 우리만큼 강해졌다네. 또한 흑궁과 야합하여 어떤 수작을 부릴지 모르네.”

등홍비가 경각심을 일깨웠다.

진우청은 고개를 끄덕이고는 몸을 날렸다.

관중들의 소란이 순식간에 정적으로 바뀌었다. 그들의 시선을 진우청의 일거수일투족을 하나도 놓치지 않은 채 진우청이 누구를 상대로 지목할지 온 신경을 곤두세우고 있었다.

“와아—”

진우청이 자신의 상대로 공동파를 지목하자 함성이 울렸다. 그 함성 속에서 공동파의 악가화는 예상하고 있었다는 듯 비무대 위로 몸을 날렸다.

두 사람이 대치하고 서자 석조경이 간단한 당부의 말과 함께 시작을 선언했다.

“지금쯤이면 내 정체를 알았겠지?”

악가화의 입에서 이제까지와 다른 목소리가 흘러나왔다.

그 목소리는 중년인이나 초로인에 가까운 탁성이었다.

진우청은 묵묵히 악가화와 시선을 마주했다.

남패천을 떠나 을지소소 등과 강행군을 하며 만난 황궁의 고수들과
는 또 다른 냄새가 풍겼다. 그들이 사냥꾼 같다면 이자는 살수 같은 느
낌이 들었다.

이런 자들이 얼마나 더 있을지 알 수 없었다.

또한 흑궁의 인원들도 얼마나 더 숨어 있을지 신경이 곤두섰다.

"네놈의 껍질을 이 자리에서 모두 벗겨주마. 그리고 네놈들이 꾸미
고 있는 일을 모두 무위로 돌리겠다."

악가화는 비릿한 미소를 입가에 배어 물었다.

"범 대가리로 시작된 왕조도 이젠 개 꼬리가 되어가는 모양이오. 이
런 수작을 벌이는 것을 보니……."

"뭣이?"

황궁이 순식간에 개 꼬리로 전락되자 악가화의 타오르는 눈에 살기
가 가득 차며 터질 듯 이글거렸다.

야차 같은 악가화의 눈을 보며 진우청은 용곤과 호곤을 빼 들었다.

아무리 척백대의 고수라도 북제성에 비할 순 없다.

이자는 용호곤으로 상대해도 충분했다. 그리고 그것이 다음의 대결
을 위해서도 필요했다.

"폭풍철곤이다!"

누군가 관중석에서 고함을 질렀다. 그 목소리에는 휘주에서의 감흥
이 그대로 살아 있었다.

"후후!"

악가화의 입에서 차가운 미소가 새어 나왔다. 미소와 함께 악가화의
손이 폭발하듯 앞으로 뻗어 나왔다.

살인 무예의 절정고수들!

이들은 모든 거추장스런 동작들을 배제하고 철저히 살수만 뿌리는 사람들이었다.

전혀 예고도 없이 뻗어 나온 악가화의 손은 순식간에 진우청의 가슴을 찔러오고 있었다.

스윽—

진우청은 권태로운 동작으로 용곤을 앞으로 내밀었다.

그 움직임 역시 아무런 기교나 허초가 가미되어 있지 않았다. 그냥 물건을 내밀듯이 단순히 내미는 동작이었다.

파앗—

단번에 진우청의 가슴을 쪼갤 듯 다가오던 악가화의 신형이 튕기듯 뒤로 물러났다.

몇 걸음 뒤에서 신형을 멈춘 악가화의 눈에 죽음의 색채가 어렸다.

백인대와의 전투에서 수많은 사상자를 내며 하나하나 습득한 지식들!

오랜 세월 그것이 축적되며 이젠 어느 정도 백인대 무공의 허실을 꿰뚫을 수 있었다.

백인대의 수효는 한계가 있지만 황궁 척백대의 수효에는 한계가 없다. 백 명이 죽어나가면 이백 명이 보충되었다.

그리고 죽어간 백 명의 목숨 값으로 얻은 정보들은 이 순간 그 효력을 발휘할 것이다.

악가화는 두 다리를 교차하며 기묘한 자세를 잡았다.

그것 역시 수많은 전사자들의 목숨과 바꾼 소득이었다.

비록 이 초식으로 백인대의 무공을 꺾을 수는 없지만, 그들의 악마 같은 무공을 만천하에 여실히 드러낼 수는 있을 것이다.

그 악마 같은 무공에 자신은 처참하게 쓰러질 수도 있겠지만 북제성을 마도로 몰아가는 데는 충분할 것이다.

파앗—

발끝으로 바닥을 찍은 악가화의 신형이 질풍처럼 진우청을 향해 달려들었다. 그리고 그의 손이 어지럽게 흔들리며 진우청의 허리를 강타했다.

'헛!'

혼신의 힘을 다한 일격을 퍼붓던 악가화는 다급성을 삼켰다.

자신들의 오랜 분석이 맞는다면 지금의 공격은 최소한 한 번은 성공해야 했다. 그 반발로 북제성의 악마적인 무공이 폭발적으로 펼쳐질 것이었다.

분명히 그럴 것인데 악가화의 손에는 아무것도 걸리는 것이 없었다.

진우청의 신형은 악가화의 공격에 완벽하게 반응하며 둥실 멀어지고 있었다.

악가화는 지독한 혼란을 느꼈다.

지금 진우청의 움직임은 자신들의 분석과는 너무 달랐다.

결점을 보완했다고 해도 그 흔적은 남아 있어야 하는데 그게 아니었다.

애초에 그런 것이 있지도 않은 듯 진우청의 움직임은 물처럼 자유로웠다.

더 나아가 자신이 뿌린 초식이 빈틈을 찾아 전혀 색다른 공격을 펼쳐 오고 있었다.

쉬이익—

쇠몽둥이가 복부를 향해 찔러들고 있었다.

예상과는 전혀 다르게 역공을 받은 악가화는 급히 몸을 틀었다.

악가화는 눈을 부릅떴다.

충분히 피했다고 생각했는데 쇠몽둥이는 계속 복부를 찔러들고 있었다.

두 개의 철곤이 어느새 하나로 합쳐져 있었다. 그래서 공격 범위가 두 배로 늘어난 것이다.

그 짧은 순간 어떻게 하나로 조립할 수 있었는지 도저히 이해가 가지 않았다.

그런 생각은 뒷전이고, 일단 피하고 봐야 했다.

악가화는 퇴보를 밟던 신형을 그대로 허공으로 띄웠다.

아슬아슬하게 쇠몽둥이의 공격을 피해냈지만 재차 이어지는 공격에는 제대로 대응할 수가 없었다.

파앗—

찔러오다가 팅기듯 솟구치는 용호곤이 허벅지를 스쳤다. 뒤이어 살점이 떨어져 나가는 고통이 엄습했다. 정통으로 맞았다면 다리가 부러져서 건들거릴 정도가 되었을 터였다.

"네놈… 정말 북제성의 인물이 맞는 것이냐?"

덜덜 떨려오는 다리에 억지로 힘을 주고 선 악가화는 의혹 어린 눈으로 진우청을 쳐다보며 질문했다.

"내가 북제성의 제자면 안 될 이유라도 있소?"

진우청은 용호곤을 다시 두 개로 분리하며 되물었다.

"네놈이 펼친 수법은 북제성의 무공이 아니다."

악가화는 이글거리는 눈빛과 함께 말했다.

"청출어람(靑出於藍)이라는 말도 있지 않소."

진우청은 냉소와 함께 답했다.

몇 합을 나누면서 진우청은 악가화의 의도를 읽을 수 있었다.

그는 정상적인 공격보다 동귀어진의 공격을 펼쳤다. 그런 식으로 뭔가 수작을 꾸밀 모양이었다.

"시간이 없으니 그만 끝냅시다."

진우청은 다시 발끝으로 바닥을 찍었다. 남궁석천에 가해진 폐혈수법이 효력을 발휘하기 전에 모든 상황을 끝내야 했다.

휘익—

미세한 파공음과 함께 진우청의 거구가 둥실 허공으로 떠올랐다.

허공에서 한 번 뒤튼 진우청의 신형이 폭포수처럼 거꾸로 떨어져 내렸다.

북제성의 그 어떤 초식과도 닮지 않은 동작이었다.

파파파팡—

악가화는 쌍장을 어지럽게 교차시키며 진우청이 뿌리는 용곤과 호곤을 때렸다.

턱—

악가화의 손바닥을 때리던 호곤이 슬쩍 바닥을 찍었다.

거꾸로 떨어져 내리던 진우청의 신형이 둥실 솟아오르며 풍차처럼 회전했다.

급전직하로 떨어져 내리다 살짝 바닥을 찍은 몽둥이 끝에서 얻은 것이라고는 도저히 믿을 수 없는 회전력이었다. 그 모습은 무게를 지닌 인간의 육체가 아니라 깃털이 움직이는 것 같았다.

퍼퍼퍽—

손인지 발인지도 모를 공격에 가격당한 악가화의 상체에서 파육음이 터져 나왔다.

"크윽!"

악가화는 마침내 비명을 터뜨렸다. 비명을 지르면서도 악가화는 불신의 눈을 부릅떴다.

자신이 알고 있는 북제성의 무공은 물론, 중원의 어느 무공과도 궤를 달리하는 움직임은 오로지 북제성의 무공을 깨뜨리기 위한 자신의 무공에는 천적과도 같았다.

속수무책이란 말의 의미를 지금 이 순간 처절하게 절감했다. 악가화는 사력을 다해 쌍장을 뻗었다.

퍼억―

순식간에 하나로 합쳐진 채 물결을 거스르듯 악가화의 쌍장을 거스른 쇠몽둥이가 허리를 가격했다.

숨이 턱 막히는 기분과 함께 악가화는 비무대 아래로 떨어졌다.

"북제성의 진 공자, 승!"

석조경이 멍한 표정으로 진우청의 승리를 선언했다.

어떤 초식이든 제압할 수 있고, 어떤 초식도 통하지 않을 것 같은 기묘한 움직임! 그리고 완벽한 신체 제어 능력!

북제성에 대한 두려움이 밀려온 것이다.

당분간은 깨어나지 못할 정도로 깊은 무의식 세계에 빠진 악가화를 한 번 쳐다본 진우청은 훌쩍 몸을 날렸다.

진우청이 비무대 위로 올라섰을 때와 마찬가지로 관중석에는 정적이 감돌았다.

남패천에서 눈썹 없는 노인과의 대결!

또 그곳의 여덟 장로와 기거하며 한 단계 더 성숙한 중원 무공의 허실을 보는 눈!

흑궁의 귀면랑과 술법을 쓰는 율금적을 상대하며 트여진 상단전!

그 모든 것이 한꺼번에 표출되는 짧은 순간, 관중들로서는 하늘 밖의 하늘을 구경한 셈이었다.

여인들은 깎아 만든 듯한 악가화를 더 이상 볼 수 없다는 사실에 한숨을 토했지만 패자에 대한 관심은 끊어야만 했다.

다음으로는 소림의 청허와 무당의 도기상이 대결을 벌였다.

두 사람의 대결에서 비로소 구파일방의 무서움이 드러났다.

용호상박의 대결!

두 사람의 대결을 보면서 구파일방이 왜 북제성과의 대결도 마다않고 비무대회를 통해서 맹주를 정하려 했는지 이해할 수 있었다. 그들의 대결은 한 치의 양보도 없이 치열해 북제성의 제자와 겨루어도 승패를 논할 수 없을 것 같다는 느낌이 들었다.

철권신승이란 별호답게 소림의 청허가 뿌리는 권장을 보다 보면 인간은 맨손으로 싸워야지 도검을 휘두르는 것은 오히려 불리하다는 인식이 들게 해주었다.

그런 두 사람의 대결은 종이 한 장만큼의 차이에서 결판이 났다.

서로의 가슴과 천돌혈에 주먹과 검첨을 들이댔지만 소림의 청허가 그야말로 종이 한 장 차이만큼 빨랐다.

그 다음으로는 화산의 척윤하가 제갈세가의 아들을 눌렀다.

열여섯 명의 후기지수가 벌인 비무대회는 결국 소림, 북제성, 개방, 화산의 대결로 압축되었다.

"몇 명이오?"

관중들 사이에서 잠시 사라졌다가 다시 모습을 드러낸 유화성은 비무대 위로 시선을 고정시킨 채 일조 조장 서한적에게 전음을 날렸다.

"지금까지 세 명으로 추정됩니다."

서한적 역시 비무대 위에만 온 신경을 집중한 모습으로 전음을 날렸다.

"아이들에게 종이를 마지막으로 한 번 더 풀게 하시오."

유화성이 지시했다.

"이미 파악된 사람은 어떻게 할까요, 접근할까요?"

고개를 끄덕인 서한적이 재차 전음을 날렸다.

"그들은 보통의 고수들이 아니오. 또한 평범한 술수만 준비하고 이곳에 오지는 않았을 것이오. 그걸 모두 파악할 때까지는 절대 경거망동하지 마시오. 지금 상태를 유지하고 기다렸다가 내 신호와 함께 접근하시오."

"알겠습니다."

지시를 받은 서한적은 동료들에게 은밀히 수신호를 한 후 계속 비무대 위만을 주시했다.

비무대 위에서는 진우청이, 그리고 관중석에서는 무적대주와 그 대원들이 바쁘게 움직이고 있었지만 마음을 놓을 수가 없었다.

척백대나 흑궁, 한 곳이라면 또 모르지만 그 두 곳이 합쳤다는 것은 몇 배로 위험했다.

그때 남궁세가 쪽 사람들이 자리한 곳에서 소란이 일었다.

심신동으로 변장한 역현강의 폐혈수법이 서서히 발작을 일으키고 있는 모양이었다.

"망할!"

곽자서의 표정이 일그러졌다.

예상보다 빠른 발작이었다.

이렇게 되면 더 빨리 남궁석천은 혈맥이 터져 죽을 것이고, 마지막 순간에 견정혈을 한 치 비켜 찔린 종남의 배원 역시 발작을 일으키다 피를 토하며 죽을 것이다.

"차라리 남궁가와 종남파에 사실을 알려주는 게 낫지 않을까요?"

경설형이 사부 곽자서를 향해 말했다.

"조금만 더 기다려라. 그렇게 하다간 오히려 놈들의 수작에 휘말릴 수 있다. 곧 사형의 연락이 올 것이다."

곽자서는 초조한 눈빛으로 대사형 관일엽을 찾았지만 유화성과 전음을 나눈 직후 사라진 그는 어디 있는지 보이지 않았다.

네 명의 후기지수가 가려지고 잠시 휴식을 취한 다음 석조경이 도자기 속에 손을 넣었다.

후보는 네 명이 남았지만 이번 한 번 뽑는 것으로 끝이었다.

이번에 뽑힌 사람이 자신의 상대로 한 사람을 선택하면 나머지 두 사람은 자동적으로 서로의 상대가 된다.

쪽지에는 화산파의 이름이 적혀 있었다.

화산의 제자 척윤화는 비무대 위로 날아올랐다.

유일하게 그만이 나머지 세 사람 중 한 사람을 선택할 수 있는 행운을 잡았다.

척윤하는 잠시 망설이는 표정을 짓다가 결심한 듯 고개를 들었다.

사실은 망설이고 말고 할 것도 없었다. 석조경으로부터 자신의 문파

명이 적힌 쪽지가 뽑혀지는 순간부터 마음은 정해져 있었다. 소림이나 북제성보다는 개방이 나았다.

개방을 이기고 결승에 올라 이번 비무대회 최후의 승자가 된다면, 그건 평생의 영광이다.

설사 그렇게 되지 못하고 결승에서 패한다 하더라도 무림맹 창단식의 결승에서는 화산과 어느 문파가 자웅을 겨뤘다는 차선의 명예를 얻을 수 있었다.

개방을 비무 상대로 지목하려던 척윤하는 귓가에 들려오는 전음에 신형을 굳혔다.

"사제! 자네 상대로 소림을 지목하게."

유화성의 목소리였다.

척윤하는 순간적으로 많이 당황했지만 내색하지 않고 천천히 시선을 돌렸다.

그러나 유화성의 모습은 어디에도 보이지 않았다.

그때 한 사내가 슬쩍 손을 들어올렸다.

척윤하는 그 사내에게 시선을 고정시켰다.

'변장……?'

척윤하는 눈을 가늘게 떴다.

수염을 잔뜩 붙이고, 유생처럼 차려입은 사내는 뜻밖에도 유화성이었다.

며칠 전 보았던 모습과는 전혀 다른 모습이라 처음에는 알아보지 못했다.

그것은 의도적으로 정체를 숨기고 있는 모습이었다.

척윤하는 유화성과 시선을 마주쳐 갔다.

비록 모습은 다르게 변했지만 차분한 표정과 깊은 눈빛은 전혀 달라지지 않았다.

왜 저 사내가 변장을 하고 전음을 보냈는지 짙은 궁금증이 밀려왔다.

그때 귓전에 유화성의 전음이 다시 울렸다.

"이유는 묻지 말고 소림을 선택해 주게. 자네에게 하는 처음이자 마지막 부탁이네."

척윤하의 눈빛이 흔들렸다.

자주 보지는 못했지만 어린 시절부터 익히 알고 있는 유화성이었다.

무인보다는 서생에 더 가까운 느낌을 주는 사람이었지만 외유내강형 인간의 대명사라 할 수 있었다.

보통의 경우라면 절대로 남에게 무언가를 부탁하는 사람이 아니었다.

잠시 유화성을 쳐다보던 척윤하는 고개를 돌리고 석조경을 바라보았다.

"소림의 무공을 견식하고 싶습니다."

척윤하의 선택에 낙화신검 조병무가 벌떡 고개를 들었고, 문영옥도 놀란 눈을 했다.

그들 역시 척윤하의 상대로 개방을 지목했고, 척윤하 역시 그렇게 결정하고 비무대 위로 올랐기 때문이다.

"고맙네!"

다시 한마디 전음을 날린 유화성은 군중들 속으로 사라졌다.

비무대 위로 오른 척윤하와 소림의 청허는 짧은 인사를 나눈 후 대결을 펼쳤다.

두 사람의 몸에서는 가공할 절학들이 쏟아져 나왔다. 무림이 천하사패의 구도로 흘러가며 울분 속에 갈고닦은 무공은 모든 사람들의 짐작보다 한참 더 높은 성취를 보이고 있었다.

서로 힘을 합치기 어려운 상황이었던지라 구파일방은 천하사패의 위세에 눌려 있었을 뿐이다. 이젠 그 누구도 무림맹을 천하사패의 아래에 둘 수 없을 것 같았다. 북제성까지 가세한 무림맹은 동방회와 서왕문, 남패천의 어느 두 곳이 힘을 합친다 해도 대적할 수 없을 정도였다.

아직 다 끝나지 않았지만 이번 비무대회를 통하여 정파무림은 온 세상에 그들의 저력을 여실히 보여주고 있었다.

파앙!

챙!

환상적인 비무가 끝이 나지 않을 듯 펼쳐지던 어느 순간, 화산의 척윤하가 검을 내렸다.

매화검으로 다 자르지 못한 소림 청허의 장력이 가슴을 두드렸다. 마지막 순간 공력을 거두지 않았다면 치명상을 입을 장력이었다.

"좋은 시합이었소!"

척윤하가 검을 검갑에 넣으며 포권을 쥐었다.

"양보해 주셔서 고맙소. 아미타불!"

청허도 합장을 하며 불호를 외웠다.

석조경이 청허의 승리를 외치자 장내는 터져 나갈 듯한 함성과 함께 걷잡을 수 없이 흥분이 고조되었다.

"저, 저게 뭔가?"

그칠 줄 모르는 함성들이 어느 순간 의구심 가득한 목소리로 변해갔
다.

오층으로 된 무림맹 총단의 지붕 꼭대기에서 범선의 돛폭만한 비단
천이 두루마리처럼 펼쳐져 땅바닥까지 닿아 있었다.

모두들 비무대 위에 온 신경을 곤두세우느라 언제 그 비단 천이 펼
쳐졌는지 어리둥절한 표정이었다.

잠시 후 모든 시선은 그 비단 천에 쓰인 글귀에 고정되었다.

영세광명무림맹천하(永世光明武林盟天下).

하얀 비단 천에는 그 아홉 글자가 웅혼한 필체로 적혀 있었고, 그 글
자 주변으로는 기호 같기도 하고 그림 같기도 한 문양이 가득 그려져
가운데 글귀를 돋보이게 하고 있었다.

이젠 무림의 패자가 정파무림맹임을 누구나 인식하는 순간에 이루
어진 너무나 적절한 글귀였다.

"와아!"

"와―"

우레와 같은 함성들이 끊임없이 울리며 사람들의 눈은 위풍당당한
무림맹 총단 건물과 그 건물 꼭대기에서 땅바닥까지 펼쳐진 거대한 비
단 천에 고정되어 있었다.

"다음 비무를 시작하겠소!"

석조경이 흐뭇한 미소와 함께 주위를 일깨웠다.

관중들의 시선이 비단 천에서 비무대로 옮겨지자 또 다른 준결승 비
무자가 비무대 위로 올라섰다.

이번에는 도자기에서 순서를 뽑을 필요도 없이 북제성과 개방의 대결이었다.

비무대 위로 오른 역현강의 눈빛이 미미하게 흔들리고 있었다.

진우청은 그 모습을 놓치지 않았다.

시작 신호가 내려진 후 진우청은 묵묵히 서서 심동신으로 분장한 역현강을 바라보았다.

아직은 정체를 밝힐 시간이 아닌지 역현강은 무심을 가장하며 정중하게 포권을 쥐었다.

“말로만 듣던 북제성과 이렇게 겨루게 되니 정말 영광이오.”

역현강은 목소리마저 그때 빈 병을 던지던 진짜 심동신과 똑같았다. 그러니 개방도들마저 속이고 여기까지 올라왔을 것이다.

“척백대와 꼭 그렇게 손을 잡아야 했소?”

진우청은 불쑥 말했다.

“무, 무슨?”

역현강의 눈빛이 번쩍 빛났다.

이윽고 그의 눈빛이 얼음처럼 차가워졌다.

“어떻게 알았느냐? 관일엽의 눈썰미로는 절대로 알아차리지 못할 텐데.”

역현강은 낮은 목소리로 물었다.

“운이 좋아 진짜를 며칠 전에 만났소.”

“아무리 그래도 날 알아내기란 쉽지가 않다. 그의 사부도 알아보지 못했다.”

역현강은 으르렁거리듯 내뱉었다.

“지금은 그게 중요한 게 아니오. 지금 이 순간에도 당신의 몸은 썩어 들어가고 있소."

진우청은 본당 건물에 걸린 비단 천을 흘깃 쳐다보며 말했다.

"개수작!"

역현강은 목소리를 높였다.

"왜 개수작이라 생각하시오?"

진우청이 질문했다.

"너 같으면 저 말을 믿겠느냐?"

역현강도 거대한 비단 천을 가득 메운 기호 같은 문양들을 쳐다보며 내뱉었다.

"성주님의 죽음은 내 눈으로 직접 보았소. 그 모습은 정말 처참했소. 관일엽 사형께서 북제성의 비문(秘文)으로 어디까지 저 비단 천에 언급해 놓았는지는 모르겠지만, 단 한 마디도 허언이 아닐 것이오."

"배신자들의 허무맹랑한 얘기를 믿어줄 만큼 한가하지 않다. 그리고 춤이니, 옥패니 하는 것이 그것을 고쳐 줄 것이란 말은 차라리 어이가 없구나. 후후후!"

역현강은 비단 천을 다시 한 번 쳐다보며 말했다.

진우청은 낮은 한숨을 내쉬었다.

어쩌면 자신이 이들의 입장이라도 마찬가지였을 것이다. 운기를 하고 무공이 높아질수록 복수심도 강해지고, 그것의 노예가 되는 사람들이기에 더욱 그럴지도 몰랐다.

진우청은 천천히 천룡신무의 승천세를 취했다. 이런 상대라면 용호곤을 들지 않은 천룡신무만이 대적 가능했다.

"직접 증명해 보이겠소."

말과 함께 진우청의 상체가 넘실 움직이며 역현강을 향해 쏘아졌다.

역현강은 입술을 비틀며 타구봉을 흔들었다.

휘익—

획—

초식으로는 며칠 전 만났던 심동신의 타구봉법과 전혀 다를 바 없었지만 타구봉에 실린 기운은 판이하게 달랐다.

극도의 증오심과 살기가 하나로 뭉친 패도적인 기운이 타구봉 끝에서 쉼 없이 뻗어 나왔다. 그러면서도 옆에서 지켜보는 사람들은 전혀 느끼지 못할 정도로 은밀한 수법!

역시 북제성, 아니, 백인대의 후예다웠다.

진우청은 한층 더 깊은 호흡을 끌어올렸다.

마주한 역현강은 오히려 귀면랑보다 더 막강한 상대였다.

휘리릭—

휘이잉—

천룡신무가 일으키는 기세가 점점 강해졌다.

그에 따라 역현강의 입에서 탁한 호흡이 느껴졌다. 내부가 썩어 들어가는 증상의 전조(前兆)였다.

'위험하지만……'

진우청은 더욱 강하게 천룡신무의 기세를 끌어올렸다.

어떤 말로서도 믿지 않을 상대이기에 위험을 무릅쓰더라도 직접 느끼게 해줄 수밖에 없었다.

파파파팡—

타구봉이 연속적으로 춤을 추었다. 그러나 천룡신무가 일으키는 기세를 뚫지는 못했다.

역현강은 타구봉을 던졌다.

이젠 정체가 탄로 나는 한이 있어도 할 수 없었다. 자신의 병기가 아닌 타구봉과 타구십팔초로는 불가능했다.

어느새 역현강의 손에 거무튀튀한 판관필이 들려 있었다. 그것으로 그는 본격적으로 복마폐혈수법을 펼칠 생각이었다.

파아앗—

한 자루 판관필이 섬전처럼 진우청의 상체로 찔러들었다.

진우청은 손바닥을 활짝 펼치며 판관필을 잡아갔다.

파앙—

판관필과 손바닥이 마주치려는 순간, 진우청은 손목을 틀어 강하게 판관필을 두드렸다.

역현강은 온 팔뚝을 타고 오르는 이질적인 기운에 미간을 찌푸렸다.

"크윽!"

뒤이어 심장까지 울렁거리게 하는 기운에 역현강은 비명을 토했다.

최근 들어 운기를 하다가 어느 한순간 주화입마와 흡사한 증상을 느꼈다. 그러나 그 뒤로는 그런 증상이 나타나지 않아 심각하게 자각하지 못했던 그 느낌이 팔뚝을 타고 심장까지 전해진 이상한 기운과 함께 급격히 발작하기 시작했다.

"퉤—"

선혈을 한 모금 내뱉은 역현강은 찢어 죽일 듯한 시선으로 진우청을 쳐다보았다.

"무슨 수작을 부린 것이냐?"

역현강은 진탕된 기혈을 다스리며 말했다.

"사형의 내부에 잠재된 기운을 격발시킨 것뿐이오. 내 기운은 사형의 기운에 상극(相剋)이 될 수도 있고, 상화(相和)가 될 수도 있소. 그건 사형 하기에 달린 것이오."

"사형? 내가 왜 네놈 사형이야? 그리고 그런 개소린 믿지 않는다."

역현강은 미친 듯이 판관필을 휘둘렀다.

진우청은 좀 더 강하게 호흡을 끌어올리며 이번에는 역현강의 팔뚝을 슬쩍 쓰다듬었다.

"크윽— 큭!"

역현강은 좀 전보다 훨씬 심하게 내부가 진탕하는 것을 느끼며 비명에 가까운 신음을 토했다.

울컥! 하고 목을 타고 넘는 선혈을 억지로 누른 역현강의 눈에 처음으로 공포의 빛이 어렸다.

급격히 발작하고 있는 기운!

진우청의 말대로 그건 결코 외부의 충격 때문이 아니었다. 내부에 잠재된 파멸의 기운이었다. 두 번의 격돌로 확연히 알 수 있었다.

"이, 이게……?"

역현강은 시선을 가리는 한 가닥 이물질에 두 눈을 크게 떴다.

머리카락이 한 움큼이나 빠져 바닥으로 흩날렸다.

"몸 밖으로 나타나는 그 첫 증상은 눈썹이 빠지는 것이오. 그 다음으로는 미리가락이지요. 파멸의 기운을 구성으로 운기하는 흑궁의 인물들을 훨씬 증상이 빠르게 나타난다고 알고 있소."

진우청은 역현강의 눈썹을 유심히 쳐다보았다.

남패천에서 만난 눈썹 없는 노인만큼은 아니었지만 역현강의 눈썹도 많이 빠져 있었다.

진우청의 말에 역현강의 시선이 자신도 모르게 비단 천 위로 옮겨졌다.

‘영세광명무림맹천하’란 글귀 옆으로 빼곡히 쓰인 백인대의 비문에
는 그 사실은 언급되어 있지 않았다. 하지만 남패천에 숨어들어 있다
가 유명을 달리한 공손 사백은 말년에 눈썹이 한 올도 남아 있지 않고
모두 빠져 버렸다. 또한 최근에 주화입마에 빠져 육신이 썩어버린 사
형 하나도 처음에는 눈썹부터 빠졌다.

자신 역시 최근에는 운기가 제대로 안 되며 눈썹이 빠지고 있다.

만약 비단 천에 적힌 비문의 내용이 맞다면…….

소름 끼치는 일이다.

아니, 청천벽력 같은 일이다.

역현강의 뇌리 속이 하얗게 비어갔다.

복수든 권력이든 살아 있어야 가능한 것이다.

썩어가는 육신에겐 그 어떤 것도 무의미하다.

“흐흡―”

역현강은 진탕되는 내부를 진전시키기 위해 내력을 끌어올렸다. 그
러자 봇물이 터지듯 기혈이 역류했다.

“사형은 물론, 모든 북제성 사람들이 앞으로 겪게 될 증상이오.”

진우청은 냉정한 눈으로 역현강을 보며 말했다.

“크으윽…….”

역현강이 기를 쓰며 손을 내저었다. 기혈의 역류와 함께 죽음의 공
포보다 더한 고통이 엄습했다.

“성주님께선 그런 고통을 후세들에게는 넘겨주지 않기 위해 복수를
포기한 것이오.”

진우청은 여전히 냉정한 음성으로 말했다.

"대체 무슨 일인가?"

뭔가 이상한 조짐을 느낀 석조경이 비무대 위로 올라와 소리를 질렀다.

"아직 대결이 끝나지 않았소."

진우청은 시선을 역현강에게 고정시킨 채 짤막하게 답했다.

"이게 무슨……."

진우청이 다시 대결 자세를 잡자 말을 멈춘 석조경은 어정쩡한 모습으로 비무대 아래로 내려갔다.

"사, 살려……."

지독한 고통에 충혈된 눈을 한 역현강이 진우청에게 손을 내밀었다.

진우청이 역현강의 맥문을 잡았다.

굵은 호흡 한줄기가 역현강의 맥문을 통해 단전으로 흘러들었다.

죽음을 의식할 정도로 지독하던 고통이 서서히 가라앉았다.

이번에는 판관필을 두드려 고통을 격발시키던 것과는 정반대의 기운이었다.

"쿨럭!"

겨우 기혈을 안정시킨 역현강이 땀범벅이 된 얼굴로 진우청을 쳐다보았다.

그의 눈에는 아직도 지독한 고통의 흔적이 남아 있었다.

"너는 누구냐? 네 무공은 북제성의 것이 아니다."

역현강이 물었다.

"사부님의 함자는 현 자 덕 자이십니다."

진우청의 대답을 들은 역현강의 눈빛이 서서히 흔들렸다.

처음에는 얼른 기억이 나지 않았지만 머릿속에 어렴풋이 떠오르는 얘기가 있었다.

"네 사부가 최초의 배신자인 줄 알았는데……."

"제 사부님께서는 이런 일을 제일 먼저 예견하시고 그 해결책을 찾은 분이십니다. 좀 더 일찍 사부님의 말씀을 귀담아들었더라면 지금쯤 북제성은 더 나은 운명을 맞이했을 겁니다."

진우청은 더 이상 설명을 이어가지 않고 입을 다물었다.

충분히 설명했고, 몸소 느끼게 해주었으니 자신으로서는 최선을 다한 것이다.

짧은 순간 정적이 흘렀다.

마침내 역현강이 입술을 움직였다.

"방금 내가 겪은 고통을… 내 제자에게는… 물려주고 싶지 않다."

"사형의 의지에 달렸습니다."

"정말 자네가 우리 운명을 바꿀 수 있는 것이냐?"

"제 사부님께서 그렇게 안배해 놓은 걸로 압니다."

진우청은 한 번 더 역현강의 맥문에 호흡을 불어넣었다.

굵고 웅혼한 호흡 한줄기가 남아 있던 고통의 찌꺼기마저 날려 보냈다.

"다들 믿지 않을 것이야."

역현강이 비무대 아래를 보며 말했다.

그곳에는 은밀히 다가온 자신의 제자와 사질들이 온통 의혹 어린 눈으로 자신을 쳐다보고 있었다.

그들 역시 비단 천에 적혀 있는 북제성의 비문을 읽고 혼란에 빠진 것이다. 그래서 정해진 대로 움직이지 못하고 비무대 근처로 몰려와 자신의 지시를 기다리고 있었다.

“이곳에 있는 사람들이 믿으면 다른 흑궁의 사람들도 믿게 될 겁니다. 우선 내려가서 개방과 남궁가, 종남파의 일을 처리하고 관일엽 사형을 만나주십시오. 우린 척백대의 음모를 깨뜨려야 합니다.”

진우청의 말에 역현강은 한동안 우두커니 서 있었다.

영문을 모른 관중석에서는 웅성거리는 소리들이 강해졌다. 싸움을 멈춘 후 이것도 저것도 아닌, 이상한 두 사람의 행동은 도저히 이해할 수 없는 것이다.

잠시 후 역현강은 패배를 선언하고 비무대 아래로 내려갔다.

얼떨떨한 표정의 석조경이 일단 진우청의 승리를 선언했다.

뒤이어 관중석에서도 얼떨떨한 함성들이 터져 나왔다.

“이젠 서서히 움직이시오. 하지만 절대로 눈치 채게 해서는 안 되오!”

관중 속을 파고든 유화성은 일조 조장 서한적과 이조 조장 칠지검 임전성에게 은밀하게 전음을 보냈다.

보일 듯 말 듯 고개를 끄덕인 두 사람은 다시 다른 조장들에게 전음을 보낸 후 천천히 신형을 움직였다.

그 순간, 북제성의 자리로 돌아와 앉은 관일엽도 은밀한 눈빛과 함께 전음을 날렸다.

그 전음술은 아무런 표시도 나지 않아 바로 옆에서 지켜보고 있어도 알아챌 수 없을 정도였다.

잠시 후 관중석에서 초하이가 관일엽의 전음만큼 은밀히 움직였다.

第七十章

신성(新星)

“**뭔**가 틀어졌다.”

다시 적이 될 때까지는 협조하기로 한 흑궁의 인물이 이상한 비무와 함께 내려가고, 그에게서 뭔가를 전해 듣고 몇 가지 동작을 반복해서 따라하던 인물 두 명이 급히 남궁가와 종남파가 있는 곳으로 달려가는 것을 본 해중곽(解仲廓)은 신음처럼 중얼거렸다.

처음의 계획대로였다면 흑궁과 천궁의 비무대회가 끝나기 전에 일이 터졌어야 했다.

그런데 아무리 기다려도 일은 터지지 않고 이상한 비무는 끝이 났다.

어차피 끝까지 믿을 놈들은 아니었다.

북제성, 아니, 천궁의 무림맹 가입으로 척백대와 흑궁은 우습지도 않게 잠시 손을 잡았다.

하지만 그건 서로에게 겨눈 화살 끝을 잠시 옆으로 돌린 것일 뿐 당긴 활시위마저 놓은 것은 결코 아니었다.

서로의 목적을 이룬 후 척백대와 북제성은 다시 필생의 적으로 싸우게 될 것이었다.

그런데 뭔가 이상하게 돌아가고 있었다.

처음부터 비정상적인 야합이었기에 이것이 정상인지 모른다.

그런 느낌과 함께 또 다른 비정상적인 기운이 감지되었다.

뭔가 갑갑한 느낌!

해중곽은 급히 고개를 돌렸다.

멀찌감치 울타리처럼 서 있는 범상치 않은 사내들의 기도가 느껴졌다.

'이놈들이 언제……?'

해중곽은 머리를 몽둥이로 맞은 듯한 기분이 들었다.

척백대 부대주의 용모가 그려진 이상한 종이가 나돌고 나서부터 온 신경을 곤두세우고 있었다. 그러다 총단 건물 꼭대기서부터 비단 천이 펼쳐지고 이상하게 전개되는 비무 시합!

그 때문에 잠시 방심한 틈에 주변의 기운이 바뀌었다.

'보통 놈들이 아니다.'

해중곽은 손목을 비틀었다.

애병인 유성추(流星錘)가 손에 잡혔다.

"그걸 뿌린다면 한꺼번에 몇 명쯤 죽일 수 있겠소?"

전혀 무인 같지 않은 청년이 옆에서 속삭이듯 말했다.

해중곽은 움직임을 멈춘 채 고개만 돌려 청년을 쳐다보았다.

깊이를 알 수 없는 눈빛에 호흡을 읽기 힘든 기도!

‘북제성의 인물이다.’

순간적으로 해중곽은 유성추를 쥔 손에 힘을 주었다. 그러자 열 명 가량의 인원들이 울타리를 둘러싸듯 조여들었다.

“웬 놈이냐?”

해중곽은 낮은 음성으로 물었다.

다시 보니 이들은 북제성 놈들이 아니란 생각이 들었다.

북제성은 이런 식으로 움직이지 않는다.

“소생은 남패천 무적대 대주 유화성이라 하오.”

“남패천의 무적대……?”

해중곽은 일순 혼란을 느꼈다. 그리고 순간적으로 미간이 일그러졌다.

처음에는 남패천의 무적대가 왜 자신을 포위하나 싶었지만 무적대는 최근 북제성의 개가 되었다 알고 있다.

그렇다면 결국 북제성이란 말이었다.

“그런데 나에게 무슨 볼일이 있느냐?”

해중곽은 태연을 가장하며 물었다.

“이곳은 황실의 척백대가 올 곳이 아닌 줄로 알고 있소.”

유화성의 대답에 해중곽은 움찔 놀라 유성추를 쥔 손을 무의식적으로 앞으로 내밀었다. 그러자 유화성의 도포 속에서도 검병이 솟아올랐다.

“하룻강아지 같은 놈이…….”

비록 은밀한 포위망 속에 갇히긴 했지만 지상 최강의 무인인 백인대와 사투를 벌이며 살아온 척백대였다.

그의 몸에서 칼날 같은 살기가 뭉클뭉클 피어올랐다.

그러나 해중곽은 잠시 후 살기를 가라앉혔다.

이만큼 살기를 피워 올렸으면 반응이 있어야 하는데 이놈들은 시체처럼 냉담하기만 했다.

결코 만만치 않은 놈들이란 말이었다.

이놈들은 우두머리의 명령이 있으면 목이 달아나는 한이 있더라도 저돌적으로 달려들 것이다.

몇 놈은 벨 수 있겠지만 한꺼번에 모두 처지하기엔 역부족이었다.

해중곽은 생각을 바꾸었다.

당장 손을 쓰고 싶었지만 단번에 열 명가량은 무리다. 더구나 이놈은 자신의 정체를 정확히 알고 있었다. 소란을 피우다가 황실의 척백대가 무림의 일에 관여한 것이 알려지면 골치가 아파진다.

'그런데 이놈들이 어떻게?'

해중곽은 혼란을 느꼈다.

야합을 한 흑궁의 인물들도 자신은 모른다. 서로의 역할만 숙지하고 있을 뿐이다. 그러니 그들의 배신으로 자신의 정체가 탄로난 것도 아니다.

'그렇다면 대체 어떻게?'

해중곽의 눈이 의혹으로 물을 들었다.

"망할……!"

해중곽은 자신과 비슷한 처지로 포위당한 부하들 쪽을 바라보며 신음처럼 중얼거렸다.

수풀을 쳐서 뱀을 놀라게 하는 타초경사(打草驚蛇)의 병법에 걸린 것이다.

비무가 시작되면서부터 꼬마 녀석들이 재미있게 관전하라며 나눠준 이상한 종이들!

처음에는 그냥 진행 순서나 뭐 그런 것들을 적어놓은 것인 줄 알았다.

실제로도 그런 것이 적혀 있었다. 진행 순서와 출전 인물들의 간략한 소개 등등.

그런데 무심코 뒤쪽을 보다가 흠칫 놀라고 말았다. 그곳에는 척백대 부대주의 얼굴이 그려져 있었다. 그냥 닮은 사람이라고도 생각했지만 수염 없는 얼굴에 한쪽 팔이 없는 헐렁한 소매까지 그려져 있는 모습을 보는 순간 뭔가 위기감을 느꼈다.

부하들 역시 그런 모양이었다. 아니, 놈들은 훨씬 더했다. 은밀히 움직이며 가까이 와서 신호를 보내기까지 했다.

잡아먹을 듯한 눈빛으로 경거망동하지 말 것을 지시하자 본래의 위치로 돌아갔지만 이놈들은 그걸 놓치지 않은 것이다.

"네놈 작품인가?"

해중곽은 부대주의 용모가 그려진 종이를 유화성 쪽으로 내밀며 말했다.

"때로는 유치한 장난이 훨씬 효과적일 때가 있지요."

유화성은 담담하게 답했다.

"뭔지는 모르겠지만 저 비단 천으로 흑궁을 우리와 이간질시킨 것도 네놈 짓이겠군."

해중곽은 비단 천을 바라보며 질겅질겅 씹듯이 말했다.

"하나만 생각하면 그 다음부터는 응용이니 훨씬 쉽더군요."

'장차 큰 화근이 될 놈이로다.'

해중곽의 눈빛이 번쩍 빛났다. 이런 놈이 북제성의 놈들과 계속 같이 있으면 척백대의 일이 훨씬 어려워진다.

해중곽의 손이 미미하게 움직였다.

"그렇게 해서는 득 될 게 없을 거요. 아무리 척백대가 절정의 고수라 하지만 남패천의 무적대 열 명을 단번에 벨 수는 없을 테니 자연 소란이 일겠지요. 그럼 북제성을 위시한 무림맹이 개입하게 되고, 당신들은 결국 붙잡히게 될 것이오. 그 다음은 불을 보듯 뻔하지요. 예전과 달리 그 위세가 하늘을 찌를 듯한 무림맹의 힘을 의식한 황실은 충돌을 원치 않을 테니 척백대주는 당신들의 존재를 전면 부인하게 될 거요. 결국 당신들은 개인적으로 무림맹에 원한을 가지고 침투한 마도인으로 전락하여 지독한 고문을 받은 후에 무림맹의 손에 참수되겠지요."

유화성의 설명에 유성추를 잡은 해중곽의 손이 미미하게 흔들렸다.

허튼소리라 치부하고 싶지만 단 한곳도 반박을 할 틈이 없었다.

싸움이 벌어지면 주변을 둘러싼 무적대 이놈들만으로도 버거울 것이다. 결국 무림맹의 손에 잡히고 대주와 부대주는 자신들을 헌신짝 버리듯 버릴 것이다. 자신들이 아니더라도 보충할 대원들은 충분히 많았다. 그게 황실 척백대의 운영 방침이었다.

해중곽은 유성추를 놓았다. 다른 패를 끄집어낼 생각이었다.

유성추가 미세한 소음과 함께 소매 속으로 빨려들었다.

"아주 영리한 놈이구나."

해중곽이 냉랭한 음성으로 말했다.

"좋아! 패배를 깨끗이 인정하지. 그리고 네놈 말을 받아들이겠다. 부하들을 모두 데리고 철수하겠다."

해중곽은 마침내 꼬리를 말았다. 그리고 손을 들어올려 부하들을 물리려 했다.

턱—

유화성의 도포자락 안에서 다시 검병이 튀어나오며 해중곽의 움직임을 막았다.

"여기까지 그냥 구경만 하러 온 것은 아닐 것이라 생각하오. 뭔가 다른 것 하나쯤 더 내놓을 것이 있을 것 같은데… 내 짐작이 틀린 것이오?"

유화성은 관중석의 어느 한곳을 쳐다보며 말했다.

그쪽은 부하들이 부대주의 초상(肖像)을 본 후 자신 다음으로 신경을 쓴 곳이다.

"무슨 말이냐?"

해중곽이 목소리를 높였다. 목소리 끝이 미세하게 떨리고 있었다.

"저곳에서 단 한순간도 떠나질 않고 못 박힌 듯 서 있는 당신 부하를 부르시오. 그리고 그곳에 무슨 수작을 부렸는지 밝힌다면 곱게 보내… 아니, 우리가 정문까지 배웅해 드리겠소."

"정말 허무맹랑한 놈이군. 저놈이 나와 무슨 상관이냐?"

"눈빛은 거짓말을 못하는 법이오. 인정해 주셔서 정말 고맙소."

유화성은 해중곽의 눈을 뚫어지게 응시하며 말했다.

해중곽의 눈에서 번쩍 살광이 뿜어졌다. 이젠 이판사판으로 부딪칠 심산이었다.

"네놈들이 아무리 대단하다고 해도 내가 저기 있는 부하에게 명령을 내리기 전에 날 제압할 수는 없을 텐데?"

해중곽은 냉소와 함께 말했다.

"충분히 가능하오."

유화성의 뒤에서 굵은 음성과 함께 시커먼 몽둥이 하나가 빛살처럼 튀어나왔다.

교묘한 각도와 소름 끼치도록 빠른 속도!

뻔히 보면서도 어떻게 손을 써볼 수 없는 움직임이었다.

'북제… 성!'

해중곽은 쥐어짜듯 말했지만 그 소리는 입 밖으로 새어 나오지 못했다.

해중곽이 무너지는 그 순간, 초하이의 검이 도화선의 끝을 잡고 있는 사내의 손목을 향해 소리없이 날아들었다.

"어?"

사내는 뭔가 허전함을 느끼며 고개를 숙였다.

해중곽의 명령만 기다리며 이곳에 들어선 후부터 지금까지 단 한순간도 놓지 않고 손에 땀을 쥔 채 쥐고 있던 도화선이 싹둑 잘려 있었다.

"이, 이게?"

그 순간 사내의 목에 싸늘한 금속의 촉감이 전해졌다.

"조용히 하면… 살려준다."

초하이는 사내의 어깨에 오랜 친구처럼 팔을 두르고는 미소를 지었다. 순식간에 도화선을 자른 검은 등 뒤의 검갑 속으로 들어갔지만 얼음보다 더 차가운 냉기를 뿜는 소도 한 자루는 사내의 어깨를 두른 초하이의 손바닥 안에 숨어 혀를 날름거리고 있었다.

"술 한잔… 할까?"

뭔가 미심쩍은 기운에 고개를 돌렸던 관중 몇 사람은 우정을 나누는 두 사내의 아름다운 모습에 흐뭇한 미소를 보냈다.

해중곽이 쓰러지고 도화선을 잡고 있던 그의 부하마저 제압당하자 유화성은 다른 척백대 인물들도 포위하여 한곳으로 모은 후 쓰러진 해중곽을 인계하고는 상황을 설명했다.

상황을 파악한 그들은 이곳에서 혼란을 야기하려던 그들의 목적을 포기했다.

"현명한 판단이오. 그럼, 지금부터는 아무 일 없었다는 듯이 이곳을 빠져나가시오. 정문까지는 우리가 보필하겠소. 그리고 저쪽 석등 아래에 설치해 둔 폭약은 선물로 알고 감사히 받겠소. 개인적으로 필요한 곳이 많아서 말이오."

유화성은 관중석 뒤쪽의 석등을 쳐다보며 말했다.

척백대원들은 신음을 삼켰다.

"노파심에서 하는 얘기지만 정문을 벗어나면 최대한 빠른 속도로 도주하시오. 당신들과 순간적이나마 야합한 사실을 수치로 여긴 흑궁의 인물들이 천궁에 보상을 하기 위해 당신들을 재물로 잡아 받치고자 할지도 모르니까 말이오."

유화성은 쐐기를 박듯 말했다.

자신들이 앉은 자리 뒤쪽에서 대폭발이 일어날 수도 있었다는 사실을, 그리고 도화신이 모두 질리긴 했지만 아직도 폭약이 설치되어 있다는 사실을 전혀 알지 못하는 관중들의 함성 속에 비무대회의 결승전이 선언되었다.

"개방의 심 공자를 굴복시킨 진 시주의 동작은 정말 인상 깊었소. 소승에게도 부디 안계를 넓혀주시오."

철권신승 청허는 진우청을 향해 합장하며 정중하게 말했다.

진우청은 청허의 깊은 눈빛을 묵묵히 마주했다.

모두들 자신과 역현강의 대결을 가장 이상한 비무로 여기며 아직도 웅성거리고 있었다.

그런데 청허만큼은 정반대로 생각하고 있었다.

무림의 태산북두라 일컬어지는 소림!

청허의 눈빛을 마주한 진우청은 마음이 차분히 가라앉는 것을 느꼈다.

그것은 청허의 가라앉은 호흡에 동화된 때문이기도 했고, 청허의 온몸에서 풍겨오는 깊은 불심의 냄새를 맡은 때문이기도 했다.

"과찬이시오. 소생은 그냥 춤사위 한가닥밖에 못 익혔소. 소림에게는 그게 안 통할지도 모르겠소."

청허의 눈빛에서 털끝만 한 허욕(虛慾)도 발견하지 못한 진우청은 정중하게 답했다.

"방금… 춤이라 하시었소?"

청허가 설마 하는 표정으로 질문했다. 그의 눈이 활활 타오르고 있었다.

"그렇소. 사부께서는 그걸 천룡신무라 했지요."

진우청은 가볍게 고개를 끄덕였다.

청허의 눈이 더욱 세차게 타올랐다.

"그리 오래 되지는 않았소. 미친 듯이 권법을 수련하던 어느 순간, 빈승은 인간이 펼치는 가장 완성된 형태의 동작은 무공이 아니라 춤일 것 같다는 생각을 한 적이 있소. 찰나의 순간 스쳤던 생각이라 붙잡지 못했는데… 아미타불……."

청허는 잃어버렸던 소중한 물건을 되찾은 것 같은 표정과 함께 나직이 불호를 읊조였다.

"부디 그 춤을 견식하게 해주시오."

휘리릭—

동자배불의 자세를 취한 청허가 가볍게 몸을 움직였다.

기수식을 취하는 것 같은 가벼운 동작!

진우청은 청허의 그 동작에서 타오르는 갈망의 색조를 느꼈다.

무언가를 애타게 갈망하는 심정이 고스란히 녹아든 동작!

그 심정을 읽은 진우청은 낮은 호흡과 함께 승천무의 자세를 잡았다. 그리고 천천히 몸을 움직였다.

한 마리의 용이 승천을 준비하는 것 같은 움직임이 진우청의 춤사위로부터 표출되었다.

청허의 눈빛이 아까와는 또 다른 색채를 띠었다.

휘리릭—

청허는 다시 몸을 움직였다. 아까보다는 조금 더 빠르고 큰 움직임이었다.

화답이라도 하듯 진우청 역시 춤사위를 펼쳤다.

그 춤사위에 따라 청허의 움직임도 달라졌다.

춤사위가 점점 빨라지며 청허는 그동안 철벽에 막힌 듯 더 이상의 성취를 이루지 못하고 있던 소림의 절학들을 펼쳐 냈다.

콰앙—

비무대를 무너뜨릴 듯한 폭음과 함께 청허의 손바닥에서 장력이 쏟아졌다.

거석을 부러뜨릴 만한 힘이 실린 장력이 용권풍처럼 진우청의 전신을 휘감아갔다.

넘실.

진우청의 어깨가 흔들리며 구름을 휘젓듯 두 손이 따라 흔들렸다.

청허는 눈을 크게 떴다.

철권신승의 별호를 안겨주었던 자신의 대력금강장이 부드럽게 흩어지며 그 속에서 도저히 찾을 수 없었던 엉킨 실타래의 실마리 한가닥이 너무나 확연히 보였다. 그것은 수없이 펼치면서도 이제껏 찾아내지 못했던 파탄, 한곳이었다. 무의식적으로는 그것을 느끼고 있었지만 도저히 찾을 수 없었다. 그래서 더 이상의 성취를 이루지 못했다. 그것이 지금 이 순간 진우청의 손놀림과 함께 문득 눈에 들어온 것이다.

청허의 가슴이 격동으로 두 방망이질 쳤다.

청허는 다시 한 번 내력을 끌어올렸다. 그리고 조금 전에 느꼈던 순간의 깨달음을 초식 속에 담았다.

진우청은 자신도 모르게 입가에 미소를 피워 올렸다.

이건 정말 재미있다는 생각이 들었다.

수백 년의 전통이 고스란히 녹아 있는 정종무공!

남을 죽이고자 하는 피비린내 나는 초식이 아니었다.

예와 도가 있고, 언뜻언뜻 평생을 갈고닦은 선인의 깨달음이 내비치고 있었다.

아직 후기지수들이라 그 깨우침을 모두 자신의 것으로 만들지 못한 것이 아쉬움으로 남았지만, 짧은 순간 느껴졌던 그것만으로도 충분했다. 그것의 연장선을 붙잡고 한바탕 신명 나는 춤사위를 펼칠 수 있을 것 같았다.

진우청은 본격적으로 춤사위를 펼쳤다.

'어엇!'

청허는 내심 경호성을 터뜨렸다.

경호성이기는 하되 추호도 두려움이 섞이지 않았다.

너무나 놀랐으되 결코 위기를 느낀 놀람이 아니었다.

새로운 경지!

짧은 깨달음은 있었지만 자질이 일천해 더 나아가지 못했던 경지!

그 경지가 상대의 춤사위를 통해 훤히 펼쳐졌다.

내부가 격탕되었다.

평생토록 매진해도 두 번을 거푸 경험하기 힘든 순간!

그 순간들이 춤사위라는 건널 다리를 통해 무궁무진하게 펼쳐졌다.

청허는 진우청이 펼치는 춤사위에 화담하며 자신도 춤사위를 펼쳤다.

비무대 주변의 광경이 하나하나 사라져 갔다.

모든 것이 사라지고 자신마저 사라졌다.

아득한 춤사위만이 온 영혼 속에 가득했다.

몰아(沒我)의 순간!

무아(無我) 속에서 진아(眞我)를 찾는 꿈결 같은 순간!

끊어졌던 투로가 물처럼 부드럽게 이어지고 미친 듯이 발악을 해도 뚫리지 않던 두터운 벽들이 하나하나 무너져 나갔다. 그 벽을 훌쩍훌쩍 뛰어넘는 열락에 찬 자신의 모습을 멀리서 관조할 수조차 있었다.

더 이상 두 사람의 대결은 비무가 아니었다.

부부처럼 일심동체가 된 완벽한 어울림!

천상의 춤사위였다.

"우우―"

비무대 주변이 웅성거렸다.

고수든 하수든 모두들 느낄 수 있었다.

그 느낌의 깊이야 제각각이겠지만 모두 한 가지로 느끼고 있었다.

무(武)와 무(舞), 법(法)과 도(道)! 그것은 결코 다른 것이 아니었다.

만류귀원의 이치로, 태극의 이치로 귀일되고 있었다.

춤사위 속에서 뻗어 나오는 가없는 상화(相和), 상조(相助)의 기운이 충만한 상생(相生)을 이끌어내고 있었다.

어느 순간!

"우하하하!"

청허가 앙천대소를 터뜨렸다.

그 웃음소리 속에는 깨달음의 환희가 충만해 있었다.

그리고 그 웃음소리는 듣는 모든 사람의 가슴속에도 가득한 충만감을 전해주었다.

"평생 이런 순간을 맞이할 수 없을 줄 알았소."

웃음을 멈춘 후 비에 젖은 듯 온 얼굴이 젖은 청허가 포권을 쥐며 말했다.

얼굴에는 아직도 열락의 기운이 다 가시지 않고 있었지만 그 음성은 득도한 고승처럼 가라앉았다.

어디에도 초조한 승부욕 따윈 느껴지지 않았다.

"정말 고맙소."

청허가 물 흐르듯 담담히 등을 돌렸다.

"승부는……?"

석조경이 물었다.

"난 이미 나 자신을 이겼소. 더 이상은 무의미하오. 그걸 일깨워 준 진 공자는 내게 있어 영원한 승자이오."

청허는 비무대 바닥을 발끝으로 가볍게 찍었다.

그의 몸이 깃털처럼 포흘하게 군중들의 머리 위를 뛰어넘어 까마득히 사라져 갔다.

뒤늦게 석조경이 진우청의 승리를 선언했다.

완전히 승패가 갈리지 않은 채였지만 그 누구도 반박하지 않았다.

청허가 그렇게 비무대회장을 훌쩍 떠나자 석조경은 천천히 진우청에게로 다가왔다.

"정말 멋진 춤사위였네. 내 자질이 일천하여 소림 제자처럼 앙천광소를 터뜨릴 정도는 아니었지만 안계를 넓혔네."

만면 가득 미소를 지은 석조경은 진우청의 승리를 선언했다.

비무대회가 끝나고 북제성주가 모습을 드러냈다.

관중석이 떠나갈 듯한 함성이 일며 북제성주가 무림맹의 맹주로 선언되었다.

북제성주는 맹주의 자격을 부여받는 옥함(玉函)을 받았다.

옥함 속에는 구파일방과 오대세가의 가주가 친필로 충성을 서약한 첩지가 맹주의 신물인 청룡패와 함께 들어 있었다.

성주가 청룡패를 들어올리자 충성을 서약한 북제성을 포함한 열여섯 문파의 사람들이 모두 그 자리에서 부복하며 복종의 뜻을 나타냈다.

"영세상녕 무림맹 천하!"

관일엽이 공력을 끌어올리며 외치자 무림맹의 사람들이 한소리로 따라 외쳤다.

그 뒤를 따라 관중들이 목청껏 환호성을 지르며 무림맹의 창단을 온 세상에 공포했다.

뒤이어 수십 통의 술 단지와 보기만 해도 군침을 돌게 하는 산해진 미가 무림맹 총단 건물에서 쏟아져 나왔다.

점심때는 이미 한참 지났지만 흥미진진한 비무 구경에 배고픔도 잊고 있었던 관중들은 다시 떠나갈 듯한 함성과 함께 음식 주변으로 몰려들었다.

"수고가 많았네."

총단의 한 실내에서 성주는 진우청과 유화성에게 술을 따라주며 두 사람의 노고를 치하했다.

자칫했으면 관중석에서 대폭발이 일어나 무림맹 총단은 아비규환의 피바다가 될 수도 있었고, 복마폐혈수법에 의해 북제성의 무공이 마도의 무공으로 몰려 온 무림의 공적이 될 수도 있었다.

다시 생각해도 소름이 끼치는 일이었지만 두 사람에 의해 모든 것이 사전에 봉쇄되고, 이젠 북제성이 긴 어둠 속에서 세상 밖으로 나올 수 있는 초석을 마련했다.

"수고 많았습니다, 형님! 척백대 놈들이 그렇게 발작적으로 나올 줄은 몰랐습니다. 하마터면 몸뚱어리가 걸레쪽이 될 뻔했습니다."

진우청은 무적대원들이 옮겨다 놓은 화약 상자들을 오싹한 표정으로 쳐다보며 말했다.

"자네야말로 수고했네. 난 잔꾀와 세 치 혀만 놀렸지만 비무대 위에서 신룡 같은 구파일방의 후기지수들을 상대하고, 흑궁의 인물까지 제압한 건 자네 아닌가?"

유화성은 모든 공로를 진우청에게 돌리고 묵묵히 술잔을 비웠다.

"이제 사백께서는 무림맹 총단에 기거하셔야겠군요?"

진우청은 성주를 쳐다보며 물었다. 앞으로 어떤 행보가 있을지 궁금한 것이다.

"그래야겠지. 어쩌면 지금부터가 더 어려울지도 모를 일일세. 자고로 공성보다는 수성이 더 어려운 법이니까 말일세."

성주는 신중한 표정으로 말했다.

그 표정에는 무림맹주가 된 안도감보다는 더 많은 문제를 안은 절대자의 고독이 가득했다.

"그럼 전 이제부터……."

"오늘은 아무 생각 말고 술이나 들게. 절벽을 한꺼번에 기어오르려면 너무 힘들고 공포스러워 주저앉게 되네. 우선은 한 걸음만 생각하게. 그 다음은 그곳에서부터 또 한 걸음만 더 생각하고… 그러다 보면 어느새 꼭대기에 올라 있을 것이네."

성주의 말에 진우청은 고개를 끄덕였다.

무림맹주의 자리를 차지하고, 북제성이 밝은 세상에서 살아갈 터전은 겨우 마련했지만 할 일은 태산 같았다.

'우선은 한 걸음만! 그리고 오늘은 술과 음식만…….'

진우청은 성주의 당부대로 덮치듯 밀려오는 부담감을 날려 버리고 부지런히 음식을 입속으로 밀어 넣었다.

"성주님!"

등홍비의 목소리가 문밖에서 들렸다.

등홍비는 흑궁의 사람들인 역현강과 다른 세 젊은이와 함께 들어왔다.

역현강은 제압했던 심동신을 데려와 개방 사람들에게 인계하고 나서 이제야 온 것이다.

처음에는 소란이 일었지만 누군가의 음모가 있어 부득이 북제성에서 손을 썼다는 말과 함께 석등 아래에 설치된 화약의 일부를 보여주자 개방은 더 이상 문제 삼지 않았다. 이미 맹주는 정해졌고, 심동신이 출전했더라도 우승은 불가능했다는 걸 개방 스스로도 인식하고 있었다.

역용을 지운 역현강은 오십대 중반의 중년인으로 돌아와 있었다. 그리고 다른 세 젊은이는 경설형 정도의 나이였다.

같은 배의 자식들이면서도 원수지간보다 더 반목했던 사람들!

얼굴을 마주한 그들에게서 만감이 교차했다.

"오랜만이구먼!"

성주가 역현강을 보며 착잡한 미소를 지었다.

그의 눈썹은 자신보다 더 빠져 있었다.

무공이 강할수록, 내력을 극한으로 운기할수록 그 증상은 빨리 찾아왔다.

다행히 천궁의 사람들은 돌아가신 성주의 지시로 극한의 공력을 쏟아 붓는 행동은 철저히 금하고 운기조식마저 자제했다. 그땐 영문을 몰랐지만 그 덕택에 발작의 시기를 늦출 수 있었다. 그러나 흑궁의 사람들은 주화입마에 빠진 듯 급속도로 증상이 나타났다.

눈썹뿐만 아니라 역현강의 숨결에서도 탁기가 느껴졌다.

"뭐라 드릴 말씀이 없군요."

역현강은 시선을 내리며 말했다.

"그렇다면 아무 말도 말게나. 이렇게 다시 만나고, 우리의 말을 믿는 것만으로도 충분하니 말일세."

관일엽이 옆에서 역현강의 등을 두드렸다.

세 명의 젊은이는 일말의 불신이 섞인 표정을 감추지 못하며 성주와 역현강을 주시했다.

"팔을 내밀어보아라."

성주가 세 명의 젊은이 중 한 명을 향해 말했다.

젊은이가 움찔 놀라며 역현강을 쳐다보았다.

역현강이 묵묵히 고개를 끄덕이자 청년은 천천히 팔을 내밀었다.

"자네가 한번 살펴보게."

성주는 청년의 맥문을 짚어보다가 진우청에게 말했다.

진우청은 청년의 맥문을 짚었다.

사부가 왜 자신을 남겼는지 알고 나서부터 진우청은 자신의 호흡이 북제성 사람들이 끌어올리는 기운과 연관이 있다는 것을 알았다. 자신의 몸에 흐르는 기운은, 아니, 호흡은 북제성 사람들의 기운을 포괄하고 있었다. 그들의 기운을 쉽게 격발시킬 수도 있었고, 쉽게 가라앉힐 수도 있었다.

"후흡!"

진우청은 길게 호흡을 끌어올렸다.

청년의 맥문으로 진우청의 호흡이 대하처럼 흘러들었다.

"으윽!"

청년이 고통스런 신음을 흘렸다.

"벌써 진행되고 있습니다."

진우청은 무거운 음성으로 말했다.

천궁의 사질들, 그러니까 타우, 초하이, 경설형, 을지소소는 아직 그런 증상이 나타나지 않았다.

얼마나 뒤에 나타날지는 모르지만 우선은 다행이었다. 그런데 흑궁의 청년은 벌써 시작되었다.

“자네들도 팔을 내밀어보게.”

성주가 말하자 다른 두 청년도 팔을 내밀었다.

두 사람 모두 똑같았다.

스스로 몸속에 있는 천형 같은 기운을 확인한 청년들의 표정에 얼핏 공포가 어렸다.

언제나 궁금했던 사숙 두 분의 비참한 최후! 무리한 수련으로 인한 주화입마의 증상인 줄로만 알았는데 자신들이 익힌 무공 때문에 몸이 썩어 들어가는 천형이었다. 자신들은 훨씬 일찍 그 천형이 나타났다. 그건 흑궁, 더 나아가 모든 북제성 문도들의 피할 수 없는 숙명이었다.

청년들의 표정이 참담하게 변해갔다.

“다른 사람들은 모두 어디에 있는가?”

성주가 초조한 기색으로 역현강을 쳐다보았다.

“몇 명은 서왕문에 있고…….”

“서왕문?”

진우청은 벌떡 고개를 들었다. 흑궁의 사람들이 서왕문에 있다는 말은 의외였다.

“공손 사백께서 말년에 그곳에서 빈객으로 위장하고 계셨습니다. 나중에는 남패천…….”

“됐네!”

성주가 역현강의 말을 제지했다.

진우청이 죽인 눈썹 없는 노인이 그였기 때문이다.

“연락은 되느냐?”

“시간이 걸리지만 연락은 됩니다.”

역현강이 고개를 끄덕였다.

"모두 이리로 데려올 수 있겠느냐?"

성주의 질문에 역현강은 잠시 대답을 못하고 머뭇거렸다.

무림맹 총단 건물에 걸린 비단 천에서 그 내용을 비문으로 읽었지만 도저히 믿어지지 않았다. 뭔가 음모를 꾸미는 것이라 생각했다. 다른 사람들도 그렇게 생각할 것이다.

자신은 진우청과 손속을 나누며 내부에서 발작이 일어났을 때에야 비로소 믿게 되었다.

직접 겪어보기 전에는 상상조차 불가능한 고통과 공포!

그걸 겪어보지 않은 흑궁의 사람들을 설득하는 것은 결코 쉬운 일이 아니다.

"이젠 기필코 그렇게 해야 할 일이지요."

역현강이 대답을 미루고 있자 청년 하나가 대신 답했다.

"그렇지. 기필코 그렇게 해야지. 사리사욕과 권력욕은 북제성을 무덤으로 끌고 가는 것이야. 더 이상의 희생은 없어야지."

성주는 권력욕이 강했던 공손후상과 그를 따르던 사람들을 염두에 두며 말했다.

공손후상과 귀면랑 등은 죽었지만 그를 따르던 다른 사질, 사손들은 아직도 서왕문에서 정체를 숨긴 채 황제를 죽이고 황실을 무너뜨릴 허황된 생각에 시로잡혀 있었다. 그 욕망이 강해질수록 그들의 유신은 급격히 썩어 들어갈 것이다.

"흑궁의 사람들을 최대한 빨리 이리로 데려와야 하네."

역현강의 눈썹을 쳐다보며 성주는 초조한 기색으로 말했다.

그날 밤, 역현강은 자신이 데려왔던 젊은이 셋과 진우청의 열다섯 번째 사형인 주형반과 함께 성주의 서찰을 가지고 길을 떠날 준비를 했다.

역현강은 충혈된 눈으로 성주보다 더 초조하게 설쳤다.

흑궁의 사람들은 이미 육신이 썩어 들어가는 증상과 함께 죽은 사람도 있었고, 한 명은 그 증상이 심해지고 있었다. 그는 공손후상처럼 눈썹이 사라져 버렸다. 최대한 빨리 그들과 연락을 해서 이곳으로 데려와야 했다.

"부디 다시 보세나……."

성주는 그 말만으로 자신의 심정을 대변하며 그들을 떠나보냈다.

무림 대회가 끝난 뒤부터 진우청의 별호는 폭풍철곤에서 천룡공자(天龍公子)로 바뀌었다.

그건 결승에서 진우청의 춤사위를 보고 큰 깨달음을 얻은 소림의 철권신승 청허가 붙여준 것이었다.

비무대회가 끝난 다음날까지 잔치는 이어졌다.

청허는 맹주와 함께 무림맹 총단에서 하루를 지낸 진우청의 곁에서 떨어지지 않고 수많은 질문을 퍼부었다.

이제까지와는 전혀 다른 모습으로 다가온 무리(武理)와 오의(奧義)들……. 청허는 그야말로 딴 세상에 온 기분이었다.

진우청은 청허의 질문에 말로써는 모든 대답을 해주지 못했지만 이따금씩 청허의 동작에 드러난 부조화와 호흡의 빈틈을 자신의 방식으로 지적해 주었다.

그때마다 청허는 뛸 듯이 기뻐했다. 그리고 진우청의 곁으로 더욱 바짝 다가앉았다.

진우청도 유서 깊은 소림의 무공을 청허로부터 견식하게 되자 처음에는 깊은 호기심이 일었지만, 그 모든 것은 결국 몸을 움직이고 호흡을 이끌어내는 사부의 가르침에 다르지 않음을 느꼈다.

소림의 무공은 역사가 길고 불력이 깊다는 것이 가장 큰 장점이었다.

그 오랜 세월 동안 욕심에 물들지 않고 갈고 닦여진 소림 무공은 수없이 담금질된 보검처럼 웅혼했고, 다른 어떤 무공보다 사부의 춤사위와 닮아 있었다. 그래서 결승 비무 때 두 사람은 그렇게 잘 어울리는 춤사위를 펼칠 수 있었던 것이다.

"두 분만 너무 친하게 지내지 마시고 저에게도 가르침을 좀 내려주세요."

모용가의 여식인 모용정(慕容貞)이 진우청의 곁에 다가앉으며 비음 섞인 목소리로 말했다.

진우청은 아직 자신의 위치를 제대로 인식하지 못하고 있었지만 비무대회의 승리와 함께 이젠 모든 무림인이 인정하는 신성이 된 것이다.

그 신성을 향해서 벌써부터 안면 익히기 작업이 시작된 것이다.

경쟁이라도 하듯 서문가의 여식인 서문제란(西門薺欒)이 청허를 밀어내다시피 하며 다가들었다.

을지소소가 잡아먹을 듯이 눈을 부릅떴지만 그녀들은 아랑곳 않았다.

날 때부터 무림세가의 여식으로 살아온 그녀들은 이런 행동이 그녀들의 미래와 더 나아가서는 가문의 미래에 얼마나 큰 영향을 미친다는 것을 일찌감치 터득하고 있었다.

"청허 스님! 방금 한 가지 더 떠오른 게 있소!"

　진실성이라고는 눈곱만큼도 담겨 있지 않은 그녀들의 행동이 못내 부담스러웠던 진우청은 이젠 저만치 뒤로 밀려난 청허를 보며 소리쳤다.

“저, 정말이오, 진 시주?”

청허가 앞을 막고 있는 장애물들을 와락 밀치며 진우청에게 다가왔다.

몰려들었던 여인들이 앞으로 쏠리며 음식상 위로 코를 처박았다.

그녀들은 땡감을 씹은 듯한 표정으로 청허를 노려보았지만 청허는 아랑곳 않고 진우청의 옆 자리로 파고들었다.

“그, 그게 무엇이오, 진 시주?”

청허가 가쁜 숨을 몰아쉬며 물었다. 무림세가의 여식들에 대한 사과의 말도 잊은 그의 눈에는 온통 무공에 대한 열의만 가득했다.

“이 자리에서는 설명하기 힘들고… 서로의 동작을 보며……”

“당장 갑시다!”

청허는 거구의 진우청을 번쩍 들어올리다시피 하며 어깨를 끌었다.

第七十一章
선택(選擇)

선택(選擇)

"그놈이 무림 비무대회에서 우승
을 했다는구나. 그래서 북제성주가 무림맹주가 되었다는구나."
임지건이 무표정한 얼굴로 말했다.
"그런 일도 일어나는군요. 세상 참 재미있다는 생각이 듭니다."
임문정은 미소를 지었다.
"그놈이 나타나는 곳에는 항상 예측불허의 일이 터지는구나. 이곳
비무대회장에서부터 유가검보 자식 놈의 탈출, 공손 노인의 죽음, 이젠
무림 대회 우승까지……."
임지건은 임문정의 얼굴에 시선을 못 박은 채 말했다.
임문정은 임지건의 시선을 피하지 않고 말없이 응시하기만 했다.
"하나같이 예상에 없던 일이 아니더냐?"
임지건이 다시 물었다.

"이젠 예상할 필요가 별로 없지 않겠습니까?"

임문정은 반문했다.

"그럴 수도 있겠지. 하지만 투자는 여러 곳에 골고루 분산해서 해야 안전한 법이니라. 아무리 완벽한 상품이 있다고 하더라도 그곳에만 편중되게 투자하는 것은 실패의 지름길이다. 요즘 너는 그 점을 등한시하는 것 같구나."

임지건의 눈빛이 차가워졌다.

"전적으로 인정하겠습니다. 이곳의 일에 온 신경을 쓰느라 다른 곳을 좀 등한시했습니다. 이곳의 일이 거의 마무리되었으니 이젠 전체의 판세를 보며 돈줄을 움직여야겠습니다."

"돈줄?"

"그렇습니다. 돈줄! 그건 세상에서 제가 두 번째로 좋아하는 말이지요."

임문정이 더욱 짙은 미소를 지었다.

"첫 번째는 무엇이더냐?"

"첫 번째는 돈이면 귀신도 부린다는 말이지요. 그래서 아버님이나 숙부님께서는 악착같이 돈을 벌지 않았습니까? 하하!"

임문정의 웃음소리가 차갑게 울려 퍼졌다.

*   *   *

칠흑 같은 어둠이 사위를 감싸고 있었다.

이따금씩 이름 모를 야조의 울음소리만이 어둠 속을 가로질렀다.

어둠에 동화되어 있던 몇 개의 물체가 은밀하게 움직였다. 야조의 감각조차 속인 채 움직이는 물체는 인간의 형상을 하고 있었다. 그들은 모두 자루를 둘러쓰듯 짙은 흑의에 얼굴도 복면으로 덮고 있었다.

"저놈!"

기골이 장대한 사내 하나가 모기 소리만큼 작은 소리로 말했다.

짙은 어둠이 기골이 장대한 사내의 손짓을 장막처럼 덮었지만 같이 있던 사내들은 전혀 주저함 없이 사내가 가리킨 곳으로 시선을 옮겼다.

그곳에서 한 인영이 다가오고 있었다.

기다리고 있던 사내들은 안력을 돋웠다.

사내 역시 짙은 흑의를 걸치고 있어 잔뜩 안력을 돋우어야 제대로 볼 수 있었다.

다리를 움직이는 것 같지도 않았지만 사내의 신형은 뛰듯이 다가오고 있었다.

만만치 않은 고수라는 얘기였다.

하지만 기다리고 있는 사내들은 이런 일에는 이골이 난 듯 낮게 내뿜는 호흡에서는 조금도 초조하거나 불안한 기색이 보이지 않았다.

"지금!"

기골이 장대한 사내가 명령을 내렸다.

휘익―

휘익!

기다리고 있던 사내들이 어둠 속으로 꽂혀들었다.

파앗―

강력한 파공음이 어둠을 갈랐다. 미끄러지듯 달려오던 사내가 휘두른 병기에서 나는 소리였다.

파아앗―

공격을 받은 사내의 검에서 한층 더 강맹한 파공음이 일었지만 쇳소리는 터져 나오지 않았다.

달려든 사내들이 소란을 원치 않은 듯 도검을 사용하지 않았기 때문이다. 대신 사내들의 손에는 모두 한 가닥씩의 밧줄이 들려 있었다. 그들은 그것으로 무기를 대신하며 사내를 향해 휘두르고 있었다.

퍼억—

밧줄이 인육을 두드리는 소리가 들렸다.

"으음—"

사내의 입에서 미세한 신음 소리가 새어 나왔다.

사내는 발끝에 공력을 모았다. 그 사내의 발을 향해 밧줄이 쾌속하게 날아들었다.

손가락 굵기 정도로 가늘었지만 끝에 매듭이 만들어져 있는 밧줄은 검이나 도만큼 위협적이었다.

땅을 박차며 어둠 속으로 도주하려던 사내는 헛바람만 들이키며 상체를 틀었다.

그물처럼 날아드는 여러 개의 밧줄은 매번 이런 식으로 한발 앞서 자신의 의도를 무산시키고 있었다.

포위당한 채 악전고투하고 있는 사내는 신음을 삼켰다.

놈들은 자신에 대해 충분히 조사를 하고 달려들었다.

이곳에서 기다린 것부터가 그랬고, 자신의 절기에 대해서도 사전에 충분한 조사가 있은 듯 숨 쉴 틈도 없이 몰아치고 있었다.

퍼억—

다시 한 가닥의 밧줄이 어깨를 때렸다.

자신의 주특기인 경공술을 펼치는 것은 물론, 이제는 비명을 지를 틈도 없이 밧줄들이 날아들었다.

좌아악—

사내의 손목에 밧줄이 감겼다. 흠칫하는 사이 또 한 개의 밧줄이 다른 손목을 감아왔다.

뒤이어 양다리도…….

퍼억—

장대한 기골의 사내가 마지막으로 주먹을 날렸다.

'크윽!'

복부에 주먹이 박힌 사내가 단말마를 내질렀지만 그 소리마저 밖으로 새어 나오지 못했다.

주먹을 날린 사내의 다른 손이 입을 틀어막았기 때문이다.

'관인(官人)?'

자신의 사지를 포박한 줄을 보며 사내는 그 두 글자를 떠올렸다. 그리고는 그 자리에서 무너졌다.

공호패(公湖浿)는 차가운 물세례를 받고는 긴 무의식의 세계에서 깨어났다. 깨어나긴 했지만 의식은 여전히 흐릿하기만 했다.

잠시 후 공호패는 온몸이 결박당한 자신을 발견했다.

희미한 횃불 하나만이 밝혀진 실내는 축축한 습기를 머금고 있었다. 횃불을 등진 채 한 사내가 앉아 있었다.

"누구냐, 네놈은?"

기막힌 심정이 된 공호패는 이를 악물며 물었다.

이곳에서 자신을 납치한다는 것은 호랑이 굴에 들어와 호랑이 새끼를 잡아가는 것이나 마찬가지다.

장대한 덩치의 사내는 미동도 않고 공호패를 쳐다만 보고 있었다.

"그 질문을 마지막으로 당신은 더 이상 질문을 하면 안 되오. 질문은 전적으로 내가 하고 당신은 대답만 해야 하오."

기골이 장대한 사내는 굵은 목소리로 말했다.

"하룻강아지… 크윽!"

공호패는 말을 끝까지 내뱉지도 못하고 비명을 질렀다.

슬쩍 다가온 사내의 손이 어깨를 잡고 가볍게 틀자 뼈마디가 탈골되는 듯한 고통이 전신을 엄습했다.

공호패는 사내에 대한 평가를 달리했다.

결코 하룻강아지의 수준은 아니었다.

힘을 준 것 같지도 않았는데 이런 지독한 고통을 줄 수 있다는 것은 그런 방면에 있어 전문적인 수련을 쌓았다는 것이다. 아니나 다를까, 사내의 손가락엔 여러 개의 반지가 끼워져 있었고, 그 반지에는 각각 한 개의 침이 박혀 있었다. 그리고 그 침의 끝에는 독액의 흔적이 비쳤다.

사내의 손가락이 다시 움직였다.

이번에는 훨씬 더 심한 고통이 어깨를 통해 온몸으로 전해졌다.

고통과 함께 의식이 더욱 혼미해졌다.

문득 알고 있는 모든 것을 토해내고 싶은 충동이 솟구쳤다.

바늘 끝에서 몸속으로 들어간 독 성분 때문이 분명했다. 그걸 알았지만 충동은 사라지지 않고 더해갔다.

"누, 누구… 왜?"

"질문은 내가 하오. 당신은 대답만 해야 되오. 그걸 잊으면 계속 고통을 줄 수밖에 없소."

굵은 목소리와 함께 사내의 손끝에서 수십 개의 송곳이 찌르는 것 같은 고통이 밀려왔다.

공호패는 발작적으로 비명을 질렀다. 사내는 공호패가 고통에 몸부림치는 자유는 절대로 빼앗지 않았다. 마음껏 고함을 치도록 내버려 두었다.

고함을 칠수록 저항의 의지는 그 고함을 따라 급격히 빠져나감을 사내는 잘 알고 있는 것이다.

비명 소리가 잦아들었을 때 사내는 입술을 움직였다.

"얼마 전에 내 친구 한 명이 당신들 소굴로 잡혀갔소. 그의 소식을 알고 싶소."

사내는 여전히 예를 다한 어투로 질문했다.

"그게 누구……? 크윽!"

공호패는 다시 비명을 질렀다.

"질문은 허용되지 않는다고 했는데 자꾸 잊어버리는구려. 의문 나는 것이 있으면 눈빛으로 말하시오. 눈빛은 거짓말을 못하니까 말이오. 그러니까… 그 친구는 막혀 버린 동굴을 통해서 당신들 소굴로 숨어들었다가 핏빛 그림자 같은 괴물의 방해로 발각이 되었소. 그러자 그 친구는 나를 구하기 위해 자신은 오히려 소굴 한복판으로 달려갔소. 그 친구의 소식이 궁금하오."

공호패는 비로소 이놈이 말하는 그 친구가 누구인지 알 것 같았다.

하지만 그걸 발설할 수는 없었다.

공호패의 눈동자가 빠르게 움직였다.

"모른다고는 말하지 마시오. 그동안 철저한 조사 끝에 알 만한 사람을 납치한 것이니까."

여조명은 낮게 가라앉은 목소리로 경고했다.

여조명의 말대로 공호패는 유화결의 소식을 알 수 있는 몇 안 되는 위치에 있는 사람이었다.

"그럼, 그걸 말하면 내가 죽는다는 것도 알 텐데……?"

공호패는 혼미해지는 의식을 억지로 일깨우며 말했다.

그때 다시 목덜미 한쪽에서 극심한 고통이 느껴졌다. 그리고 뜨끈한 뭔가가 흘러들었다.

공호패는 절망감을 느꼈다.

고통이야 참을 수 있다.

이미 많은 훈련을 받았다. 훈련이 아니더라도 이 자리까지 오르며 거친 경험을 통해서 고통은 얼마든지 감내할 수 있었다.

그러나 문제는 다른 곳에 있었다.

혼미해지는 의식과 함께 고통보다 수십 배는 더 강한 이 공포는……?

"뭐 이런 개떡… 크윽!"

욕설을 토하던 공호패는 다시 비명을 질렀다.

무저갱 속으로 떨어지는 기분이 전신으로 음습했다.

결코 바람직한 세상이 아닌, 초열지옥보다 더 고통스런 세상으로 떨어져 내리는 듯한 기분이 목덜미를 통해 흘러드는 약 기운과 함께 증폭되었다.

지옥 속에서 뭔가 꿈틀거리며 솟아오르고 있었다.

공호패는 정신을 가다듬으려 안간힘을 썼다.

"크윽!"

고통과 함께 이번에는 뒤통수 쪽으로 뭔가가 흘러드는 기분이었다.

마침내 괴물의 손이 모습을 드러냈다.

살이 썩어 문드러져 뼈만 앙상하게 남은 손!

그런 의식 속에서 한 가닥 밧줄이 자신의 코앞으로 내려와 있었다. 그걸 잡으면 저 아래에 펼쳐진 지옥에서 벗어날 수 있었다.

"흐흐흐!"

발밑에서 썩어 들어가는 시체 하나가 시커먼 입을 벌리며 손을 뻗었다.

"으아악—"

공호패는 비명을 질렀다.

썩은 냄새가 진동하는 뼈만 남은 손이 발끝을 건드리자 자신의 발도 순식간에 썩어 들어가기 시작했다.

"안 돼!"

공호패는 무의식적으로 눈앞에 있는 굵은 밧줄을 잡았다.

"아직 살아 있다. 그럼 지금부터 계획대로 움직인다."

바람 한 번만 불면 쓰러질 것 같은 판잣집 안에서 여조명은 단호한 목소리로 말했다.

"꼭 그럴 필요가 있습니까? 다른 할 일도 많은데……."

한 사내가 염려스런 음성으로 반박했다.

"신세를 지고는 못 산다. 같이 달아나다가 잡혔다면 무시하고 내 할 일을 할 것이다. 하지만 그는 나를 안전하게 탈출시키기 위해 자신은 더 깊은 사지로 뛰어들었다. 그 빚만큼은 갚는다."

여조명은 단호하게 말했다.

반박을 하던 사내는 입맛을 다시며 더 이상 대꾸하지 않았다.

"그런데… 진 공자 소식은 확실한가?"

여조명은 다른 사내에게 물었다.

"무림은 온통 그 얘기뿐입니다. 비무대회에서 우승하고 북제성주에게 무림맹주 자리를 안겨주었다고……. 별호도 폭풍철곤에서 천룡공자로 바뀌었습니다."

사내가 약간 들뜬 목소리로 답했다.

"천룡공자?"

"결승에서 패한 소림의 청허가 지어주었다더군요."

"범상치 않은 내력을 지닌 줄은 짐작했지만 북제성의 제자일 줄은 몰랐군. 하지만 이상해. 복수의 화신인 북제성과 그 친구는 뭔가 안 어울려."

여조명은 고개를 갸우뚱거렸다.

유가검보의 참사가 일어나기 하루 전날 가진 술자리에서 여조명은 진우청의 어느 구석에서도 북제성의 냄새를 맡을 수 없었다. 심지어 그는 자신의 정체조차 잘 모르는 것 같았다. 그런데 북제성이라니……. 그리고 소림의 기재를 꺾고 우승까지 했다는 사실은 정말 놀랄 만했다.

"북제성이라면 황실과는 불구대천의 원수가 아닙니까? 그러면 우리의 입장은……?"

다른 사내가 조심스럽게 말했다.

"훌륭한 관리 하나 나셨군. 네놈이 황족이냐?"

여조명이 눈을 부릅떴다.

"북제성은 이제 황실과의 은원을 청산한다고 만천하에 선포했다. 그들은 이제부터 소림이나 무당과 같은 무림인일 뿐이다. 더 나아가 정파무림의 맹주를 배출한 문파이다.”

여조명의 목소리가 높아졌다. 자신의 목소리가 필요 이상으로 컸다고 느꼈는지 여조명은 주변을 잠시 두리번거렸다.

“더 이상 시간을 끌다간 꼬리를 잡힌다. 어서 지시한 대로 움직여라.”

“알겠습니다.”

잠시 후 여조명을 비롯한 사내들의 흔적은 바람처럼 사라졌다.

*   *   *

똑!

똑!

얼음같이 차가운 물방울이 접시 아래로 떨어지고 있었다.

여러 개의 관을 통해 마지막 접시로 떨어져 내리는 물은 푸른색을 넘어서 검푸른 빛을 뿜어내고 있었다.

섬섬옥수가 그 액체 한 방울을 조심스럽게 손바닥 위에 올려놓았다.

짙푸른 색의 액체는 마치 구슬처럼 손바닥 위에서 또르르 굴렀다.

그러나 그것이 다른 접시 위로 떨어지자 물방울 본래의 형태로 돌아갔다.

자신의 손바닥 위에서만 그런 현상이 나타나는 청옥수를 바라보는 이여옥의 눈에는 심한 갈등의 빛이 어렸다.

잠시 후 이여옥은 결심한 듯 짙푸른 액체가 든 접시를 들어올렸다.

이여옥의 손이 가늘게 떨리고 있었다.

“이젠 당신을 만나도 춤을 출 수가 없겠군요.”

나직하게 중얼거린 이여옥은 들고 있던 접시를 입으로 가져갔다.

접시에 담겨져 있던 짙푸른 액체가 이여옥의 입속으로 남김없이 흘러들었다.

액체를 다 마신 이여옥은 여러 개의 대나무 관과 그릇들을 신속히 치웠다. 그러다 현기증이 도는지 잠시 탁자를 짚고 서 있던 이여옥은 천천히 걸음을 옮겼다.

힘들긴 하지만 조금도 어색하지 않은 걸음걸이였다. 천천히 걸음을 옮긴 이여옥은 다른 방의 방문을 열었다.

그곳에는 여전히 의식을 잃은 유화결이 청옥수 속에 몸을 담근 채 누워 있었다.

이여옥은 유화결의 이마에 손을 갖다 댔다.

호흡을 가다듬자 이여옥의 손이 푸르게 변해갔다. 뒤이어 그녀의 몸도 푸른색으로 변했다.

"휴―"

이여옥은 한숨과 함께 손을 뗐다.

"언제까지 그렇게 누워 있을 건가요? 친구가 보고 싶지 않나요?"

흐느끼듯 말하던 이여옥은 얼른 입을 다물었다.

문을 열고 소녀 향아가 들어서고 있었다. 소녀의 눈이 순간적으로 반짝 빛을 발했다.

그러나 이상한 점을 발견하지 못했는지 소녀는 이내 걱정스런 표정과 함께 다가왔다.

"그 사람은 아직 차도가 없나 봐요?"

소녀는 안타까운 음성으로 물었다.

"상처가 너무 깊어 힘이 드는구나. 누군데 이런 상처를 입었단 말이냐?"

이여옥은 피로한 음색으로 되물었다.

"칼날 위에서 살아가는 무인들이 다 그렇죠. 저는 아들을 낳으면 절대 무인으로는 살아가게 하지 않을 거예요."

소녀가 치를 떨며 말했다.

"그래! 절대로 무인은 만들지 말아라. 무인의 삶은 너무 참혹해……."

이여옥은 걸음을 옮겨 의자에 앉았다.

"그런데 언제쯤 깨어날까요, 저 사람은?"

소녀는 조심스럽게 물었다.

"글쎄… 다른 사람보다 몇 배의 노력을 기울였는데……."

이여옥은 고개를 흔들었다.

"이 사람만 치료하면 아가씨의 일은 끝이라고 했어요. 그러면 집으로……."

"그게 정말이니, 향아?"

이여옥은 놀라는 표정을 지었다. 그러나 그녀의 눈은 더욱 깊은 슬픔에 잠겼다.

"임 공자님께서 분명히 그러셨어요. 그러니 조금만 더 힘을 내보세요. 그럼 고생은 끝나고 밝은 미래가 펼쳐질 거예요."

소녀는 잠시 더 이여옥의 기분을 달래주다가 다른 방으로 들어갔다.

유화결을 바라보는 이여옥의 눈에 두 줄기 눈물이 소리없이 흘러내렸다.

第七十二章
암운(暗雲)

암운(暗雲)

북제성주는 비무대회 겸 창단식이
끝난 그날부터 대사형 관일엽과 함께 무림맹 총단에서 살다시피 했다.

타우와 초하이, 경설형 역시 성주의 곁에서 한시도 떨어지지 않고 호위를 했다. 취임하기도 전에 각파에서 비밀리에 차출된 호위병이 엄중한 호위를 펼쳤지만 타우와 초하이 등은 한발 더 가까운 거리에서 성주의 신변을 보호했다.

상전벽해(桑田碧海)란 말이 실감났다.

맹주를 배출한 문파는 모든 면에 있어서 우선권을 부여받았다.

맹의 업무를 맡는 크고 작은 자리에서부터, 무림의 각종 이권을 조정하는 역할까지…….

그래서 모든 문파들이 눈에 불을 켜고 맹주 자리를 차지하려 하는 것이다.

　무림맹 총단에서 며칠을 보낸 후 잠시 몸을 빼낸 성주가 북제성 본
단으로 왔다.

　성주는 몇 명의 사람들과 대동하고 있었다.

　그들을 본 곽자서와 주완 사저가 뛰듯이 달려나가 그들을 반겼다.

　그들은 이번 일을 성사시키기 위해 중원 각지로 흩어져 있던 사람들
이었다.

　한 명의 초로인과 세 명의 중년인, 그리고 세 명의 젊은이들이었다.

　쉴 틈도 없이 성주는 곧바로 술자리를 마련했다.

　며칠 동안 거의 밤을 새운 듯 성주의 얼굴은 눈에 띄게 수척해져 있
었다.

　성주를 본 진우청은 가슴이 덜컥하는 기분을 느꼈다.

　성주의 눈썹이 빠지기 시작했다.

　돌아가신 큰사백과 함께 일찍 사정을 알고 역천의 무공을 쓰지 않고
억눌렀기에 증세가 덜했지만 이젠 한계에 다다른 모양이었다.

　주완 사저 역시 그걸 발견하고는 깜짝 놀란 표정과 함께 진우청을
쳐다보았다.

　초조하고 무거운 마음은 금할 길이 없지만 지금으로선 어쩔 도리가
없었다.

　"인사들 나누게."

　성주는 새로 합류한 사람들을 진우청에게 소개시켰다.

　초로인은 대사형 관일엽과 비슷한 연배로 보였다. 짐작대로 대사형
의 바로 아래인 이숙의 서열이었다. 진우청에게는 둘째 사형이 되었는
데 이름은 포종명(浦宗名)이고, 타우의 스승이었다. 그래서인지 그는
타우처럼 아무런 무기도 소지하지 않았다. 타우처럼 권장의 고수임이

분명했다.

다른 세 명의 중년인은 각각 이십육숙과 이십칠숙, 이십팔숙의 위치에 있는 사형들이었다.

그리고 세 청년은 그들의 제자들이었다.

그들을 보자 을지소소의 얼굴에 희색이 감돌았다. 서로 처음 보는 사이였지만 그들은 모두 을지소소나 진우청보다 어려 보였다.

사숙들과 사형들 속에서 온갖 잔심부름을 도맡았던 그녀는 이젠 막내 신세에서 벗어날 수 있다는 것이 무엇보다 기쁜 기색이었다.

특히 세 명 중 한 명은 여인, 아니, 소녀에 더 가까웠다.

을지소소는 안을 듯 그녀를 반겼다.

소개가 끝나자 그들은 모두 긴장한 얼굴로 진우청을 쳐다보았다. 이곳으로 오기 전에 성주와 대사형으로부터 전 성주의 죽음과 그들의 운명에 대한 설명을 들었기 때문이다.

술을 한잔 마신 후 자연스럽게 그 문제에 대한 논의가 이어졌다.

"무림맹의 정보망을 동원하여 북제성 문도들에 대한 소집령을 내렸네."

성주는 무거운 음색으로 말을 꺼냈다.

"모두 모이려면 얼마나 걸립니까?"

진우청이 질문을 던졌다.

"별일이 없다면 두 달 안에 다 모일 걸세."

성주가 답했다.

"그럼 흑궁 쪽은?"

진우청은 재차 질문했다.

"그들은 정확히 알 수 없네. 역현강, 그 아이와 주형반이 얼마나 빨리 설득하여 데리고 오느냐에 달려 있네."

성주의 얼굴에 안타까운 빛이 어렸다.

흑궁 쪽의 인물들은 그들의 내력을 계속 극성으로 운기하는 바람에 그 증세가 훨씬 심각했다. 그들이 오히려 제일 먼저 도착해야 하는데 일이 틀어진다면 몇 달은 더 걸릴 수도 있고, 아예 오지 않을 수도 있었다. 그럼 북제성은 두 쪽이 난 채로 서로의 운명을 개척해 나갈 수밖에 없다. 그건 무엇보다도 슬픈 일이었다.

"그럼 전 지금 떠나겠습니다. 저도 두 달이면 창룡금시를 가져올 수 있을 겁니다."

진우청은 당장이라도 신형을 일으킬 듯 말했다.

"서둘러서 득이 될 건 없네. 어차피 자네가 갔다 온다고 하여도 흑궁의 인물들을 기다리려면 시간이 좀 더 걸릴 테니, 충분한 준비를 하고 내일 떠나도록 하게. 오늘 저녁은 새로 온 식구들과 함께 술이나 한잔하세. 무림맹의 일이 너무 벅차서 머리가 아프구먼."

성주의 지시와 함께 그날은 그렇게 모든 것을 잊고 새로 만난 사람들과 함께 조촐한 술자리가 이어졌다.

"이걸 가지고 가도록 해."

다음날, 길을 떠나는 진우청에게 주완 사저가 작은 도자기 병을 내밀었다.

"이건 사제도 알다시피 홍와향이야. 우리 북제성 사람들 중 몇 명은 이 향에 대해 동물적인 감각을 가지고 있어서 수백 리 밖에서도 사제를 찾을 수 있을 거야. 도움이 필요하면 뚜껑을 일각만 열어두었다가 닫아. 그리고 몸에 한 방울만 뿌리고……"

주완 사저는 걱정이 태산 같다는 눈으로 자기 병을 진우청의 손에 쥐어주었다.

"이건 흑궁의 인물들도 감지할 수 있지 않습니까?"

진우청은 백화원에서 귀면랑이 이 향기로 자신을 추적하려 했다는 사실을 떠올리며 말했다.

"그렇긴 하지만 사정을 안다면 모두 사제를 도울 거야."

사저의 말에 진우청은 손에 든 도자기 병 뚜껑을 슬쩍 열어 코를 킁킁거렸지만 자신의 코엔 아무런 냄새가 맡아지지 않았다.

"수년 동안 수련하지 않으면 힘들어. 나도 최근에야 가능해졌어. 백화원에서 귀면랑은 내가 그걸 못 익힌 줄 알고 방심했다가……."

주완은 말끝을 흐리며 씁쓸한 표정을 지었다.

좀 더 일찍 서로의 사정을 알았다면 그때 그런 비극은 일어나지 않았을 것이라는 생각이 들었다.

'아니야!'

잠시 착잡한 마음에 사로잡혔던 그녀는 고개를 흔들었다.

공손후상과 함께 유난히 권력욕이 강했던 그는 모든 걸 알았다 하더라도 포기하지 않았을 것이다. 다행히 그들이 사라졌으니 다른 사람들은 마음을 돌리고 예전처럼 한식구로 살아갈 수 있을지도 모른다. 그렇게 된다면 더 바랄 것이 없었다.

"휴—"

주완은 긴 한숨을 내쉬었다.

"준비 다됐어요, 사숙!"

을지소소가 바쁜 기색으로 들어왔다.

그녀는 남패천에 왔을 때와 마찬가지로 날렵한 흑색 경장을 차려입고 한 마리 표범처럼 변해 있었다.

이번에도 그녀는 진우청과 동행하게 되었다. 꼭 같이 가겠다는 그녀의 의견도 있었지만 흑풍과 백왕, 설아를 부리는 그녀의 능력 때문이었다.

초하이와 타우는 성주의 신변 보호를 위해 빠졌고, 대신 경설형과 어제 이곳으로 온 세 명의 사질이 동참했다.

그들은 긴 여행의 피로에도 불구하고 적극 나섰다. 그들의 미래가 고스란히 이번 일에 달려 있었기에 혈기가 들끓는 그들로서는 가만히 앉아 기다릴 수만은 없었던 것이다.

그날 저녁 자시를 조금 넘긴 시각, 진우청을 포함한 사남이녀는 은밀히 북제성을 벗어났다.

그들의 뒤로 세 마리의 짐승이 소리없이 따르고 있었다.

*　　　*　　　*

벌컥!

벌컥!

목젖이 움직이는 소리가 목탁 두드리는 소리처럼 들리며 한 병의 술이 순식간에 바닥이 났다.

탁자 위에는 이미 여러 개의 빈 병이 아무렇게나 나뒹굴고 있었다.

탁!

또 한 병의 술이 순식간에 바닥이 났다.

그러고도 모자라는지 팽정기는 새로 날라져 온 술병을 잡았다.

"이젠 그만 마시게."

옆에 있던 황가정(黃佳井)이 마침내 팽정기가 들고 있는 술병을 잡아챘다.

"취하지 않았네!"

팽정기는 짤막하게 말하고는 술병을 도로 빼앗았다.

스스로의 말대로 팽정기는 여러 병의 술을 마셨음에도 불구하고 취한 기색은 보이지 않았다.

가슴속에 가득 찬 응어리가 피독주처럼 술기운을 밀어내는 모양이었다.

"빌어먹을… 무슨 술맛이 이래. 야, 점소이!"

이번에는 반쯤만 비우고 탁자에 소리 나게 술병을 내려놓은 팽정기는 냅다 고함을 질렀다.

"왜 그러시는지요, 공자님?"

점소이가 불안한 표정으로 다가왔다.

"술맛이 왜 이래? 맛이 간 걸 내놓은 거지?"

팽정기는 살기등등한 눈으로 점소이를 쳐다보았다.

"그럴 리가 있습니까, 공자님. 어느 안전이라고 제가 감히……."

점소이는 화들짝 놀라는 모습으로 소리쳤다.

신분이 신분이니 만큼 팽정기와 황가정에게 점소이는 이곳 객점의 최고급 술을 대령했다. 그런데 그게 맛이 없다면 더 이상 방법이 없었다.

쫘악—

점소이의 뺨에서 격타음이 터지며 뒤로 나자빠졌다.

"가서 주인을 불러와!"

팽정기는 일어서는 점소이를 재차 가격할 듯 노려보며 고함을 질렀다.

"왜 이러나, 자네답지 않게!"

황가정이 주변 사람들의 눈치를 보며 팽정기를 만류했다.

이미 몇몇 사람들은 음식을 다 들지도 않고 슬그머니 밖으로 나갔고, 세도가의 사람들로 짐작되는 중년인들은 눈살을 찌푸리고 있었다.

그들은 팽정기의 신분을 알고 있기에 아직 나서지 않고 있는 모습이었다.

황가정은 그들에게 얼른 고개를 숙인 후 팽정기의 팔을 끌었다.

"그만 나가지. 이곳은 술맛이 변했으니 딴 곳에 가서 한잔 더 해."

"무슨 소리! 비싼 돈 내고 썩은 술만 마시고 갈 수야 없지. 점소이, 어서 주인 데리고 와!"

팽정기는 다시 고함을 질렀다.

그러나 주인은 물론이고 주인을 데리러 간 점소이마저도 감감무소식이었다.

"이것들이 나를 개똥 보듯 한단 말이지?"

팽정기의 눈에서 불길이 일었다.

"이러지 말게. 이러다가 자네 부친께서 아시면 큰일이지 않나?"

"부친? 큭큭큭! 와―하하하!"

부친이란 말을 들은 팽정기는 발작적으로 웃음을 토했다.

한참을 그렇게 웃고 난 팽정기는 흐트러진 모습으로 다시 한 병의 술을 비웠다. 웃음과 함께 그의 얼굴에는 그동안 억눌렀던 취기가 한꺼번에 올라 있었다.

"내 부친이 어쩐단 말인가? 비무대회 후 여태까지 한마디도 안 하신 대범하기 짝이 없으신 내 부친께서 이런 사소한 일로 내게 무슨 말씀을 하실 것 같은가? 큭큭큭! 그분은 오늘 내가 여기서 술독에 처박혀 죽는다고 해도 여전히 대범한 모습을 보이며 눈 하나 깜짝하지 않으실 거야. 와하하!"

팽정기가 타락하듯 술독에 빠진 이유는 그것이었다.

비무대회 며칠 전에 을지소소에게 따귀를 맞고 그 자리에서 그 수모를 만회하지 못했다. 그리고 며칠 뒤 비무대에 올라서도 단번에 용호곤에 나가떨어지는 더 심한 수모를 당했다.

그 상대들이 북제성 사람들이기에 그들의 비위를 건드리고도 목숨을 구한 것이 오히려 다행이라고 생각할 수도 있었지만, 북제성이나 팽가나 무림맹의 같은 한 축이니 동등한 위치라 생각하는 부친 팽만유(彭晚惟)는 팽정기를 무관심 일변도로 대했다.

무림맹 창단식이 끝나고 귀가하는 길에 팽정기는 그걸 예상했지만 부친의 태도는 예상보다 훨씬 심했다.

그동안 눈도 마주치지 않았고, 말도 건네지 않았으며, 가문의 모든 대소사에서 팽정기를 제외시켜 버렸다.

소가주의 신분에서 이제는 가문의 천덕꾸러기나 마찬가지인 대접을 받게 된 팽정기는 자연 술독에 빠지게 된 것이다.

팽정기의 이성이 점점 허물어지는 것을 본 황가정의 눈빛이 차가워졌다.

황가정은 술 빛 병을 더 시켰다.

어디에 숨어 있었는지 코빼기도 보이지 않던 점소이가 바람처럼 달려나왔다.

"그런 괴로운 심사가 있는 줄은 몰랐네. 그렇다면 더 마시게. 그리고 깨끗이 털어버리게. 한 번 패배는 병가지상사라 하지 않던가?"

"한 번?"

이젠 눈까지 풀리기 시작한 팽정기가 입술을 비틀었다.

"내 부친 말씀은 세 번이라던데. 객점에서 계집에게 한 번, 그리고 그 옆에 선 놈에게 한 번, 비무대 위에서 또 한 번… 그래서 도합 세 번! 세 번을 한꺼번에 패했다고 하시더군."

팽정기는 킬킬거리며 술병을 들어 병나발을 불었다.

마침내 팽정기가 탁자에 코를 박자 황가정은 술값을 계산하고 팽정기를 들쳐 업었다.

"누렸던 호사가 클수록 추락에서 오는 상실감도 큰 법이지, 후후!"

채준생(彩雋生)은 나직한 웃음을 터뜨렸다.

그의 앞에는 한 청년이 석상처럼 시립해 있었다.

"인근의 움직임은 계획대로 되어가고 있겠지?"

채준생은 질문을 던졌다.

"차질없이 되어가고 있습니다."

석상처럼 서 있던 청년 황가정이 고개를 숙이며 답했다.

"아주 은밀해야 한다. 아무도 눈치 챌 수 없게 말이다. 팽가의 인간들은 덩치만 컸지 멍청한 구석이 많지만, 그 총관 놈은 약삭빠르기 짝이 없지. 인근에서 돌고 있는 소문이나 비난들이 작위적이라는 것을 알면 낌새를 채고 조사할 수도 있다."

"염려 마십시오. 팽가의 움직임은 손바닥처럼 읽고 있습니다. 팽가의 가주 팽만유와 아들 팽정기 사이는 앞으로도 점점 더 벌어지게 될 겁니다. 이대로라면 팽정기, 그놈도 서서히 위기 의식을 느낄 수밖에 없지요. 소가주란 자리는 언제든지 바뀔 수 있고, 그걸 노리는 놈의 사촌들은 적게 잡아도 서른 명은 되니까요."

황가정의 입꼬리에 차가운 미소가 걸렸다.

"좋아. 계속 그렇게 구슬려서 위기 의식을 느끼게 해주어라. 그래서 뭔가 한 건을 하지 않는다면 가문에서 축출될 수도 있다는 생각이 들 정도로. 그런 생각이 그놈 머릿속에 절실해질 때쯤 미끼를 던지면 된다."

"알겠습니다."

황가정은 고개를 숙이고는 등을 돌렸다.

"만약 털끝만큼이라도 실수를 한다면 네놈 가문은 거지꼴이 된다는 것을 잊지 말아라. 그렇게 되면 팽가 아들놈의 처지가 그리워질 테니까……."

황가정의 등 뒤로 채준생의 목소리가 방울뱀 꼬리의 경고음처럼 위협하고 있었다.

"죽일 놈들!"

어지럽게 서류가 늘여져 있는 탁자 앞에서 황가정은 뿌드득 이를 갈았다.

어디서부터 잘못되었는지 도통 알 수가 없었다.

벌여온 일들이 조금씩조금씩 어긋나기 시작하더니 빚도 조금씩 늘어났다.

그러나 크게 신경 쓰지 않았다.

빚이란 것은 아무리 많아도 받을 돈이 더 많다면 큰 걱정을 안 해도 되는 것이다.

어릴 때부터 그렇게 배우며 살았고, 부친으로로부터 사업을 이어받았을 때도 그런 법칙이 성립되었다.

그런데 이상한 일이 벌어졌다.

아니, 최악의 상황이 발생했다고나 할까…….

받아야 할 돈은 철저하게 들어오지 않았고, 갚아야 할 돈은 일시에 늘어났다.

소낙비는 피하자는 생각으로 급전을 끌어들였는데, 그 급전을 갚아야 할 시간까지도 채권은 회수되지 않았다.

결국은 급전보다 좀 더 급하면서도 이자가 높은 고리채를 쓰게 되었다.

그런 상황이 딱 두 번 더 반복되자 황가정은 수렁 속에 목까지 빠져든 자신을 발견했다.

누군가의 도움 없이는 절대로 빠져나올 수 없는 수렁이었다.

그때는 차라리 그 수렁 속에 머리까지 들이밀고 죽어버릴까 하는 생각도 들었다.

그런데 그런 종류의 수렁은 자신뿐만 아니라 가족까지 같이 끌어들인다.

결국 일면식도 없는 사내가 던져 준 밧줄을 잡을 수밖에 없었다.

밧줄을 잡고 나온 후 황가정은 그 밧줄로 올가미를 만들어 자신의 목에 걸 수밖에 없었다.

그 올가미의 끝을 채준생이 잡고 있는 것이다.

채준생은 하북팽가 주변까지 자신을 끌고 왔다.

하북팽가의 팽정기와는 어린 시절부터 친분이 있어 황가정은 그에게 음모를 꾸미는 채준생과 함께하는 자신을 보며 가책을 느끼고 있었지만, 가족이 수렁에 끌려 들어가는 것을 모면하기 위해서라면 그런 가책은 얼마든지 무시할 수가 있었다.

“어쩌다가 이렇게 됐지?”

황가정은 탁자 위에 수북이 놓여진 서류와 장부를 구멍이 나도록 쳐다보며 한 자 한 자 읽어나갔다. 돈의 흐름이란 것이 갑작스럽게 한쪽이 막히고 한쪽은 급격하게 흐르는 법은 없다.

처음에는 채준생을 의심하여 초점을 거기에 맞췄지만 그건 아니었다.

놈은 악덕고리업자였다. 지금은 더 큰 먹이를 위해 자신을 미끼로 이용하고 있는 것이다.

미끼로서의 이용 가치가 끝나면 어떤 식으로 자신을 내팽개칠지 모르겠지만 그때까지는 시간이 있다. 그 시간 동안 음모를 파헤쳐야 한다.

펄럭—

이미 수십 번도 더 들춰본 서류들을 다시 들척였다.

한 번씩 더 볼 때마다 흐름이 좀 더 명확해졌다.

이윽고 그 흐름은 한곳으로 모여지고 있었다.

“이놈이다!”

어느 순간 황가정은 고함을 질렀다.

들어올 돈의 흐름을 막았던 놈의 이름이 눈에 들어왔다.

장부와 서류 속의 수많은 이름 속에 파묻혀 보이지 않던 이름 하나가 집요한 추적 끝에 나타난 것이다.

받아야 할 돈의 흐름을 악착같이 틀어막은 그 이름은 갚아야 할 돈의 흐름을 급격히 터뜨린 이름과도 무관하지 않을 것이다. 어쩌면 같은 놈일 수도 있었다.

황가정은 더 많은 서류들까지 꺼내 읽기를 거듭했다.

갚아야 할 돈의 흐름을 급격하게 만든 놈이 그놈이란 증거는 없었다. 그러나 받아야 할 돈을 틀어막은 놈임에는 확실했다.

"이 죽일 놈! 이놈 때문에……."

그리고 그 이름을 저승에 가서도 잊지 않겠다는 듯 쳐다보았다.

"하남진가의 진우혁……."

황가정은 그 이름을 거듭해서 되뇌었다.

*　　　*　　　*

팽정기는 마시던 술병을 던져 버렸다.

술을 마시고 자책만 한다고 해결될 일이 아니었다.

처음에는 자신도 이렇게 괴로워하고 있다는 모습을 보여주면 결국 부친의 노기는 누그러질 줄 알았다. 하류 잡배에게 진 것도 아니고, 백 명이면 남패천이나 서왕문을 무너뜨릴 수 있는 힘을 지닌 북제성의 제자에게 패한 것이니 그리 큰 수모는 아니라 생각했다.

부친도 차츰 그런 빛을 보였지만 밖으로 나갔다 오기만 하면 표정이 싹 달라졌다.

무인의 삶이란 것이 평생 승리만 하고 살 수는 없다. 이길 때가 있으면 질 때도 있고, 패배를 통해서 한층 더 성장할 수도 있는 것이다. 그런데 팽정기의 패배는 개망신에 가깝다는 소문이 하루가 다르게 부풀려지며 인근으로 퍼져 나갔다.

계집에게 뺨을 맞고도 반항 한 번 제대로 못했고, 비무대 위에서도 칼 한 번 뽑지 못한 채 돌아서는 상대를 뒤에서 공격하다 개 맞듯이 맞고 나가떨어졌다고 했다.

그 소문은 하루가 다르게 뼈와 살이 덧붙여지며 불어났다. 이젠 밖에 나가기가 무서울 정도가 되었다.

더 이상 술을 마실 기분이 아니었다.

술을 마실수록 차가운 위기감이 등줄기를 훑었다.

"한 푼을 더 벌기 위해 억지웃음을 웃고, 아무렇게나 허리를 굽히는 천한 장사꾼 놈들이……."

팽정기는 질겅질겅 씹듯이 중얼거렸다.

"장사꾼을 우습게 보지 말게. 벌 때는 천하지만 돈을 번 장사꾼이 그것을 어떻게 쓰느냐에 따라서 칼이 될 수도 있고, 대포가 될 수도 있네."

황가정이 천천히 다가오며 말했다.

"자넨였나? 자넨 줄 알았으면 입 조심을 할 걸 그랬네."

팽정기는 멋쩍은 표정을 지었다.

"이제 술은 안 마시나?"

"술맛이 떨어져 버렸네. 아니, 더 이상 술을 마시면 가슴이 터져 버릴 것 같아."

팽정기는 울분을 토하듯 말했다.

"그럼 칼이라도 휘두르지 그러나? 무인들은 가슴속에 응어리가 있으면 그렇게 풀잖나."

"칼?"

"그래, 칼!"

황가정이 팽정기의 허리춤에 걸린 칼을 쳐다보자 팽정기도 물끄러미 자신의 애병, 파산도를 쳐다보았다.

평소에는 목숨처럼 애지중지하던 칼이었는데, 두 번이나 제대로 뽑

지 못하고 도로 칼집으로 들어가는 바람에 이젠 칼을 차고 다니는 것
도 수치스러울 정도였다.

"우라질!"

팽정기는 역정을 토했다.

그래도 가슴속의 답답함은 밀려가지 않았다.

대신 의문 한가닥이 답답한 덩어리 위에 추가되었다.

"그런데… 자넨 여기 어쩐 일인가?"

질문과 함께 쳐다본 황가정의 눈에 살기가 비치고 있었다.

무인도 아닌 장사꾼에게 도저히 어울리지 않는 황가정의 살기에 팽
정기는 주위를 돌아보았다.

주위에는 아무도 없었다.

팽정기는 황가정의 눈을 다시 쳐다보았다.

"자네에게 물어보고 싶은 것이 있네."

황가정은 훨씬 더 짙은 살기와 함께 말했다.

팽정기는 '그게 무엇인가?' 하는 질문을 눈으로 대신하여 황가정을
쳐다보았다.

"자네를 단번에 쓰러뜨린 놈이 하남진가의 둘째 아들이라고 했나?"

"빌어먹을!"

그때의 악몽이 되살아난 팽정기는 대답 대신 와락 욕지거리를 토했
다.

＊　　　＊　　　＊

"뭔가, 이건?"

진우혁은 서류를 들척이다가 눈살을 찌푸렸다.

서류와 장부상에 기록된 날짜가 어딘지 어긋나고 있었다. 돈의 총액은 한 푼도 부족함 없이 맞아떨어졌다. 그런데 그 과정이 문제였다.

마치 누군가 여윳돈을 잠시 횡령해서 고리채를 놓고 이득을 본 후 총액을 맞춰놓은 것 같은 경우였다.

최근 결혼 준비로 바빠서 서류와 장부 정리를 조금 등한시하다가 작정을 하고 오늘 정리를 하며 이상한 점을 발견한 것이다.

뭐, 결과적으로 한 푼도 셈이 틀리지 않으니 됐다고 볼 수도 있었지만 뭔가 꺼림칙한 기분이 시선을 그곳으로 잡아끌었다.

진우혁은 장부의 첫 권을 쳐다보았다.

그의 눈에 잠시 갈등의 빛이 어렸다.

이런 일은 많은 집중력과 시간을 요구한다.

가뜩이나 바쁜 상황인데 이걸 처음부터 다시 볼 필요가 있을까 하는 생각이 들었다. 더구나 계산이 틀린 것도 아니고 시간적인 차이가 조금 나는 것을 가지고…….

"휴우—"

진우혁은 한숨을 내쉬었다.

이런 것을 철저히 하지 않으면 언젠가 된통 뒤통수를 맞게 된다는 것을 일찌감치 알고 있었다.

입맛을 다신 진우혁은 장부의 첫 장을 펼쳤다. 그리고 그에 따른 서류들도 같이 펼쳤다.

"공자님!"

두어 장 정도 장부를 넘기자 밖에서 하녀의 음성이 들렸다.

"아가씨가 오셨습니다."

정혼녀 하수린이 온 것이다.

장부를 덮은 진우혁은 아차! 하고 이마를 쳤다.

그러고 보니 보석 가게를 방문하기로 한 약속 일이 오늘이었다.

"적잖이 닦달을 받겠군!"

얼른 서류들을 치운 진우혁은 방문을 열었다.

"어서 와. 아니, 어서 오시오, 수린 소저!"

진우혁은 과장스럽게 하수린을 맞았다.

"뭐예요, 아직 준비도 하지 않고?"

하수린은 진우혁의 옷차림을 쳐다보며 뾰족하게 말했다.

순간적으로 사나운 표정이 비쳤지만 결혼을 앞둔 그녀의 얼굴에는 온갖 종류의 꽃들이 피어 있었다.

지난가을, 남패천에서 서역 특산물 판매권을 따내 귀가한 후 두 사람의 결혼은 물 흐르듯 자연스럽게 추진되었다.

어릴 적부터 정혼한 사이이기도 했지만 큰 사업을 성공시킨 두 사람의 결혼을 더 이상 미룰 이유가 없었던 것이다.

"벌써 시간이 이렇게 된 줄 몰랐군. 린 매와의 첫날밤 생각에 요즘 밤잠을 설치느라……."

"어머머!"

진우혁의 농도 짙은 농담에 사나워졌던 하수린의 얼굴이 홍당무처럼 변했다. 뒤이어 한가닥 기대감이 조금 남아 있던 날카로운 기색을 완전히 밀어냈다.

"그나저나 우청, 아니, 도련님은 참석할 수 있을까요?"

보석 가게로 가면서 하수린은 궁금한 표정으로 진우혁을 쳐다보았다.

자신이 하산한 사실을 집에 알리지 말아달라고 해서 말은 안 하고 있었지만 손바닥으로 하늘을 가리는 것이나 마찬가지였다. 그러기엔 진우청이 너무 유명해져 버렸다.

큰 이익을 위해 무림의 움직임에 온통 촉각을 곤두세우는 상계의 정보통은 이번 비무대회의 우승자가 누구인지 이젠 모두 알고 있었다. 집 안의 사람들도 알 만한 이들은 다 알고 조부님만 모르고 계실 뿐이다.

이젠 완전히 집안의 대소사에서 뒤로 물러나 계신 때문이기도 했고, 말씀을 드려도 믿지 않으실 것이라 알리지 않은 때문이기도 했다.

"전갈을 보냈으니 지금쯤 무림맹에 도착했을 거야. 거기서 북제성으로, 아니, 북제성주가 무림맹주니까 우청에게 바로 연락이 되겠지. 후후후!"

대답을 하던 진우혁은 흐드러진 웃음을 토했다.

"왜 그렇게 웃으세요?"

놀란 하수린이 진우혁을 쳐다보았다.

"그 말썽꾸러기가 북제성의 제자라니……. 그리고 정파무림의 제자들을 모두 물리치고 비무대회에서 우승을 했다니……. 난 아직도 안 믿어져."

진우혁은 고개를 설레설레 흔들었다.

상기리고 해서 장사만 하는 것은 아니다.

돈이 불어나면 그 냄새를 맡고 달려드는 인간들이 생기게 마련이고, 그들에 대처하기 위해 상가에서는 호원 무사들을 고용한다.

축적된 부가 클수록 호원 무사들의 무공 수위도 높았다. 그래서 억만금을 소유한 갑부들의 신변을 보호하는 호위 무사 중에는 절정고수들도 더러 있었다.

이곳 진가장에도 많은 고수들이 호원 무사로 고용되어 있었지만 다음 대의 방주나 장문인이 될 사람들은 딴 세상 사람들이었다.

그런 청년들을 동생이 모두 이겼다는 사실은 아직도, 아니, 영원히 믿기지 않을 것 같았다.

"남패천에서 죽음의 진을 돌파할 때 보통 내력은 아닐 것이라 짐작했지만 북제성의 제자가 되었을 줄은 몰랐어요. 하남진가의 둘째 아들이 황실과 서로 죽이지 못해서 으르렁거리는 북제성의 제자가 되었다는 것이 잘된 일인지 잘못된 일인지 판단을 내릴 수가 없어요. 무림맹주 문파의 제자, 그리고 후기지수 중 최고의 무공을 지녔다는 것을 생각하면 든든하지만, 황실과 적대적인 북제성이라는 것이……."

하수린은 염려스런 표정을 못내 감추지 못했다.

"이제 북제성은 황실과의 은원 관계를 완전히 청산하고 무림이라는 깊은 숲 속으로 들어갔어. 더 이상 그런 걱정은 안 해도 될 거야."

진우혁은 걱정스런 표정을 짓고 있는 하수린을 달랬다. 자신 역시 그 부분이 마음에 걸리긴 했지만 북제성의 성주가 정파무림의 맹주가 되었다. 더 이상 황실도 북제성을 어찌할 수 없을 것이다. 또 동생 진우청은 남패천 천주 구양천을 보고 그냥 노인장이라고 부르는 사이다.

"어쨌든 우리 결혼식에 꼭 와주었으면 좋겠어요. 그럼 세상에 겁날 것이 없을 정도로 든든할 텐데……."

하수린은 그리움이 짙게 드리운 음성으로 말했다.

第七十三章
폭풍(暴風)

폭풍(暴風)

쾨앙—

망막을 태울 듯한 섬광과 함께 폭음이 터졌다.

그 뒤로 자욱한 화약 연기와 연기에 휩싸여 터져 올랐던 흙더미들이 우박처럼 쏟아졌다.

쾨앙—

다시 폭음이 울리며 똑같은 폭발이 일었다.

보통 사람들의 눈에 두 개의 폭발은 비슷해 보였다.

섬광이며, 폭음이며, 터져 오르는 흙먼지……

모두 처음의 것과 별반 다르지 않았다.

그러나 화진각(火振閣) 각주 혁상문(赫尙文)의 눈에는 절대로 같을 수 없었다.

물론 외형적으로는 똑같은 폭발이었지만 어른의 머리통만한 화탄이 터진 것과 메추리 알만한 화탄이 터진 것이 똑같은 위력을 발휘한다면, 그 두 폭발은 확연히 차이가 나는 것으로 느껴질 수밖에 없었다.

"어떻게 저런 물건을 만들었지?"

혁상문은 자신도 모르게 입을 벌렸다.

평생 화기를 다루며 살았다. 그래서 화기뿐 아니라 화탄을 보는 안목도 경지에 올라 있었다. 그런데 메추리 알만한 물건이 이런 폭발을 일으키는 것은 본 적이 없었다.

"다시 한 번!"

혁상문은 고함을 질렀다.

사내 하나가 메추리 알만한 화탄을 조심스럽게 손바닥에 올리고는 그것을 던졌다.

던지자마자 사내는 뒤로 줄행랑을 놓았다.

"쯧, 쯧!"

혁상문은 혀를 찼다. 그 소리는 뒤이어진 폭발음에 묻혔다.

콰앙—

앞서의 두 번과 똑같은 폭발이 일어났다.

그럼 이건 우발적으로 만들어진 괴물이 아닌 것이다.

수없는 실험과 그야말로 뼈를 깎는 노력에 의해 탄생된 획기적인 완성품인 것이다.

혁상문은 가슴이 뛰는 것을 느꼈다.

이런 작은 크기로 저만한 폭발력을 일으킨다며 한 사람의 힘으로 이동 가능한 초소형 대포도 만들 수 있는 것이다. 그리고 다른 여러 가지 화기들도……

혁상문의 머릿속으로 수많은 발상들의 떠올랐다.

"결국 해냈군요!"

백봉령주가 탄식처럼 말했다.

그 옆에는 앙상한 나뭇가지처럼 살이 빠진 유화경이 서 있었다.

그녀의 눈에서 굵은 눈물이 하염없이 흘러내리고 있었다.

그건 수도 없는 실패와 처절한 한계를 뛰어넘은 인간만이 흘릴 수 있는 희열의 눈물이었다.

"축하해요, 유 소저!"

백봉령주는 유화경의 팔을 잡으며 걱정스런 음성으로 말했다.

휘청!

백봉령주의 짐작대로 유화경의 신형이 크게 흔들렸다.

도저히 불가능하다고 생각한 절벽을 기어오른 그녀는 긴장이 풀림과 동시에 금방이라도 쓰러질 것 같았다.

백봉령주가 얼른 유화경을 부축했다.

"이렇게 쓰러져서는 말이 안 되죠."

걱정스런 마음을 털어버리려는 듯 백봉령주는 웃음과 함께 말했다.

그 말에 힘을 얻었는지 유화경이 이마에 흐른 땀을 닦으며 희미하게 미소 지었다.

"그럼요. 이제 시작인걸요."

유화경의 목소리가 가늘게 흘러나왔다.

백봉령주는 자신도 모르게 혀를 찼다.

도저히 포기라는 것을 모르고, 쉬는 것을 몰랐다.

좀 쉬어가며 하라고 고함을 지르기도 하고, 애원하기도 했지만 소용이 없었다.

그녀는 마치 악령처럼 그것에 매달렸다.

그런 그녀의 집념이 오늘의 결과를 만든 것이다.

화탄은 집념과 노력의 소산물이다.

무공이나 글공부에서는 간혹 천고기재들이 나와 남보다 몇 배는 빠르게 배우고 익히는 경우가 있지만, 화약 제조는 그런 것이 불가능했다. 오히려 천고의 기재니, 신동이니 하는 인간들은 낙제감이었다. 그런 인간들에게 화약 제조를 시킨다면 화병이 나서 죽을 것이다.

조금만 배합이 달라도 그 성능에 차이가 나는 화탄을 제대로 만들려면 무수한 시행착오를 거쳐야 한다.

시행착오와 함께 새로운 배합을 만들어 실험하고, 다시 실패하고…….

화약 제조는 순간적인 영감에 의해서 탄생되는 것이 아니라 피나는 실험에 의해서 탄생되는 것이다.

유화경은 그 피나는 과정을 고스란히 거쳐 오늘 같은 성과를 얻은 것이다.

보통 사람이라면 십 년이 걸려도 수행하지 못할 과정들을 이 년도 안되는 기간에 모두 수행한 것이다. 그건 산술적으로는 도저히 불가능한 일이었는데 그녀의 무서운 집중력은 그 불가능을 뛰어넘어 버렸다.

그런데 그녀는 그것을 또 다른 시작으로 생각하고 새로운 배합을, 새로운 시행착오를 계획하고 있었다.

폭발의 화염을 한참 뒤로 멍하니 시선을 고정시킨 그녀의 눈동자가 그것을 나타내 주고 있었다.

"휴—"

그녀를 본 백봉령주는 한숨을 내쉬다가 눈을 크게 떴다.

비원각주 원다영이 구양혜림과 함께 이곳으로 오고 있었다.

"각주님, 여긴……."

백봉령주는 소리를 질렀다.

자칫 실수라도 하면 대폭발이 일어나는 위험한 곳이었기에 이곳은 성주의 친족들에겐 금지 구역이나 마찬가지였다.

원다영의 출현에 모든 실험이 중지되고 엄중한 경비망이 펼쳐졌다.

"어쩐 일이신지요, 이 위험한 곳까지?"

백봉령주는 불안한 기색을 감추지 못하고 물었다.

"오늘 큰 성과를 이루었다는 소식이 있어 구경하러 왔어요."

구양혜림이 대신 답했다.

"그래도 여긴……."

"괜찮네! 화약 냄새가 구수한걸……."

원다영은 남자들처럼 말하며 주변을 둘러보았다.

"이 비법이 혹시 다른 곳으로 넘어가는 사태도 미연에 막기 위해 겸사겸사 왔어요."

원다영은 유화경을 향해 미소를 지으며 말했다.

"우승을 했다고요? 아니, 그것보다 우청 오라버니가 북제성의 제자였단 말인가요?"

첫진을 미주한 자리에서 유화경은 놀란 목소리로 말했다.

그동안 자신의 감정을 거의 드러내지 않던 그녀였지만 그 두 가지 소식은 더 이상의 절제를 불가능하게 했다.

유화경은 눈을 동그랗게 뜨고 구양혜림을 쳐다보았다.

세상을 등지다시피 하고 산 그녀에게는 그간의 모든 소식이 믿어지지가 않은 것이다.

그런 반응은 그녀에게만 국한된 것이 아니었다.

누구라도 북제성의 출현과 무림맹의 결성에 관한 소식을 처음 들었을 때는 거의 그런 반응을 나타났다. 특히 진우청과 관련된 소식이기에 유화경은 한층 더 강한 반응을 나타낸 것이다.

"어쨌든 다행이군요."

감정을 다스린 유화경이 말했다.

"뭐가?"

구양혜림이 물었다.

"우청 오라버니가 북제성의 제자로서 북제성의 그늘 속으로 들어갔다면, 이젠 어떤 위협도 받지 않고 편히 지낼 수 있을 것이잖아요. 큰 오라버니도 마찬가지고……."

그녀의 목소리에 안도감이 배어 있었다.

"그렇긴 하네. 세상에 어떤 바보가 정파무림 후기지수들을 모두 꺾고 우승한 북제성의 제자를 함부로 건드리겠어. 더구나 이젠 북제성주가 무림맹주인데 말이야."

구양혜림이 고개를 끄덕였다.

"그런데 소저의 둘째 오라버니는 어떤 사람이었나요?"

몇 마디 더 환담이 오간 후에 원다영이 지나가는 말처럼 질문을 던졌다.

"그게 무슨……?"

유화경은 원다영이 던진 질문의 요지를 파악하지 못하고 의혹 어린 눈으로 원다영의 얼굴만 쳐다보았다.

여기까지 집적 행차한 것도 의외인데 갑자기 둘째 오빠 유화결에 대해서 묻자 갈피를 잡지 못했다.

“그러니까 진 공자와 어떤 사이였는지 궁금해요. 어릴 적부터 친구
는 아닐 테고……. 그런데도 그런 친구들보다 더 친한 사이 같다고 하
더군요.”

원다영은 자신의 질문에 대한 보충 설명을 했다.

유화경은 그제야 원다영이 왜 그런 질문을 하는지 어렴풋이 짐작이
갔다.

이젠 그 어떤 사람보다 강호무림에 영향력이 큰 진우청이었다. 북제
성과 무림맹의 움직임에 따라 서왕문, 동방회 사이에서 그 운명이 바뀔
남패천은 여러 방면으로 진우청과의 끈을 만들어놓으려는 모양이라는
생각이 들었다.

“둘째 오라버니와 우청 오라버니는 지옥 같은 포위망을 탈출하며 정
이 들었어요. 성격상으로는 전혀 딴판인데, 그 후로 이상하게도 잘 어
울려 보였어요.”

유화경의 얼굴에 정말 오랜만에 옅은 미소가 어렸다.

눈만 마주치면 티격태격거리던 두 사람의 모습이 진한 그리움의 색
채로 그녀의 망막을 뒤덮었다.

“많이 보고 싶은가 보네. 눈물까지 고이는 걸 보니…….”

구양혜림의 말에 유화경은 옷소매로 얼른 눈물을 닦았다.

“그럼 유 소저는 어때요? 그러니까 진 공자에 대한 유 소저의…….”

“그걸 어떻게 자기 입으로 말해요, 어머니!”

구양혜림이 목소리를 높이자 원다영은 입을 다물었다.

“미안해요. 다른 질문을 하나 할게요. 유 소저의 둘째 오라버니께서
는 남들에 비해 특별한 습관 같은 것은 없었나요?”

“어떤?”

"그러니까 남달리 매일 반복하는 취미나 행동 등……."

"특별히 좋아하는 것은 없었어요. 큰오라버니에 비해 취미도 없고… 검술 연습은 매일 했지만 그건 무가의 자식이면 모두 하는 것이고……."

유화경은 머리를 흔들며 다시 의문스런 눈을 했다.

"그냥 진 공자가 왜 경 매의 둘째 오라버니를 좋아할까 궁금해서 하는 질문이야. 우린 남들이 생각하기엔 이상한 자료들도 많이 수집하고, 생각지도 못한 방향으로 그것들을 활용하거든."

구양혜림이 말했다.

"별거없어요. 성격이 불같아서 그런지 차가운 것을 좋아했어요. 무공 수련을 하고 나면 청옥수 샘에서 근 한 시진씩 몸을 담그고 있었는데……."

"청옥수?"

원다영이 고개를 갸웃거렸다. 처음 들어본다는 표정이었다.

"우리 집 지하실에 있는 샘물이에요."

유화경은 청옥수 샘을 간단히 설명했다.

"그런 것도 있군요."

원다영은 건성으로 고개를 끄덕인 후 다른 질문을 던졌다.

주로 진우청에 대한 것이고, 유화경으로서는 대답하기 곤란한 것도 있어 유화경은 자주 얼굴을 붉혔다.

"호호! 미안해요. 내가 너무 짓궂었죠? 유 소저는 앞으로 우리 남패천에 중요한 인질이라 이것저것 물어봤어요."

"인질이라니요?"

구양혜림이 눈을 동그랗게 떴다.

“진 공자가 앞으로 우리에게 섭섭하게 하면 유 소저를 인질 삼아 협박해야죠.”

원다영은 짓궂은 미소와 함께 말한 후 자리를 떴다.

“그 사람… 이젠 폭풍의 핵이 되었네.”

백봉령주가 피식 웃으며 말했다.

“눈치 채진 않았겠지.”

비원각으로 돌아온 원다영은 조심스런 표정으로 말했다.

“질문의 방향을 진 공자 쪽으로 계속 돌렸으니 괜찮을 거예요. 만약 자기의 둘째 오라버니가 동방회 놈들에게 잡혀 있다는 것을 눈치 채면 경 매는 자기가 만든 화탄을 들고 달려갈 거예요.”

구양혜림이 가슴을 쓸며 답했다.

“청옥수라……. 그리고 유화결 공자는 십 년 이상 거의 매일 그곳에서 목욕을 했단 말이지? 뭔가 좁혀지고 있어…….”

원다영은 탁자에 가득한 서신들을 내려다보며 말했다.

*　　　*　　　*

“서왕문 놈들이 다시 움직이기 시작했습니다.”

군장을 한 사내가 긴장한 목소리로 남패천주 구양천에게 보고를 올렸다.

“이놈들은 이제 와서 왜 갑자기 움직이는 것인가? 움직이려면 무림맹이 결성되기 전에 움직였어야 하는 것 아닌가? 그때는 가만히 있다가 지금 움직이는 것은 마치 적들이 성을 쌓는 것을 기다렸다가 성이 완전히 축조되는 것을 보고 공격하는 상황이 아닌가?"

구양천은 이해할 수 없다는 표정으로 말했다.

"동방회에서 서왕문주 모비광에게 뭔가 힘을 실어준 듯한 정황이 있습니다. 그래서 그동안 저울질만 하던 모비광이 진군령을 내린 것 같습니다."

비원각주 원다영이 설명했다.

"음!"

구양천이 굳은 표정으로 고개를 끄덕인 후 실내 한복판으로 다가왔다.

실내는 전쟁 시에 작전을 짜고 회의를 하는 작전실인 듯 보통의 거실 몇 개를 합친 것만큼 넓었다. 그 중앙에는 중원 전역의 지형이 축소판으로 만들어져 있었다. 가로세로 각각 일 장 크기의 축소 지형판이었지만 실물처럼 정교하게 만들어져 그 속에서 금방이라도 사람들이 걸어나올 것 같았다.

그 축소 지형판 주변으로 군장을 한 사내들이 둘러서 있었다.

"놈들의 기존 배치와 변동 사항은?"

구양천의 질문에 사내 하나가 옆에 세워둔 막대기를 들어 여러 가지 색깔의 크고 작은 깃발들을 움직였다.

"기존의 배치는 이곳이었는데 최근 놈들은 이 빨간색 깃발이 있는 곳으로 움직였습니다."

사내의 대답에 구양천을 비롯한 여러 사내들의 눈이 번뜩이기 시작했다.

그들의 눈에는 깃발들이 모두 군사로 보이는 듯 당장이라도 달려들어 도륙 낼 것 같은 기세가 느껴졌다.

"그런데 이상하군!"

한참 동안 축소 지형판을 들여다보던 구양천이 혼잣소리처럼 말했다. 그 소리에 군장 차림을 한 사내들이 긴장된 표정을 지었다.

"이쪽에 있는 이놈들은 왜 장강 쪽으로 가지 않는 것일까? 우리 남패천을 치려면 장강을 타고 와야 할 것이거늘 왜 하남으로 움직이는 것일까? 소림을 치기라도 할 생각인가?"

구양천은 깃발의 궤적을 다시 한 번 유심히 살피며 고개를 갸웃거렸다.

"할아버지!"

그때 밖에서 인기척이 들리며 구양혜림이 실내로 뛰어들었다.

그녀의 손에는 작은 전통이 들려 있었다. 천리비합(千里飛鴿)을 통해 비원각으로 날아든 급보였다.

＊　　　　＊　　　　＊

무림맹 총단의 맹주 처소로 두 장의 서찰이 날아들었다.

서서히 자리를 잡아가는 무림맹 총단으로 날아드는 서찰은 이젠 하루에도 수백 통에 달했다.

그 대부분의 처리는 정보를 다루는 정보각에서 맡고, 중요한 것만 간추려서 맹주에게로 전달된다.

맹주는 두 장의 서찰 중 한 장을 펼쳤다.

"쯧쯧!"

서찰을 읽은 맹주가 애석한 표정과 함께 혀를 찼다.

"왜 그러시는지요, 사백?"

곽자서가 질문을 던졌다.

"막내 사질의 가형이 혼례를 치른다는군. 그래서 동생을 부른다는 내용이군."

맹주의 대답을 들은 곽자서도 한숨을 내쉬었다.

"많이 늦었군요. 사제는 지금쯤 황산으로 향하고 있을 터인데……."

"혼례는 인륜지대사이거늘……. 그런 자리에 동생은 만사를 제쳐 놓고 참석해야 하는데 공교롭게도 일이 어긋나는구먼. 이럴 줄 알았다면 우리 일을 잠시 멈추더라도 집에 먼저 들르게 했어야 하는데……."

맹주는 탄식처럼 말하며 서찰을 접었다.

"왠지 우리가 죄를 짓는 기분이 듭니다. 만나자마자 잔뜩 짐만 지운 채 가형의 혼례에도 불참하게 했으니……."

"어쩔 수가 없는 일이로세. 그 원망은 차후에 달게 받아야지 어쩌겠나."

맹주는 서찰을 내려놓고 다른 서찰을 들어올렸다.

그것은 성주에게 직접 전해온 서찰로, 밀봉이 되어 있었다. 사전에 미리 약조가 된 표식이 있는 것은 그렇게 분류되어 맹주 외에는 누구도 개봉할 수가 없는 것이다.

남패천주 구양천에게서 온 서찰은 그렇게 분류되어 있었다.

성주는 조심스럽게 서찰의 겉봉을 뜯었다.

예상대로 서찰의 겉봉 속에는 천리비합의 다리에 매어져 있던 전통이 그대로 들어 있었다.

맹주는 전통 속의 쪽지를 조심스럽게 꺼냈다. 작은 글씨가 잘 안 보이는지 안력을 돋우며 쪽지를 읽어 내려가던 맹주의 표정에 다급함이 어렸다.

"이놈들이!"

"왜 그러시는지요, 사백?"

맹주의 표정이 심상치 않음을 느낀 곽자서가 맹주 쪽으로 다가섰다.

"큰일이로고……."

읽고 있던 쪽지를 내려놓은 맹주가 목소리를 높였다.

곽자서는 쪽지를 건네받아 빠르게 읽어 내려갔다.

"이, 이놈들이!"

내용을 다 읽은 곽자서도 고함을 질렀다.

"어서, 어서 천리비합을 띄울 준비를 하고 관 사질에게도 연락을 하게."

"알겠습니다!"

곽자서가 서둘러 밖으로 나갔다.

"뭣이라?"

무림맹으로부터 연락을 받은 관일엽은 벌떡 자리에서 일어났다.

"왜 그러시는지요, 사형?"

등홍비가 의혹 어린 눈으로 다가왔다.

"서왕문의 움직임을 주시하던 남패천 비원각에서 무림맹으로 급보가 날아들었다. 서왕문 놈들 중 일부가 하남으로 극비리에 움직이고 있다는 내용이네."

"하남? 놈들이 왜 그곳으로 움직인단 말입니까? 남패천은 호남에 있고, 우리는 이곳 섬서에 있는데."

"비원각의 분석으로는 놈들의 목적지가 막내 사제의 가문인 것 같다

는 내용이다. 무림맹의 결성으로 길이 막히게 된 모비광, 그놈은 남패
천을 치는 일과 함께 개인적인 복수를 하기로 한 모양이다.”

“개인적인 복수와 사제의 가문이 무슨 상관인지요?”

등홍비가 여전히 갈피를 잡지 못하고 질문만 거듭 던졌다.

“지난겨울 무적대주가 그놈의 두 아들을 죽였다. 큰아들은 직접 목
을 베었고, 둘째 아들은 자결을 하게 만들었다. 모비광, 그놈은 눈이
뒤집혀 서왕문도들을 내몰았지만 무림맹이 결성되고, 양지로 나온 우
리 북제성이 무림맹의 한 축이 되자 진군을 멈추고 있다가 다른 방법
으로 복수를 시작했다.”

“어떤?”

“사제의 가문을 쳐서 사제를 그곳으로 끌어들이면 무적대주 역시 그
곳으로 올 것이라는 계산을 한 것이다.”

“이, 이런 죽일 놈들이…….”

완전히 상황 파악이 된 등홍비가 고함을 질렀다.

“성주님께서는 어떻게 하실 예정인지요? 무림맹을 움직여서라
도…….”

“물론 그렇게 하시겠지. 하지만 아직 무림맹은 이름뿐, 조직이 완전
히 갖추어지지 않았다. 인원을 사사로이 움직이는 것도 여의치 않을뿐
더러, 할 수 있다고 해도 시간이 너무 걸린다.”

관일엽이 다급하게 대답했다.

“하필 이런 때에…….”

등홍비가 난감한 표정을 지었다.

“무슨 일인가요?”

진우청의 사저 주완이 뛰어들어 왔다.

설명을 들은 주완은 파랗게 질렸다.

"어떻게 하지요? 사제를 따라 무적대도 황산으로 향하고 있을 텐데……."

"우리 쪽에서 동원할 수 있는 인원을 모두 동원하고 무리맹의 도움도 최대한 받아야지."

관일엽이 빠르게 대답한 후 밖으로 달려나갔다.

＊　　　＊　　　＊

"여기는 어딘가요, 사숙?"

을지소소가 주변의 지형을 둘러보며 물었다.

날 때부터 하늘을 지붕 삼고, 땅을 마당 삼아 온 세상을 떠돌아다닌 그녀는 중원의 지리에도 밝았다. 예전과 마찬가지로 산길로만 움직여 자세한 파악이 어려웠지만 황산으로 가는 방향은 아니었다.

"나도 이곳의 명칭은 모르겠소. 하지만 방향은 맞소."

진우청이 산 아래 마을을 내려다보며 말했다.

"이곳은 황산으로 가는 방향과는 반대인데……."

을지소소는 고개를 갸웃거리며 중얼거렸다.

"황산?"

진우청이 고개를 돌렸다.

"사숙께서 수련한 곳이 황산이라고 하셨잖아요. 그래서 황산으로 가는 것이 아닌가요?"

일행 중 막내 격인 조송령(曹宋岺)이 말했다.

갈래머리를 뒤로 땋아 아직은 소녀 티가 나는 그녀는 을지소소와는

달리, 사나운 기색은 약에 쓸래도 없었다. 대신 다른 무기로 진우청을
피곤하게 했다.

쉴 틈 없이 떠들어대는 수다는 그녀가 들고 있는 검보다 무서웠다.

처음 만났을 때는 안을 듯이 반기던 을지소소도 그동안 '너, 북제성
제자 맞아?'라는 소리를 수없이 반복하며 고함을 지르다가 이젠 지쳐
버렸다.

"수련한 곳이야 황산이었다지만 지금 가는 곳도 황산이라고는 한 적
은 없잖아?"

운가목(雲佳沐)이 고개를 갸웃거리며 반박했다.

그는 조송령 바로 위의 사형으로 항상 그녀와 티격태격거렸다.

"그런 말은 안 했지만. 당연히 그렇게 알고 있었잖아요? 그렇죠, 장
사형?"

조송령은 한마디도 지지 않고 대꾸하며 장위봉(張威封)에게 지원까
지 요청했다.

장위봉과 운가목, 조송령, 이들 셋은 북제성에 도착한 다음날 여독
을 풀지도 않고 진우청을 따라온 사질들이었다. 다들 진우청보다 나이
가 어려 진우청은 경설형이나 을지소소를 대할 때와는 달리 편한 구석
은 있었지만, 대신 철없이 설치며 피곤하게 구는 것으로 그것을 상쇄시
켜 버렸다.

"그만들 떠들고 요기나 해."

마을로 내려갔던 경설형이 구해온 음식을 내려놓았다.

"역시 경 사형밖에 없어요."

조송령이 반색을 하며 제일 먼저 달려들었다.

"이 계집애야! 찬물에도 순서가 있는 법이야."

을지소소가 꽥! 하고 소리를 지르자 조송령이 손에 들었던 전병 하나를 얼른 진우청의 코앞으로 내밀었다.

"어서 드세요, 사숙. 을지 사저는 단 한 번도 이렇게 챙겨준 적이 없었죠?"

마치 처음부터 진우청에게 주려고 집었던 것처럼 자연스럽게 아양을 떠는 조송령의 모습에 을지소소는 어이없는 한숨을 내쉬었다.

"그런데… 인근 성시에 있는 부잣집에서 얼마 후 굉장히 성대한 혼사가 있는 모양이야. 백 리도 더 떨어진 이곳에까지 그 소문이 자자하더군."

화전 하나를 입에 넣고 우물거리던 경설형이 부러운 표정으로 말했다.

〈8권에 계속〉

무한 상상·공상 세계, 청어람 신무협&판타지

최강의 다모와 신선풍의 사신, 최악의 악동을 한꺼번에 만나게 될 것이다!

불선다루(不善茶樓) / 송진용 지음

그곳에 그놈이 있다!
악몽(惡夢)의 시작이다!

『불선다루』(不善茶樓)

〈선량하지 않은 찻집〉이란 뜻의 괴이한 다루는 지독한 흙바람 속에서 삐거덕거리며 용케 버티고 서 있다. 세상 사람들이 〈누런 구렁이 고개〉라고 부르는 높은 언덕 위에 외롭고 쓸쓸히 서서 바람이 잠잠해지기를 기다리는 것이다.

"내, 내, 내가 요괴의 소굴에 들어왔나 보다."

악몽(惡夢)은 이제부터다! 무법자들의 지옥!
불선다루를 침범한 자 진정한 악몽이 무엇인지 알게 되리라!

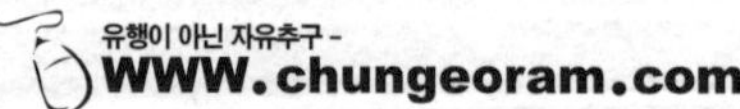